雕刻人骨

Carved in Bone

比爾·巴斯 Bill Bass
約拿·傑佛遜 Jon Jefferson .... 著

廖建容、郭貞伶 .... 譯

巴斯犯罪鑑識小說系列 1

巴斯犯罪鑑識小說系列 1

雕刻人骨
Carved in Bone

作者　比爾·巴斯 Bill Bass、約拿·傑佛遜 Jon Jefferson
譯者　廖建容、郭貞伶
封面設計　A+design
發行人　凃玉雲
發行　城邦文化事業股份有限公司
台北市信義路二段213號11樓
電話：886-2-23560933 傳眞：886-2-23419100
E-mail: faces@cite.com.tw
英屬蓋曼群島商家庭傳媒股份有限公司城邦分公司
台北市民生東路二段141號2樓
讀者服務專線：886-2-25007718；25007719
服務時間：週一至週五9:30~12:00；下午13:30~17:30
24小時傳眞服務：886-2-25001990；25001991
郵撥帳號：19863813 戶名：書虫股份有限公司
讀者服務信箱：service@readingclub.com.tw
城邦讀書花園：http://www.cite.com.tw
香港發行所　城邦（香港）出版集團有限公司
香港灣仔軒尼詩道235號3樓
電話：852-25086231 傳眞：852-25789337
新馬發行所　城邦（新、馬）出版集團
Cite (M) Sdn. Bhd. (458372 U)
11, Jalan 30D/146, Desa Tasik, Sungai Besi,
57000 Kuala Lumpur, Malaysia
電話：603-90563833 傳眞：603-90562833
初版一刷　2007年6月30日
ISBN　978-986-7058-94-2
定價　340元

〈推薦序〉

結合鑑識科學與推理小說的代表作

侯友宜

近幾年，在「法庭交互詰問制度」及「嚴格證據法則」下，鑑識責任加重、工作加倍，刑事實驗室鑑定分析工作也起了微妙的變化。傳統上，刑事鑑識工作通常是由穿著白袍的鑑識人員直接面對證物，進行一連串複雜的高科技儀器分析，然後交出厚厚的報告。由於較少在媒體、公衆場合曝光，讓刑事鑑識總是蒙上一層神祕的面紗。

現在，這些鑑識專家們必須走出實驗室，除了到前線作現場勘察支援，提供專業上意見外，也必須面對法庭上律師的交互詰問，作爲起訴審判的參考；而受到電視影集「ＣＳＩ犯罪現場」的影響，刑事鑑識這層神祕的面紗才被眞正掀了開來，透過科學專業與劇情的結合，讓一般社會大衆能夠很輕鬆、自然的一窺鑑識工作的全貌。

其實，刑事鑑識是一種相當專門的學問，除了精良的裝備外，還必須有豐富的經驗；眞正的鑑識工作，和電視影集內容大不相同，但過於專業的描述，容易讓人望之卻步，「ＣＳＩ犯罪現場」之所以掀起風潮，正是擷取了刑事鑑識的專業精髓與電視影集的戲劇化，而爲大衆所接受。

相對的，沒有炫麗聲光效果的專書，則更難顯現其吸引力。類似這樣大量使用專門知識的書籍，如果太過詳盡，會讓讀者難以了解，或覺得像在看教科書般無趣；太過簡略則不但重心全失，讀者也很難有共鳴。不過這本《雕刻人骨》，作者卻很技巧地使用了推理小說的戲劇性來結合刑事鑑識中法醫學這門專業的知識，與電視影集有著異曲同工之妙，相信必能帶領讀者踏上前所未見、前所未聞、豐富而有趣的法醫學旅程，扭轉一般民衆腦海中的法醫形象。

法醫學是刑事鑑識中重要的一環，面對證據力越發受到法庭重視的現在，偵查人員或鑑識人員已不能再用傳統的方式、手法去進行犯罪的偵查或單純的資料分析，而必須以新的思維去連結犯罪偵查與刑事鑑識，用獨到的角度，抽絲剝繭、搜集證據，細心追蹤線索，逐步拼湊出眞相，揭露犯罪的眞實。

我想，就和作者的心境一樣，這樣的工作雖令人懼怕，但無論是犯罪偵查或是刑事鑑識，都有著一種無法言喻的成就感，有替被害人、替國家司法伸張的正義感，所代表的正是一種理念的堅持與專業的可貴。

侯友宜，中央警察大學畢業，中央警察大學犯罪防治研究所博士，現任內政部警政署署長。

〈導讀〉

從人的骨頭裡生長出來的故事

唐諾

我是讀這本書才知道的，原來小孩子的指紋是這麼難以採集。巴斯博士，這個可能是有史以來最了解人骨的人，告訴我們，成人的指紋是油性的，但小孩的指紋卻是水性的，它很容易在一兩天之內就蒸發掉，也因此，科學想從指紋這一斷然的證據介入諸如失蹤兒童或兒童誘拐性侵的案件，便又少了一個好整以暇的可能，活著的小孩有他的黃金時間，就連不幸死去的小孩亦有他的黃金時間，死亡在此多了一個層次，一個皺折，你多了一個和時間賽跑的迫切理由。

所以朱天心在她的小說《古都》一開始的四行記憶回望原來是寫實的、沒因眷念而修改的，她完全是從第一時間的感官精細的認出來離她而去的東西。那時候的天空比較藍，眞的是比較藍，事關空氣中存在的分子所造成的光的折射不同；那時候人汗水的味道比較乾淨，眞的是比較乾淨，因爲年輕時它是水性的，會跟著淚水在第一陣晚風到來時就揮發無蹤——

一個美麗但也短促不祥的事實。

人死如燈滅，人不會死得比死更死，這是對的，當我們從死者的主體來看死亡一事時，這也提醒我們生著的人在此由明到暗的一刻就該鬆手了，他已完全離開，你有完沒完的思念或者仇恨化爲箭矢都不再及於他了。然而，從生者不同的位置、不同的感官知覺、不同的需求、乃至於不同的疑惑和詢問，死亡的確是層次的，以各自不同的速度和變化緩緩完成的，幾天幾年幾世紀。文學的張愛玲敏銳的告訴我們，當她自己也死去時，連同她的所有記憶，她的祖母無可避免的將再死亡一次；科學的巴斯博士的名言，在他上本書《死亡翻譯人》裡反覆說，在這本《雕刻人骨》裡他也還說，肉體會遺忘，骨頭卻記得（說法例是挺文學的，這可能預告了《雕刻人骨》這部小說的出現）。這裡，死亡如潮水，它緩緩的、時間性的、看得到的退潮，並在生者的沙灘上擱淺著它捲不走的各種雜物，水落石出，慢慢的朽爛分解。

所以，死亡是有層次的，不是一句話就講得完的事，因爲生者的緣故，因爲我們諸多的人仍然活著的緣故。語言形態上，它更多時候是問號而不是句號，這便構成了知識，可以思索，可以學習，還可以傳遞的知識。

來了一個叫康薇爾的人

《雕刻人骨》是一部小說，儘管如果你不事先知道並不容易在第一時間就發現，第一人稱「我」說話的語調、身分位置和知識，和《死亡翻譯人》裡的巴斯博士殊無二致，你只是緩緩狐疑起來，這個「巴斯博士」怎麼忽然年輕起來還春情蕩漾了起來，又一個楊振寧博士是嗎？還有，案情的發展也太戲劇性了點吧，但你曉得這也可能只是敘述者的問題而已，很多人會喜歡如此繪聲繪影跟眞的一樣的講話，說到底，小說書寫者和吹牛皮者的界線並沒那麼容易一刀兩斷劃出來，最原初時，他們極可能還是同一個人。

等你實在憋不住了回頭查出來，這次這個「巴斯博士」不叫巴斯而是比爾·布洛克頓博士，等書中所有細碎的間接證據都一致告訴你這的的確確就是一部小說時，你會覺得莞爾——幹嘛這樣一位一輩子埋頭在人骨世界，已是國寶級大師級人物的老科學家，忽然在這種時候這個年紀呀呀寫起小說來？說眞的，依統計，這事遠遠比他這種時候這把年紀去談戀愛、追女生、爲死去的青春做迴光返照的最後一次噴發更不尋常。

人忽然去做一件特別的事通常不會只有單一一個理由，一定年歲之後的人尤其如此。但我們一定也發現了，在《死亡翻譯人》書裡，巴斯博士說他這個豎起高牆遺世獨立、怕驚嚇世人、關起門來以各種方式拷問屍體的冷冰冰研究機構，因爲小說家派翠西亞·康薇爾的那本暢銷小說之故，從此熱門起來忽然成爲人們談論窺探、如死亡幽黯王國入口的神奇之地，這個本來有名有姓的研究機構也從此就叫「人體農場」了（說說看，它原來全名是什麼？）。完全一樣的話，他在這本小說《雕刻人骨》才一開頭又重複了一次。

同樣數據、同樣現象重複出現總會吸引我們的注意，而確實這也通常深具意義成爲通向某個眞相的起點。我們人的思維通常是以這樣方式工作的。

而康薇爾火紅暢銷的法醫小說、人們對人體農場的興趣云云，又是包含在一個更大熱潮裡頭的，那就是所謂的ＣＳＩ現象。

這一定對巴斯博士充滿了啓示力量——用宗教的概念來說，這是神諭，是神興起了他要他作工，就像在《聖經》裡我們慣看的，某個人某個晚上做了某個夢，夢中神指示他到某個地方去宣揚神的道理云云，把一個安分老實工作的人化爲使徒。這種事在人看似已別無所求的暮年時刻發生，尤其有一種令人激動的青春力量。

當然，對巴斯博士而言，這個揀選他的大神身分可能極其複雜，宗教之神、科學之神、知識智慧之神云云，乃至於我們彷彿也看到有著商業之神的身影夾雜其中——果然沒錯，神無所不在，神有千千萬萬化身。

而是因爲我相信

某種意義來說，我們得把這本名爲《雕刻人骨》的小說視之爲某種「容器」，盛裝巴斯博士各種可貴知識的容器。小說書寫，對死亡大廚巴斯博士而言，毋甯更接近某種裝盤工作，事實上他裝得挺美挺有板有眼的，但重要的仍是知識，本體在這裡。

知識，包含著兩大工作向度，人們很早就發現，柏拉圖也很早就清楚說出來。一是背向塵世衆人，孤獨的往極深極遠極高的地方走去，跟自己的人壽和聰明才智賽跑，能走多遠是多遠；另一則是轉身面向云云衆生，像孔子說的選擇和人站在一起，這通常藏縕著某種宗教性情懷，帶點犧牲帶點救贖的味道，因此，下定決心這麼做的人總呈現著某種共同的身分特質，我們可稱之爲傳教士。

我個人相信，帶一點點偏執意味的堅定相信，所有的知識工作必然同時存在這兩個看似逆向看似背反的工作向度，只是比例不同，或者說隱性顯性不同而已。沒有知識深奧向度的傳教士不叫傳教士，而是神棍或直接講明了就是個騙子；而心中不多多少少惦念著蒙昧衆生的熱狂知識追逐者，老實說並不會比一部百科全書有意思多少。奇怪的是，也不會深奧獨特多少。封閉性、迷執性的知識追求有一些奇異且不易察覺的陷阱，沒有此時此地眞人眞事的問題意識，缺乏人性的補充和校準，它其實很難及遠，或者說它很快就會抵達終點撞上極限，只因爲知識眞正深奧不在於知識自身的邏輯框架裡，這相對來說總是簡明的，你如果書讀得夠，通常會一再發現它早已被幾百幾千年前的某個人給說出來了，以某個方程式或某句格言的簡單乾淨形式。知識的深奧存在於它的皺折之中，它豐碩而且還可以再再分割的層次之中，這通常產生於它和人的世界的不斷對話裡，並在如此對話中才被發現。也因此，知識及遠之路的較正確圖像通常不會是某種頭也不回的直線，直線感往往只是一段興奮加速時的錯覺而已，它歧路的、蜿蜒的、動不動會像迷路般又屢屢走回自己已走過的十字路口也似的展開，說得噁心點但其實也是人偶爾會出現的實實在在感受，它如花綻放。

波赫士告訴過我們他的基本文學信念：「我所擁有的，不是因爲它係由我發明的，而是我相信的。」如此，所衍生出的知識公共價値面向，更讓知識的發生和知識的「被說出」有著更大的重疊、更緊的聯繫，你是個擁有者，但你也心知肚明自己是個傳遞者，你絕大部分的知識來自於其他人說出的話語，你只是通過某種心領神會參與了，如同在遠古的陶器上印上你的手紋，當然也有一部分是你自己的創見創造，但仔細想那不也是傳遞的產物嗎？所以「擁有—守護—傳遞」三種行爲在此一知識的公共層面上亦被緊緊貫穿起來，你不把它再說出來、再傳遞下去，知識就會散失或深埋而絕，這於是成爲知識者的義務，也就是說，把你所知所擁有的想盡辦法說出來，不只是知識工作的必要一環，這根本就是知識靈魂的一個成分，每一個再埋頭不起、再沉靜不語的知識工作者，在這層意義上，都同時是個自覺不自覺的傳教士。

由此，我們很簡單就發現，教學、演講、出庭作證、參加各式研討會云云的巴斯博士，本來就一直是死亡人骨知識的不懈傳送者，不自今日始。說到底，他這門詭異的知識本來就不是概念性的、框架性的，我們看到他們努力尋找、統計歸納並擴展一些方便、一目了然的基本通則，比方說脛骨長度和人體身高的換算表、屍體腐爛程度和死亡時間的對照表、乃至於人骨特徵如何在第一時間揭示其性別、年齡、人種歸屬云云，但這份工作、這門知識仍是高度經驗性，個別性的，每一個（或該說每一次）死亡都有各自不同的性格如同雪花一般，都帶著不同的身分、經歷和記憶刻痕而來，也都在不同的時間地點乃至於溫度濕度和壓力下以不同的方式發生。你要知道的如果不僅僅是他死了沒有或他的年齡、人種、身高體重云云這些只供塡表格的東西，如果你還多好奇多深究一些，每次死亡便都是獨特的，都講著不一樣的故事，而這參差歧異，又總是和它所在短暫的、光影般變換、不重複的紛亂現實密密相聯，這意味著，當你試圖理解它、窺破它時需要考量已消逝的現實情境，而當你要重新說清楚它時，一樣得重建、得復原已然更消逝、更所剩不多的彼時現實情境。

所以，巴斯博士，這位死亡人骨的當代知識教主，傳教工作不自今日始，但康薇爾這個異質之物的出現，卻帶來新的、不同規格的想像——小說，愈想愈是個不錯的東西是吧。不僅僅因爲這個挾著上昇熱氣旋而來的ＣＳＩ式小說看來是如此強大的知識投擲器，直接打到家家戶戶而不是相關的知識工作者而已，就工具本質而論，小說比什麼都實體的、個別的處理死亡，小說心什麼都具備復原彼時現實情境的能耐，再細碎的東西它也能說得出來，再隱藏的角落比方說人心它也能穿透並解剖開來，再無形無體的比方說某種情感某種惡意它也有能力造形，如此如此，這般這般。康薇爾這個小說使者的降臨，先促生了《死亡翻譯人》這本眞實說死亡故事的書，再演化出《雕刻人骨》這本虛構說死亡故事的書，這段時間過程，我們好像可清楚看到老巴斯的心情乃至於表情的一點一點變化。

我猜，在這段期間，一定有諸如此類好事的、激勵的、反正死道友不死貧道的話語時不時在巴斯博士的耳邊響起：「你管他小說不小說，你只要像你平常講給我們聽那樣說出來就夠精采了，跟你講，那些寫小說的是因爲知道得太少了，才要花心思去編故事、去虛構，犯一堆外行的錯誤，哪像你，故事一個一個都是現成的，又有千錘百煉的專業知識，再說，你也不該放著那些荒謬不實的僞科學僞知識這樣以訛傳訛下去是吧——」

先生不出，奈蒼生何。

傳教陷阱

然而，這個傳教士的靈魂太出來，傳教之心太急切，還是會出事的。

有基督教信仰、星期天早上會進教堂的人並不難發現，一般我們就稱之爲基督教的新教，其聖歌很少是好聽的，歌詞和音樂旋律之間往往極不協調到尷尬的地步，有一種馬上要打起架來的感覺。之所以如此，往往是因爲要把神的重要話語、甚至《聖經》裡的某一完整章節，就這樣硬生生塞進到旋律裡去，以至於連話語本身都呈現著某種打油詩的況味。舊教的天主教則幾乎不犯這樣的錯誤了，他們知道這時音樂自身才是主體，音樂自己就是內容，音樂不需要加添什麼西藥成分就能讚頌上帝、洗滌醫治人心；歌詞意義可以豐碩它，或者說提示它，好讓浮漾其中人的情感人的思維更明亮可信，而非篡奪它——新教的歌通常直接出自於某個虔信傳教士的素樸之手，舊教的音樂則是有信仰的音樂家。

莊子說「巵言」，巵這個已經快從我們記憶中消失的字是容器的意思。但文學音樂不是，文學音樂其實不可以如此粗暴如此輕率的被拿來當工具使用。這裡有一道界線存在，一道老是被忽視、被踰越不管的重要界線。

踰越這個界線會怎樣？當然不會像偷渡入境的人一樣遭到逮捕或當場開槍格斃的懲罰，這是信念的問題、是與非的眞理問題，基本上賞罰也只限於是與非的分辨爲止，就像你踰越了數的加法、宣稱2＋2不等於4一樣。你只會被告知這是錯的，同時你的行爲、你的工作成果是不良的、是無效的，這通常不是由某個人、而是由歷史來宣判；還有，你會讓專業的文學工作者、音樂工作者感覺很悶，甚至想打人，如此而已。

說來，專業的文學工作者、音樂工作者這樣的悶是長期的，很多人甚至習慣了，把它視之爲自己的工作處境不再計較，但某個狐疑不平的微弱聲音總揮之不去——奇怪我們一直如此謹守分際，我們不會侵入物理學領域裡以爲自己可搖身變成量子力學者，我們也不會沒事摸摸自己身上的兩百多根骨頭就想取巴斯博士代之云云。我們這麼尊重他們的專業，他們爲什麼不以同樣的行爲回報我們？

靜待時間的幻化與熟成

但我們常說，一個人這樣對待你，這是他的錯；兩個人這樣對待你，這也是他們的錯；但所有人都這樣對待你，那很可能就是你自己出了問題了不是嗎？張愛玲說過這麼一句天地不仁的話，「可憐之人必有可恨之處」，在我們推理偵探的世界裡則是賈德諾，他小說裡通過胖柯白莎講瘦賴唐諾（不是我），「這小子我看八成是足球轉世的，每個人看見他都想踢他一腳。」

文學音樂的專業界線的總是被踰越、被當沒有，同理，那一定是文學音樂自己的問題。的確如此。而且怪的是，這還不一定是毛病，更多時候這是文學音樂無以倫比的特點，是它豐厚且青春長駐的奧秘，讓它似水柔和卻又來自天際奔流到海的可久可長，讓它可以做無限的夢。

我們只用最簡單的話語來說（並不意味這是個簡單的問題）。這個世界、沒有所謂的素人物理學者，沒有素人心理學者（算命術士是嗎？），在巴斯博士的研究工作領域裡，也只有一步一步踏實學習的學生門徒；然而，文學音樂這邊，永遠不乏這樣天上掉下來的驚喜之人，而且可以第一次出手就震動周遭世界，第一個正式作品就是完熟、直接一步到頂的美麗傑作，像果戈里的《狄康卡近鄉夜話》，像徐四金的《香水》。偵探推理小說尤其如此，幾乎已成定理而非特例，《大眠》、《褚蘭特的最後探案》不都是嗎？

文學音樂有深刻精巧、可一字一句打磨、可窮人一生的專業知識和專業技藝，這無可替代無可迴避，但卻同時是不專制、不直線、不構成非如此不可的障礙的，人多人稀之徑都有路可走也都可能到達。這個奇妙的奧秘不是幾句話能說清楚，但這裡我們可指出相當根源性的一點，那就是文學音樂無止境無界線的目標，這個目標不是憑空的、封閉的，而是來自人自身，是回答昆德拉所說的「存在」的總體問題，人有多複雜，它就有複雜，人有多難搞，它就有多難搞，人有多少不饜足的好奇和想像，它就呼應著做多少無限的夢。說得簡略可議點，這個目標本身就是冒犯的、踰越性的，它所能摸索出、建構出的專業知識及其技藝，永遠追不上這個卡爾維諾所說「過度野心的目標」，因此它得什麼都試圖吸納進來，試圖羅織各種思維各種學問各種知識成果。這樣的動員幅度，加上其目標的根源人心，最終還逼迫它平等，甚至質疑自己的層級性專業知識和專業技藝本身；也就是說，它既向各種專業學科乞援，同時又滿懷希望向廣大的、一般的人瞻望，它什麼都不放過都歡迎光臨，因此它的邊界之處總是模糊的、零亂的、龍蛇雜處的，有一堆異質的、（暫時）消化不良的東西。

文學音樂不是工具，不是透明性的裝載容器，但其實就連這個終極禁令也是暫時可冒犯可擱置的，它總會給予一段夠長的時間才做出判決。那些頑固不化、純粹拿文學音樂爲工具當載體的作品最後仍會被它扔到遺忘的垃圾堆去，但也有一部分會在時間大河之中打磨、柔化、熟成，掙脫單調的工具性，取得自身豐富、獨立、完整的存在位置。這樣的作品很多，多到幾乎是遍在的，這裡我們仍只舉用推理偵探世界的例子——有跟著家裡的小朋友看過名偵探柯南的動畫長片嗎？至少可看看其中最美麗的一部《迷宮的十字路》，這次的連續殺人案發生在一千兩百年的古都京都，解開那紙謎樣圖畫的正是一首在地的童謠。這個童謠，如同很多民間的詩歌童謠一樣，原來是工具性用途的，它將格子狀的京都道路名字御池通、三條、四條依序編織起來，成爲琅琅的、可唱著拍皮球玩的童謠，好讓小孩在遊戲之中自然記住不會迷路。但時間起了奇妙的作用，原來生硬的、知識性的歌詞幻化爲單純美麗聲韻的聲音，一如這些直線的、方形的、單調的道路共同織成一整幅古都的千年繁華風景一般。片中，柯南一干人反而最後才想起（才被告知）它的工具性原意，之前，它只是四月櫻花季節之歌，由乾淨、爽脆、不解其意的童聲唱出來，記憶的是古寺雪一樣飄飛下來的一個櫻花樹下下午，一個光影一瞬的畫面，還有一個莫名其妙的初戀。

把骨頭的知識編織成一個故事，誰說不可以呢？

眞正能下判決的、能說最後一句話的仍然是時間。此時此刻還方興未艾、還不可能水落石出之前，我們能說的只是，我們看得出來，老巴斯博士本人其實並不是那種知識至上的頑固學者，除了那些可歸納出的有條有理知識之外，他仍有他的好奇和同情，也保有他在一個個死亡故事之前的謙卑，這些都是有意義的酵素，有助於他日時間的熟成。天道無私，常予善人，如果巴斯繼續寫下去，他應該很有機會緩緩發現，原來小說不只是工具不只是知識的投擲器而已，小說本身就是思索就是另一種詢問和發現的方式，那些無法在人體農場裡用科學方法找到的東西甚至答案，在小說書寫的艱辛過程中成爲可能。

而且，巴斯博士本來就是個有足夠耐心、肯等這些骨頭自己把故事講出來的好人不是嗎？

前言

我將獵刀在左右手之間來回掂著，試試看哪一手比較順手。打高爾夫球或棒球時，我是個左撇子，可是批改試卷或打電話時，我又是用右手。使刀的時候，右手好像比較靈活，好吧，就讓我的右手添上一項「用刀」技能。

樹林子裡有個男子裸身面朝下躺著，田納西州的陽光穿過林子，灑在他身上，交織出斑駁的光影。我跪在他身旁，用左手大拇指沿著他的脊椎向下滑到第四與第五肋骨之間，這裡正是心室後方。確定位置之後，我將獵刀刀尖插入柔軟的肌肉，找對角度之後往前推進。沒想到一開始的力道還不夠，我得雙手並用，更使點勁。等刀子深入肌肉組織後，我將刀柄歪向左方，刀身往右刺向男子的脊柱。可是，這個角度顯然還不夠斜，我將刀柄歪向更左方。還是不對。我往後坐下，想著還有哪個攻擊角度會讓刀身刺入他的右肺。正當我陷入沉思、獵刀還插在男子光裸的背上時，一輛黑白相間的休旅車閃著藍光駛抵，滑入在我前方用混凝土鋪成的停車場。一位年輕的副警長從車上跳下來，看見此情此景，不禁瞳孔放大，額頭浮現青筋，臉色一片慘白。

我右手仍緊握刀柄，用左手加強力道。「你想你還可以再撐一會嗎？」我問，「我還沒幹完活。」一說完，我用全身力氣將刀完全插入男子身體裡，這是最可能的角度，被害者的屍體經此猛然一推，滑了出去，一根肋骨應聲而斷，那聲音就像是樹枝斷裂的聲音。副警長昏了過去，正好倒在那具屍體上。

1

五分鐘後，副警長才悠悠張開眼睛，我想既然他還無法開口說話，不如就由我先打破僵局。「我是布洛克頓醫生，不過我想你已經知道我是誰了。」我說。他虛弱地點點頭。他胸前的警徽上寫著他的名字是威廉。「威廉副警長，你是頭一次造訪人體農場？」他再度點頭。

「人體農場」其實不是這個機構的正式名稱，而是一般人給它的暱稱。起初這只是一個地方上的聯邦調查局探員隨口這麼稱呼，但是在暢銷犯罪小說家派翠西亞．康薇爾用這個名字當書名之後，這個名字就不脛而走。康薇爾在她的小說裡，曾簡短地描寫到我在田納西大學針對屍體腐爛經過所作的研究。由於「人體農場」這個名字非常好記，進行的工作又如此駭人聽聞，所以即使篇幅不長，卻足以讓人難以忘懷。那本書上市成爲暢銷書之後，我的電話就接不完，媒體也成群地從天而降。結果，有好幾百萬的人知道人體農場，卻很少人知道它單調無趣的正式名稱：人類學研究機構。我跟其他同事不一樣，我不在乎人們用什麼名字稱呼這裡。就像莎士比亞說的，玫瑰就算不叫玫瑰，香味依舊芬芳；人體農場就算換了名字，腐臭味還是揮之不去吧。

很多人都很好奇，爲什麼一個人類學家會在田納西州面積約三英畝的林子裡，地上地下忙著處理好幾打人類屍體。一般人聽到「人類學家」，多半想到的是瑪格麗特·米德研究性開放的薩摩亞人，或是珍·古德研究大猩猩，而不會想到拿著雙角規形夾測量腿骨的體質人類學家。但是隨著刑事人類學的興起，將體質人類學的方法及工具用來幫助破案，骨頭偵探的人數似乎有愈來愈多的傾向。被害者的頭骨、肋骨、骨盆，以及其他骨頭等，能告訴我們的事情多得令人咋舌。這個被分屍之後棄置在垃圾堆裡的人究竟是誰？多大年紀、什麼種族、是男是女、身高多少？他的牙齒填充物或骨骼修復處符不符合某位失蹤人士的X光檔案？頭顱的傷口是槍傷所致，還是被高爾夫球打到的？他是被鏈鋸還是解剖刀肢解的？最後一點，則是我所在的機構過去二十五年來最廣爲人稱道的貢獻：我們可以根據屍體腐爛分解的狀況判斷出這個可憐的傢伙到底死了多久？

當然，因爲你得面對好幾打破損狀況不一的屍體，就會出現各式各樣有趣的問題。也因此，我才會跪在屍體旁，將一把獵刀插入他的背部。

我低頭望著我的「被害者」，凶器還插在他的傷口上，我向那位恰巧撞見我正在插入凶器、被嚇得失魂落魄的副警長說，「我正在做個小小的實驗，雖然他的背上被人插了把刀，但他其實是死於心肌梗塞，跑馬拉松跑到一半死的。」威廉害怕地眨眨眼睛，但我只聳聳肩，一派輕鬆地繼續往下說，「這名男子今年四十歲，每天都慢跑。我想你可以說他的腿跑贏了他的心臟。」我本來以爲這是個笑點，可是沒聽到任何笑聲。「總之，因爲他太太二十年前曾經在田納西大學上過我的人類學課，所以當他倒地不起之後，她就將他的遺體捐給我做研究。他們結婚這麼多年，她這麼做，不知該說他們的感情好，還是不好？」

威廉的眼神看起來有精神多了，注意力也比較能集中了，好像還有點在思考是不是該對我的話作些回應，所以我只好繼續說下去。我想我講的話有助於讓他從剛才那一團混亂中恢復過來。「我正在爲一件即將開庭審判的謀殺案做實驗。那樁案子的法醫在解剖屍體之後，認爲背上的刺傷是受害者的致命傷，我正試圖重建這個傷口，可是進行得不太順利。看起來，我好像得違反某些物理定律，才能讓獵刀按照法醫所描述的路徑刺入體內。」威廉的眼睛來回看著我的臉跟那具屍體。「你瞧，法醫的報告上說獵刀斜斜插入受害者的左背，碰到脊柱之後，最後刺穿他的右胸肺葉。不可能，至少我做不到。有句話我只對你和那根門柱說，我想法醫弄砸了這次驗屍。」

我讓副警長靠著橡樹幹坐著，他似乎想站起來，我脫掉手套，攙扶他起身。「如果你不排斥的話，不妨四下望望，」林子裡最大的一片空地上堆著許多身著衣物的屍體，我朝那個方向點了點頭，「你看到的景象，有一天也許會幫助你破案。」他聽進這句話，匆匆瞄了一眼。「空地上的那堆屍體是我們正在進行的腐爛實驗，我們在比較棉質衣物跟化學纖維究竟是會加速、還是減緩屍體腐爛的速度。目前看起來，棉質纖維似乎會加速腐爛的速度。」

「為什麼會有這樣的差別？」啊，他終於說話了！

「棉質纖維的吸水力較強，蒼蠅跟蛆比較喜歡，也比較容易讓皮膚軟化。」他的臉抽搐起來，顯然懊悔問了這個問題。「林子那頭的小丘上有幢小屋，我們用紗網罩住小屋，不讓蟲子靠近屍體。你會很驚訝當蟲子不能靠近屍體之後，屍體腐爛的速度竟然減緩了那麼多。」我轉身看他。「我有一個學生才剛做完屍體重量流失的研究，猜猜看屍體一天會流失多少磅？」他瞪著我看的樣子像是看到外星人。「一天就會減少四十磅呢，如果屍體的脂肪夠厚的話。蛆蟲就像總是吃不飽的青少年，你永遠無法滿足他們。」

他搖了搖頭，一臉苦相，但至少他笑了出來。還好。「所以這一整塊地上都是屍體？」

「到處都是，連地底下都有。你剛才不是將你那台休旅車停在那塊混凝土地上嗎？底下就埋了兩具屍體。我們埋了透地雷達觀察屍體的分解速度。」他急忙跑向休旅車，慌張失措，四下查看。

「別擔心，」我笑了出來。「你不會對它們造成任何傷害了，而且就算你停在它們身上，它們也不會找你算帳的。」我有一股衝動，想衝到他身邊，伸手搔他癢，還發出「咕嘰咕嘰」的聲音，就像我戲弄那些膽小的學生一般。可是，我忍住了這股衝動。「放輕鬆，好好深呼吸。喔，也許不必吸得太深。你就把這些當成是研究，別只想到死人。」我暫停了一會，讓他喘口氣後，再繼續說出我最戲劇化的結論。「你現在所看到的就是鑑識科學的實地研究。」順著這句話，我彎下身子，順手拔出還留在我研究對象背上的刀子，在空中揮舞一番。刀子拔出時，發出一聲充滿水分的響聲，噴出一團紫黑色的粘稠物質，在空中畫出一道弧線，落到副警長左腳的鞋子上，濺溼了好一大片。

這回，我在他倒地之前接住他了。

2

威廉副警長看起來仍像是一副活見鬼的樣子，他駕駛著查洛基（Cherokee）休旅車在田納西大學附設醫學中心的停車場裡左彎右拐，這個停車場就位在人體農場旁，裡面幾乎停滿了車。「我是這個醫院的好鄰居，」我向威廉開玩笑說，「來醫院上班的人若是晚點到，就會沒車位停，而得改停到人體農場這邊，因此，所有員工都會提早半個小時上班。」從他臉上的表情判斷，假如他在這家醫院工作的話，鐵定會提早一個小時上班。

離開院區後，我們駛入一條橫越田納西河的六線道快速高架橋，往右看去，是田納西大學在河北岸綿延長達二英哩的主校區全景。向左望去，一邊的河岸散佈著許多低頭吃草的乳牛，另一岸則是一棟棟豪宅，圍繞著勞頓堡湖北岸林立著。

田納西河約有六百五十英哩長，沿岸蓋了一連串水庫，勞頓堡就是其中之一，當地人將勞頓堡稱為「骯髒堡」，因為所有的污染物與污水都排放到那裡。田納西河的起點其實就在人體農場東方幾英哩，由霍爾斯頓河與弗倫奇布羅德河匯流而成。田納西河穿過諾克斯維爾的市中心，流經田納西大學，這一帶的河道相當狹窄，河水也很湍急。就在過了我們正駛於其上的水泥橋後，河道突然向左急轉，這裡距離源頭約四十英哩，有勞頓堡水庫作為緩衝，讓河道變寬，河水流速也緩了下來。大河轉彎的裡側是田納西大學的牧場，外側（也就是河的西北岸）則是西柯亞山莊，那是諾克斯維爾最富裕的地區。從豪宅區往河岸的方向望去，是一大片賞心悅目的優美牧場風光，為了這片美景，屋主除了巨額房貸之外，還得另外付出代價。在晴朗炎熱的日子裡，假如剛好吹起了徐緩的東風，這個全諾克斯維爾最高級的別墅區就會瀰漫在刺鼻的牛糞味中，偶爾還加上淡淡的屍體腐臭味。

威廉向右轉，接到東向的四十號州際公路，結果我們馬上就塞在往諾克斯維爾市區方向的車陣中。在龜速前進中，我們欣賞最近完成的一系列州際「建設改善工程」，好整以暇地欣賞諾克斯維爾樸實的城市建築景觀——幾棟三十層樓高的銀行大樓、一間樸實的長老教會醫院、幾棟四方形的田納西大學宿舍，以及「太陽之城」，這是一九八二年世界博覽會所留下來的遺跡，外型就像是把七十英呎高的金色高爾夫球放在二百英呎高的鋼骨高爾夫球架上一樣。當我們通過市中心後，車流量就大幅減少，於是我們加速行駛，將一幢幢建築物拋在腦後，視野內的景觀也變成了綿延不斷的小山丘與大煙山脈的尖聳山脊。大煙山脈是阿巴拉契亞山脈的主山脈，田納西州的東部州界就是由阿巴拉契亞山脈所形成的，庫克郡則是山脈中高低起伏最大的一段，也是最有特色的一段。

請威廉副警長來找我的人名叫湯姆．奇金斯，他的官方身分雖然是庫克郡的警長，但其實庫克郡的一切全都歸他管。就我所知，田納西州從來沒人使用過「警長閣下」這個稱呼，但這個稱號卻似乎能夠充分表達出奇金斯的山大王地位。

庫克郡的青翠山丘與滔滔河水使它成為田納西州最美的地方，同時也是最不受管束的地方。東邊與北卡羅萊納州高低起伏的山脈相鄰，南邊則是大煙山國家公園，這是傳說中走私者與罪犯的避難天堂。崎嶇的地形、蜿蜒的道路與當地排他性極強的人們將法律隔絕在外。即使到了電視與網路的年代，其他地區大多數的高山上都蓋滿了別墅，庫克郡卻仍保有早期移民的拓荒精神，你也許可以說這裡是「南方荒野」，在這裡，只有當地的法律才能滲透到高山深谷裡的每一個角落。

但是這一切，在奇金斯接管之後開始改變。

奇金斯是土生土長的庫克郡人。田納西州有些地方排他性極強，幾乎與世隔絕，庫克郡是其中之最，在這種地方，外人是絕不可能會當選警長的。可以說打從庫克郡有史以來，就有奇金斯家族的參與，奇金斯家族的存在甚至還更早一些，但湯姆．奇金斯不是人們刻板印象中的山地鄉巴佬。他在高中時期曾經打過美式足球，不過，這並不令人意外，因爲全校人數實在太少了，任何人只要四肢健全，都必須加入球隊，而且他們打球是出了名的粗暴。田納西州東區的其他學校都不敢到庫克郡打球，因爲造訪那裡的客隊都會鼻青臉腫、一跛一跛地離開，我兒子傑夫就親身經歷過，有些人離開時，還少了幾顆牙齒。奇金斯不只是體形壯碩而已，還很有運動天分，他在庫克郡高中校隊的位置是後衛，還拿到田納西大學的獎學金。在當時，田納西大學仍然是東南部地區運動員爭相進入的學校。奇金斯一心想成爲美式足球聯盟的職業運動員，大二、大三也都有優秀的表現，但就在大四的第一場球賽開始七分鐘後，在伊蘭球場裡的九萬名觀眾面前，阿拉巴馬隊的後衛踢中他的左膝，他的韌帶就此斷裂，學生生涯與美式足球員事業也隨之嘎然而止。

奇金斯跛著腳回到庫克郡，從此人間蒸發。我兒子是田納西大學球員的死忠粉絲，對所有球員的動向瞭如指掌，就像偶像劇的忠實粉絲追蹤偶像那般，他說有人謠傳奇金斯後來酗酒酗得很厲害，但他能告訴我的消息也僅止於此。六、七年之後，傑夫給我看報紙運動版的一則消息，上面提到奇金斯仍然活著，而且還活得很好，他已經找到了人生的使命，那就是成爲一名執法者，幫助庫克郡打擊犯罪。

打擊犯罪的工作有時候進行得並不是那麼順利。就在奇金斯加入警局之後幾年，他的長官，也就是當時的警長，在一次夜半緝捕大麻走私的行動中，在兩英畝的大麻種植區旁被射殺。外地人對於大麻竟然是庫克郡的首要經濟作物這項事實大感意外，在庫克郡，大麻的產量遠遠勝過次要作物菸草。大麻最適合生長在涼爽潮溼的山區，事實上，根據警界同事的說法，庫克郡的大麻比墨西哥或哥倫比亞所產的大麻還要好。此外，不需要太大的大麻田就可以賺進不少錢，而庫克郡又有許多高山深谷無路可到，再加上過去罪犯藏匿此地的歷史，讓此地的大麻農家獲得了絕佳的隱私權。儘管如此，偶爾還是會聽到某人種植大麻被逮到，或是某人遭到槍擊，不過中槍的人通常不是警長。

爲了遞補警長的職缺，庫克郡舉辦了一次選舉，結果奇金斯以壓倒性的勝利贏了他的對手，就像他過去在美式足球賽中跑贏企圖截阻他的球員一樣。從那個時候開始，他花了十年的時間致力於將警長的配備現代化。他用緝毒行動所沒收的錢買了許多新型交通工具：可以應付山溝深谷的休旅車、可以爬山涉水的越野車，甚至還包括一架可以讓他俯視山地轄區的直升機，由他那位曾在陸軍當過直升機飛行員的弟弟歐賓．奇金斯來駕駛。

儘管他現在如此成功，儘管二十年過去了，湯姆．奇金斯當年在球場上所受的傷仍然沒有完全復原，走起路來仍然有點跛。他在庫克郡算是飛黃騰達了，不過，仍然與加入全國美式足球聯盟的夢想相差甚遠。

這些消息都是我聽來的，所有關於湯姆．奇金斯的事，我都是從田納西大學校隊球迷（例如我兒子傑夫）與我在警界的同事（例如亞特．波哈南）的口中聽來的，亞特在諾克斯維爾警局的刑事鑑識科工作。奇金斯和田納西州東部其他地區的警長不同，他從來不曾針對任何案件向我徵詢過任何專業意見。對這件事我倒不介意，因爲根據亞特告訴過我的事情，我覺得參與庫克郡的案件就像是捕蛇一樣：你必須全憑一股違反常理的勇氣來做這件事，而且被蛇反咬一口的機率非常高。根據亞特和其他諾克斯維爾警局同事的說法，在庫克郡，沒有人分得清到底是開著破車、爲非作歹的壞人比較危險，還是坐在警用休旅車和直升機裡的好人比較可怕。一切都沒有定論，凡事都有可能。

我有許多時間可以思考這些問題，在此同時，威廉所駕駛的查洛基休旅車在四十號州際公路上向東急駛，穿越弗倫奇布羅德河的寬廣河谷。然後，就在四十號公路即將要切入阿巴拉契亞山脈時，威廉猛踩油門直接切到交流道的出口，再來個急左轉，接上郡道，郡道是一條彎彎曲曲的道路，曲折的程度連葡萄酒開瓶器上的螺旋鑽都望塵莫及。

路上有一條黃色的中央分隔線，但威廉視若無睹，在兩個車道間任意變換，好像路是他家開的一樣。「這是單行道嗎？」我明知故問，只希望他聽出我話中有話，然後靠右行駛。

「單行道？」他一派輕鬆地笑道。我現在已經不是地頭蛇了，因爲我們來到了他的地盤。「不是啦，不過在這條彎路上你一定要這樣直直開，否則你一輩子也到不了我們的目的地。」他一邊示範、一邊雙手放開方向盤，向前高速行駛了一百碼的距離，而曲折的中央分隔線就在我們車底下畫過。「晚上會比較好開，因爲你可以看到對面車道來車的車燈。」他向左甩，緊挨著一個急彎的內側邊緣。「除非對方沒開車燈，才會出事。我們每年大約有一、兩件對撞事故。」

我開始思索這件事，但是路況越來越糟，我的大腦跳出一個警訊：我還能再忍受幾個轉彎？恐怕不多了，因爲我發現我的前額冒出豆大的汗珠，口中也直冒口水。我把車窗搖下，把頭伸出窗外，呼吸外面的新鮮空氣，像狗一樣地喘氣。這讓我覺得好過一點，但其提神效果仍然不敵一路雲霄飛車般的行進。我往回坐，對威廉說：「我也不想這樣，但你一定要停車，我已經開始暈車了。」

他一臉詫異地看著我，好像他這輩子從未聽過如此可笑的事情一樣。暈車？在這麼好開的路上？他臉上的表情就好像是一隻駱駝在撒哈拉沙漠裡看著一個快被烤乾的人一樣：口渴？你不是上個星期才剛喝過水嗎？

他的臉上閃過爲難的表情，然後馬上搖搖頭，「警長說他急著找你。我們最好繼續走，如果有必要的話，你可以把頭伸出窗外。」

說時遲那時快，我馬上開始嘔吐，嘔吐物沾黏在畫在車門的警徽上。我坐回來，「事情沒有那麼簡單，」我大聲地說，「我有梅尼爾氏症，也就是暈眩症，再過三十秒，我就會開始頭暈，而且這頭暈會持續好幾天。這個情況一旦發生，我就不可能去完成警長要我辦的事了。」

他低聲咒罵了幾句，但仍踩了刹車，車子在路肩緊急停下，路旁的小鴿河河水滾滾流過。兩分鐘後，我們再度上路，這一次，我們乖乖地行駛在道路的右邊，車輪也不再與路面劇烈磨擦發出尖銳的聲音，因爲，這次換我開車了。

「我不敢相信我居然會讓你說服我，讓你來開車，」威廉喃喃自語地說，「警長一定會氣瘋了。」

「假如他發現我必須躺在暗室休息三天的話，一定會更生氣。」我說，「也許，事情並沒有那麼糟。」我把窗戶搖下，驅散嘔吐物所發出的刺鼻氣味。

十分鐘後，我們又轉了一個彎，突然間，眼前的景觀豁然開朗，從我們下了州際公路之後，我第一次看得見一百碼以外的景物。道路變得筆直多了，長達半英哩，然後我們來到詹斯伯，庫克郡的郡中心，它位於庫克郡的平原地區。

庫克郡的法院盤踞在郡中心的廣場上，它是一棟兩層樓的建築物，它的設計顯然可以抵禦任何軍事圍攻。建築物的外表是粗糙的花崗岩，正面只有幾扇裝有鐵窗的小窗子和一扇巨大堅固的鐵門，它的堅固程度，既使是中世紀的攻城槌也無法將它攻破。它是我見過最固若金湯、同時也是最醜的監獄。

「你們的法院眞是宏偉堅固啊！」我說出我的心聲。

「舊法院在一九二〇年代被燒掉了，」他說，「有個傢伙被關在監獄裡，他的親人想要把他救出來，結果發生了一場槍戰，還引發了一場大火。我猜他們不想讓這種情形再次發生。」

「那傢伙逃出監獄了嗎？」

「沒有。他先是挨了一槍，然後被大火燒死。事實是，他一開始根本就不該被關進監牢，他是被人陷害的。」

「你對本地的歷史很感興趣哦。」我說。

「只有那個部分的歷史，因爲那個人是我的祖父。」他指著某個地方說，「把車停在這裡。」

當我把車子斜停在法院前面時，我感覺有人站在我的旁邊。我向窗外望去，看到有一個人挺著啤酒肚、穿著卡其色上衣、黃褐色長褲站在那裡，他的腰間掛了一支點三八的手槍。他把頭伸進窗子，「威廉，你到底在搞什麼鬼？」

我心想此時我最好說句話，「奇金斯警長嗎？你這位副警長眞是精明。」

他們兩人都一臉詫異地望著我。我很快地繼續說，「在來的路上，我暈車暈得很厲害，正當我快要昏過去的時候，這位副警長突然想起他在報紙上看到的一篇關於暈車的報導，於是問我要不要開一段路，這樣也許會對我的暈車症狀有所改善。」奇金斯的視線從我的臉上移到威廉的臉上，然後再轉回來。「結果我的暈車情況馬上就改善了，眞是幸運。假如他沒有那麼做，我可能就會在樹底下躺上一個星期之後，頭暈才會消失。」

我看得出來警長的腦子裡有個問題正在形成，而且我猜這個問題和副警長的醫學知識有關，於是我在話題改變之前趕快把車排檔打進停車檔，然後說，「警長，你好像不曾修過我在田納西大學開的人類學課程。」

「我該修嗎？」他漲紅了臉，搖搖頭，突然間變成了一個被老師叫起來問問題的學生。

「哦，教授，我沒修過人類學的課，但我曾經旁聽過一次你的課。你那時播放了那次煙火爆炸的投影片。」

有一天，一座位於田納西州東南部的非法煙火工廠發生了一起爆炸事件，十三人喪生——每位受害者都被炸成了碎片——他們當時正在倉庫內混合火藥與顏料。那是一起可怕的意外，但就法醫學來說，它是一個有趣的研究個案，一個重大的悲劇事件。在播放那些血淋淋的投影片給學生看之前，我都會在一個星期之前預先警告他們，我所播放的畫面將會非常血腥恐怖，而且我允許他們在那天翹課，那是整個學期唯一一次可以翹課的機會。一如往常，那天演講廳被學生塞爆，有一大堆學生根本沒修這門課，結果，每個人只能用站的上課。當這個情況第一次發生時，我感到非常驚訝，後來，我開始知道這個情況每年都會發生。假如我夠聰明的話，應該每年的此時都向學生收取入場費，這樣我就可以提早退休，成爲一個大富翁。

「那是一個很有趣的案例，」我說，「我們最後還是把每位受害者給拼了回去，但是，一開始當我們把所有的斷臂殘骸收集在一起的時候，我當時並沒有把握可以辦到。」

我想，威廉現在應該已經安全了，於是我回到正題。「我能爲你做些什麼呢？警長。副警長說事關重大，但他沒說是什麼事。」

「我想請你去看一具屍體。」

「我想也是。屍體在殯儀館嗎？」

「殯儀館？」他的語氣有點酸溜溜。「博士，我們這裡最接近殯儀館的東西就是移動式的啤酒冷藏櫃。」然後他和威廉同時放聲大笑，好像親眼看到了一具屍首躺在一堆百威啤酒箱上面一樣。「屍體仍然放在我們昨天發現的地點。」

我臉上的不安表情惹得他發出會心的微笑。「不用擔心——屍體在那種地方多待二十四個小時也不會有任何影響的。」他越過我，向威廉眨眨眼，於是威廉又大笑了起來。這一次，他並不是由於奇金斯所說的事情而發笑，而是因爲他終於可以鬆一口氣了，這就好像是原本以爲回到家會被痛打一頓的小孩，卻得到了一塊餅乾。於是，我也因爲這件事而微笑了起來。

3

「好了，請上車，我們出發。」奇金斯一腳跨過去，坐在越野車的座位上，威廉與我也如法炮製。我按下本田越野車的發動鈕，車子的引擎發出低沉的顫動聲。他們讓我自己做選擇：和威廉副警長共乘一輛車、或是我自己單獨騎一輛。我今天已經領教過和威廉共乘一車的滋味了，所以我選擇自己騎一輛車。

我從來沒有騎過越野車，但我曾經看過許多青少年騎著這種車在高速公路的路肩以及荒野外地狂飆，所以我覺得這應該沒什麼大不了的。車子右邊的把手上有一個控制桿，可以用大拇指來控制油門，我曾經在「骯髒堡」的湖面上騎過同事的本田水上摩托車，這應該和那個差不多。這越野車是用手刹車來刹前輪、用腳刹車來刹後輪的——就和我唸研究所時在校園所騎的英式三段變速腳踏車一樣，所以我覺得應該沒有什麼大問題。換檔要靠左邊把手上的兩個按鈕來切換——我一開始切換得不太順手——但在看過我在法院的停車場四平八穩地騎過幾圈之後，警長似乎覺得我應該可以自己騎車安全地往返我們的目的地。

和我們接下來要走的路相較之下，我先前所走的那段前往詹斯伯的蜿蜒道路眞是小巫見大巫。我們一開始走的是石子路，並在市區南方半英哩的地方與高速公路分道揚鑣。當我們第一次過河時，我們走的是已經呈現向下凹陷狀態的木橋，到了第四次——還是第五次？——過河時，河水已經高過車子的輪胎，不久，石子路也變成兩條平行的車轍，很快地，就只剩下一條充滿泥濘的淺溝可行。我們一路歪歪斜斜、搖頭擺尾地向高地行進，而進度卻慢得不得了，那是唯一讓我不暈車的原因。越野車在一般的道路上似乎很好駕馭，但在山野小徑上就完全不是這麼一回事了。爲了要保持平衡與控制車子的行進，我必須採取半坐半蹲的姿勢來騎車，我有一種不祥的預感，這種姿勢一定會讓我那長期在辦公椅上養尊處優的雙腿與屁股痛上很長一段時間，但每當奇金斯與威廉回頭看我時，我總是向他們舉起雙手、作出拇指向上的手勢，同時在重新握住車把手時努力不要露出緊張笨拙的樣子。

石灰岩峭壁慢慢現形，我們所走的小徑也慢慢貼近山壁，我們不時穿過高聳的杉樹與茂盛的杜鵑花叢，在最後一次經過這樣的綠色隧道後，前面的兩位警官放慢了速度，並轉向山壁的裂縫……然後俯衝進地表的深處。我倒吸了一口氣，咬緊牙關，然後跟進。好吧，我並沒有眞的俯衝下去——比較像是匍匐前進——但至少我還是跟了下去。重點在於，我一直跟在他們後面，並且在陽光消失前在車把手上找到了頭燈的開關。

裡面的地面出奇地平坦好走——有些地方是乾燥的沙地，有些地方則是緊實的泥地。車燈照射的範圍之外看不見任何東西，這表示我們身處巨大的地下洞穴之中，那裡黑得伸手不見五指。不知道走了多遠，閃閃發光的山壁向我們靠近，我們駛入了地下河流的河床。這條筆直的河流大約有一呎深、六呎寬，在河道變寬之後，奇金斯與威廉駛出河床，停下車子，熄火並關掉車燈，於是我也照做，然後我們就陷入了全然的黑暗之中。

所有的人不發一語，任憑河水輕輕流過。我的耳朵適應了這安靜的環境，慢慢地，我開始聽到河水聲之外的另外一種聲音，那是一種有如音樂、揮之不去的人聲：毫無疑問的，我聽到的是孩童的笑聲。

「你們有聽到……？」我開口，但無法把句子說完。

「小孩子的聲音，是的。」奇金斯說，「很恐怖，對不對？知道這個洞窟的人對於這個現象有兩種說法，一種說法認爲這只是河水的回音而已，另外一種說法則認爲這是印地安孩童的靈魂。」

他大概察覺到我的疑惑，於是繼續說，「這洞窟座落於一塊聖地之上，對五個印地安部落來說，這裡是一塊聖地，即使在戰時，他們在這裡也都能和平相處，他們說這是神奇的魔法所致。在白天，我相信科學的說法，但在這個黑暗的所在，我相信靈魂的說法。」

他打開手電筒的燈光，就在那一剎那，笑聲也立刻消失。他打開越野車後面的置物箱，摸出了三個亮度極高的提燈和一件背面寫了「緝毒署」大字的外套。「拿去，博士，你最好穿上這件緝毒署的舊外套；在這裡待上一段時間可能會讓你感染肺炎。」我向他揮揮手，表示拒絕，但他硬是把外套塞給我。「我可不想一輩子成爲別人印象中那個害死布洛克頓博士的警長。」他說。當我穿上外套時，才發現自己正全身發抖。

我們爬上河床的斜坡，低頭進入旁邊的隧道，很快地，來到一個洞穴。沿路走來，都是千篇一律的棕灰色，但這裡的牆壁卻閃閃發亮，發出燦爛的光芒，就好像上頭鑲嵌著成千上萬顆的水晶。我猜這是石英，雖然它們璀璨得有如鑽石。洞穴另一端，被一個巨大的石英石筍給佔據了。

石筍與牆之間只露出一個狹窄的裂縫。奇金斯向裂縫的方向點點頭，並用手電筒的光線指向裂縫，示意要我們鑽過去。那個裂縫很窄，我不知道警長要如何把他的啤酒肚擠過去，但是，裂縫的另一邊是一個閃閃發光的小石室，裡面有一個突出的石板，上面有一具屍體——那是我所見過最驚人的人類屍體，我看著那具屍體，不禁眨了眨眼睛，再繼續盯著那具屍體看。警長說得沒錯，多放個一天、一個月，甚至是一年，都不會對這具放置在閃亮石室中的駭人屍體有任何影響。

我曾多次見過屍蠟，這個名詞是指富含油脂的肉體在潮溼的環境中腐爛後所產生的油脂狀物質。埋葬在潮溼地下室的屍體在表面通常會有屍蠟形成；浮屍也是如此。在田納西州大大小小衆多的湖泊與河流裡發現的浮屍，屍蠟大多集中在屍體的吃水線上。但就算我見過那麼多葬在地下室的屍體與浮屍，眼前這具放在岩石上的屍體，還是叫我大開眼界。乍看之下，屍體好像被包覆在一層屍蠟之中，但仔細觀察之後，我發現那並非只是表層的覆蓋物，而是一種更罕見的東西。屍體的柔軟組織已經完全轉變成屍蠟，簡直就像是杜莎夫人將她蠟像館裡的蠟像放到這裡展示給我看一樣（譯註：這是知名的杜莎夫人蠟像館，起源於倫敦，現於紐約、阿姆斯特丹、香港等地設有分館）。屍體的衣物顯然早已粉碎消失無蹤，殘餘的少許部分也與屍體表面的物質結合在一起，形成一層深色的物質，從頸部一路向下包覆，直到腳底的腐化皮革都是。

史密森博物館（Smithsonian）有一個類似的屍體，屍體的主人名叫艾倫博根，他是在一百多年前在一個墓園遷移的過程當中被挖掘出來的。而在費城的穆特博物館（Mutter Museum）——那裡收藏了全世界最奇特的醫學珍奇蒐怪——則有一個類似的女性版本屍體，大家爲她取了一個綽號，叫作「肥皀女士」，因爲屍蠟的成份與肥皀很相近。那兩個博物館裡的屍體形狀不完整、而且看起來很噁心，而我眼前這具屍體則給人恐怖的感覺。她不像是在長眠——她的眼睛睜得大大的，嘴巴張開，好像在尖叫——儘管她的表情如此詭異，卻仍帶有一絲奇異的美感。

我開始向屍體走去，然後對他們大叫，「你們先前來過這裡了嗎？」

「只走到看得見屍體的地方，我們不想在你來之前破壞現場。」

「好極了，我希望你們其他的同事也如此謹慎。」

我拿出從諾克斯維爾帶來的三十五毫米照相機。很久以前，我曾經和一位我所見過最聰明的警員共事過，他給我一個忠告，這個忠告同時適用於犯罪現場的攝影師與凶殘的銀行搶匪：「一路攝（射）進，一路攝（射）出。」從那時起，我就依照這個忠告遵行無誤。我站在水晶石室的入口，開始建立起完整的犯罪現場原貌，先從眼睛的高度拍攝廣角照片，再蹲下來從較低的角度拍攝石室的地面——這是我同事教我的另一個攝影技巧——利用光影的效果讓腳印變得更加鮮明。

相機的閃光燈閃得太快、也太亮，我看不見它所照出來的腳印，於是我按住閃光燈的控制鍵，照亮地面。高低不平的地面不太容易看清腳印的狀況，但我覺得自己看到了一些走向屍體的腳印，我朝著最清楚的腳印調整好焦距，從不同的角度將這些腳印拍攝下來，然後，我再將注意力以及相機的鏡頭轉向屍體。

我慢慢地靠近屍體，繞著它每隔幾英呎就拍一張照片。我使用的是全新的幻燈底片，一卷三十六張。幻燈片旋轉盤很容易攜帶到教室或是法庭，而且解晰度遠比任何一種數位相機拍出來的影像都來得好，你可以把幻燈片投影到電影銀幕上，而影像依然清晰無比，如果是數位影像，放大後就會變成模糊的印象派畫作，你只會得到一個籠罩在霧裡的犯罪現場。而且，在我唯一一次使用數位相機時，我在每拍一張相片的同時就把前面一張給刪除掉，結果，我最後只得到一張犯罪現場的照片，一個刀傷的傷口特寫。但是，我曾看過一篇報導，上面提到柯達的轉盤式投影機已經在一年前停產，所以，我極力抗拒數位科技的時日已屈指可數，「什麼進步？才怪！」我小聲地嘀咕著。

「你說什麼？博士？」

「抱歉，我只是在自言自語，你們都過來吧。」

威廉瘦得像隻流浪犬，所以很輕易就擠過裂縫，進到石室。奇金斯就難了，他先側過身，舉起雙手，當他擠到裂縫最狹窄的地方時（假如把這裡列入觀光團行程的話，這一段名稱大概會取爲「胖子擠壓器」），他把手放下，捧起他的啤酒肚向上擠壓，就好像是要把巨乳擠進巨大的魔術胸罩一樣。我知道我不該這麼做，但我實在忍不住：我舉起相機，然後按下快門。

閃光燈刺眼的光線讓他嚷了起來，「該死！怎麼回事？」

我朝他笑了笑。「只是要確定現場的一切情形都被記錄下來而已。」

「記錄個鬼！你給我聽著，我才不管你是不是法醫界的傳奇人物，只要你敢讓任何人看到這張照片，我一定會讓你死得很難看，而且我會讓庫克郡的陪審團成員都同意你的死是合情合理的。」

威廉也加進來。「有可能，湯姆，但爲了要擺脫刑責，你必須要先把這張照片給十二位陪審團員看過才行。」然後大笑了起來。

「可惡，這樣我的計畫就會變得太過複雜了，不是嗎？我想，最簡單的解決方法就是直接沒收博士的底片。」

「我是無所謂，警長。」我說，「反正相機鏡頭的蓋子還沒有拿下來。」

當他們兩人都來到我身邊時，我對他們說：「介不介意我爲你們的腳底拍張照？」他們先是露出一臉疑惑的表情，然後恍然大悟。奇金斯把手臂搭在威廉的肩上，然後向我舉起一隻腳，腳底對著我，讓我拍照，之後又讓我照另一個腳底。接下來，威廉倚靠在奇金斯身上，也讓我拍了他的腳底。最後，我把相機交給奇金斯，讓他拍我的腳底。這些照片不太可能會呈上法庭，但我可不希望辯方律師有任何機會把我的腳印當作是凶手的腳印。

除了照相機之外，我從諾克斯維爾帶來的另外一些東西包括一雙乳膠手套、一個小型捲尺，以及一把瑞士刀。我打開刀片，放在石板上，然後戴上手套，再拿起小刀。我用刀鋒的尖端輕輕刮起屍體臉頰上的屍蠟，就像我猜想的一樣，屍蠟之下只有骨頭，「我無法從皮膚來判斷死者的種族，」我說，「因爲根本沒有皮膚留下來。」

威廉開口說，「一定是個白人，這個地方沒有黑人，至少在天黑之後，」他竊笑說，「假如他們還要命的話。」

我朝副警長看了一眼。「假如有一個黑人在天黑之後車子拋了錨或是在這裡迷了路，他最後的下場就是像這具屍體一樣，是嗎？」

「威廉，你這個小鼻子小眼睛的笨蛋鄉巴佬。」奇金斯發火了。

威廉眨了眨眼，把頭掉開，嘴部的肌肉在抽動。

「你大概說對了，我很肯定這是個白種人。」我接著說，「死者的頭髮看起來像是金色的直髮，而且嘴部的骨骼結構是標準的白種人結構——看到牙齒呈現垂直向下的生長方向了嗎？」我用刀尖指著死者生前的上唇位置，就在鼻子塌陷口的下方，然後把刀片平坦的那一面倒下，跨過嘴部貼著屍體的下巴。「假如這個人是黑人的話，牙齒與頜骨會向前突出，刀片就無法接觸到下巴。」

我拿出捲尺，讓威廉小心地拿著一端，開始測量屍體的尺寸。「大約五呎八吋，」我讀出捲尺上的數字。「考慮到軟骨在死後會萎縮，死者生前可能還要再高個二、三吋。從身高來判斷，可能是個男性，但從臉部的特徵來判斷，顱骨的尺寸較小，而且骨盆較寬，我猜應該是個女性。你們有任何想法嗎？在庫克郡有沒有任何女性——個子很高的女性——失蹤？」

他們想了一會兒，奇金斯打破沉默說，「據我所知是沒有。博士，你認爲她在這裡待了多久？」

「由於洞穴和屍蠟的關係，時間很難說。這個洞穴很涼爽，而且蒼蠅和蛆似乎都沒有侵襲她，所以我猜可能經過很長的一段時間了——我猜是幾年而不是幾個月的時間，甚至有可能是很多很多年。」

「那麼，這表示我們得回去查舊檔案了，」奇金斯說，「這可能要花點時間，有些檔案保存得不太好，我上任以後的部分沒有問題，但在那之前的檔案就亂七八糟了。」

「試試看吧，看你能找到什麼。」我說，「或許有人記得她，不是常有一些老人會坐在法院前面的長椅上聊天嗎？他們也許會記得一些事情。」

「我可不太敢相信那些人的記憶，但我會問問他們。你還有什麼可以告訴我的？」

「此時此地恐怕不多，我必須要把屍體送回田納西大學醫學中心的法醫中心再作處理，」我說，「去除掉身體的殘餘組織，再仔細地研究骨骼，然後我就可以告訴你她的年齡、身高和種族。我們會拍攝X光片，找尋她身上是否有任何癒合的傷口，再和其他人的病歷資料作比對。假如夠幸運的話，就可以找出她的身分，甚至明白她的死因。」

「那的確會很幸運，」他說道，那語氣一點也不像是以抓到謀殺案凶手爲己任的警長。

當我在爲現場拍攝最後的幾張照片時，奇金斯與威廉拿來了一個運屍袋以及原本綁在威廉的越野車後方的拖車，我打開屍袋，把開口塞到屍體下方，輕輕地把屍體從石板移開，放入袋中，再拉上袋子的拉鏈，我們三個人一同將運屍袋推入拖車中，把拖車拉到越野車的置物架後方，再由兩位警官將拖車固定妥當。這個置物架原本是爲了拖拉啤酒冷藏櫃與野鹿的屍體而設計的，但用來拉屍體也沒問題。不過，屍體的重量讓越野車的車頭翹了起來，車燈也變成向上照射的角度。在我們朝向洞口往回走的路上，威廉撞上了一塊他沒有看見的石頭，於是連聲咒罵了好幾次。當我們走出洞穴外時，午後的陽光讓我們不禁瞇起了眼睛，威廉也面臨了另外一項挑戰。上山時，空的拖車是縱向綁在威廉的越野車後方，但現在，由於裝了屍體，拖車是以橫向固定在越野車的後面，而六呎長的拖車在很多路段都比我們所走的山間小路還要寬。因此，每當路變窄時，威廉就必須要施展穿針引線的絕技，費盡千辛萬苦地讓車通過，當然，也少不了一連串的精采咒罵。

我們在隆隆引擎聲的伴隨之下一路顛簸下山，最後終於回到法院後面的空地，此時已經夕陽西下，而我的大腿與屁股也在幾個小時的吸震工作完成之後還疼痛不已。法院前的閒坐老人早已不見蹤影，我察覺到山區的夜晚來得比平地還要早，我不知道是否是因爲這個原因，而使得住在這個陰暗山丘與山谷的居民性格也跟著變得陰暗了起來。

威廉以緩慢的速度開車送我離開庫克郡，也許是因爲車子後面載著屍體的緣故，又或者是因爲我先前的暈眩發作所致，不論如何，我都很高興。當我們行駛在連接到州際公路的那條曲折迂迴的河邊公路上時，我提高警戒地注意是否有對向急速衝過來的來車車燈，但一輛車也沒有，同時我也仔細聆聽是否有某個瘋狂駕駛所發出的尖銳輪胎摩擦聲與怒吼的引擎聲，以防他不開車燈駕駛，但也一無所獲，我們是公路上唯一的一輛車。每走一段路，那個封閉的城鎮與遙遠的洞穴似乎就離我更遠一些，我指的不只是實質的距離，而是它們似乎漸漸進入了另外一個時空。我不禁想起布利佳東（Brigadoon）的傳奇故事，在傳說中，那個神秘的村莊每一百年才會在蘇格蘭高地出現一次。但我心知肚明，儘管我千百般不願意，但我剛剛離開的那個地方不會憑空消失，我很確定，它很快就會再度來找我，而我也將會更加地不喜歡它。

4

我將威廉引導到可通往地方法醫中心的卸貨區，法醫中心就在田納西大學醫學中心的地下室。雄偉的醫學大樓座落在田納西河岸，對岸則是田納西大學的主校區，高聳的醫學大樓俯視著樹木繁茂的山坡地，也就是人體農場的所在。

地方法醫中心與醫學大樓共用一個停屍間，是田納西州五個法醫中心之一。另外四個法醫中心分別位於田納西州中央的納許維爾市、東北方的強森市、東南方的查塔努加市和西南角的曼菲斯市。雖然諾克斯維爾法醫中心的規模不及曼菲斯與納許維爾的法醫中心，卻是最新、最好的一個。曼菲斯市的居民是諾克斯維爾的五倍，而凶殺案則是這裡的十五倍，但他們的法醫中心卻只有這裡的一半大，裡面只有一間昏暗的大型解剖室，以及一個很小的冷藏櫃。反觀這裡，我們有一間人可以直接走進去的冷藏室，大小相當於一個可停放三輛車的車庫，兩個乾淨、明亮的解剖站，外加一個位於獨立房間內的解剖站，專門用來清理腐化的人體組織，大家都稱它爲「分解室」，它專屬於我和人體農場。這個房間配有電爐、用燉煮方式取出人骨的蒸汽鍋、用來清洗人骨像洗衣槽般大小的水槽，以及一個工業用垃圾處理機，可用來絞碎不再需要的腐爛的被害者與研究用屍體。我們唯一欠缺的東西，是將屍體在法醫中心與人體農場之間往返運送的地下輸送帶。

設置在卸貨區入口的監視器看到了我們，當威廉正朝著出入口處倒車時，鐵捲門向上捲起，讓威廉的車可以進入卸貨區，我爬出車子，站到卸貨區，而米蘭達．洛雷帝也打開法醫中心的門，推著一個輪床來到車子的後方。米蘭達是田納西大學人類學系法學組的研究生助理，我讓她做取出人骨以及將人骨分類的工作，而不是一般研究生助理所做的爲大學部學生改考卷和檢查他們的報告是否爲抄襲的工作，而她也做得樂此不疲。

米蘭達幫我把運屍袋從車子裡拖出來，放到輪床上。威廉站得遠遠的，一臉害怕地看著我們做事。當我把後車門關上後，他馬上跳進駕駛座，「我想我最好馬上回去，」他說，「我們保持聯絡，謝了，博士。」

「很高興能幫上忙，」我說，「小心開車。」

「當然。」

當他駛離卸貨區時，車子的紅色刹車燈與卸貨區的照明燈交織，照亮了水泥建築、屍體和米蘭達，我忍不住暫停下來欣賞這個景象。我發現，大多數的人穿手術服都會穿得鬆垮垮的，但米蘭達的手術服卻反而能突顯出她身材的玲瓏曲線，她究竟是如何讓原本毫無腰身的服裝變得如此合身，這個問題讓我百思不解。

她打斷了我的胡思亂想。「你帶回什麼東西了，博士？」

我突然想起我們爲什麼會站在這裡。「你一定會喜歡這個案子的，米蘭達。一具來自庫克郡洞穴內的屍體，屍體上形成了我從未見過、最完整的屍蠟。」

她高興地點點頭。「太酷了，你打算現在就把它帶進去，還是要先照幾張片子？」

「我們先照幾張片子吧。」

她走進大樓裡，不久之後推出一台放在走廊盡頭房間裡的移動式X光機，我從過去多年的經驗學習到一件事，那就是X光可以揭露許多隱藏在燒傷或腐爛肉體之下的驚人秘密：一個卡在顱骨或是胸腔內的子彈；一個位於肋骨或是脊椎的傷口；一個可以追查出製造商、外科手術醫師，甚至是病人身分的心律調節器或是整型植入物。但我同時也從慘痛的教訓中學到了另外一件事，那就是千萬不要推著一具發臭的屍體在醫院的放射科出現。我猜想，就算法醫中心沒有足夠的預算來購買移動式的X光機，放射科的同仁一定也會樂於自掏腰包爲我們買一台，以便讓我和我的腐臭朋友們跟他們離得遠遠的。

「這是今年的第二十三個案例，」我提醒米蘭達，不過她顯然早就知道了，因爲她遞給我一個爲了這些X光片而準備的不透光標籤，標籤上記錄了年份的最後兩碼，再加上案件號碼。在我擔任州立刑事人類學家的頭幾年，案件的數目從來沒有超過個位數——直到一九九○年，我才用到了90-10的編號。然而，在過去十年我開始用到了二十幾、甚至是三十幾的編號。

我們從頭開始照X光片。我們會先試著用頭部的X光片來和失蹤人口的牙醫記錄做比對——假如我們可以找到符合屍體特徵的失蹤人口的話。此外，我們還會在X光片上找尋骨骼上的創傷，例如斷裂或是砍傷，或是鉛這類X光無法穿透的物質。即使子彈穿透人體，它通常還是會在顱骨內或是肋骨上留下污跡或濺跡。

我把底片的卡匣放在屍袋的頭部位置下方，然後由米蘭達負責拍攝片子。當我把卡匣抽出交給她，她會用左手來接，換了個未曝光的卡匣，再用右手將這個新卡匣交給我。我們一言不發地工作著，這個動作我們已經做過了好幾十次，即使是在睡夢中我們都可以完美地與骷髏共舞。

照完頭部的X光片之後，我們開始拍攝胸部、腹部和骨盆的X光片。除了骨頭之外，骨盆部位的X光片還可以照出死者生前口袋裡的金屬物件。儘管屍體的衣物已經腐爛——這表示死者的衣物全是棉質的，同時也表示這些衣物年代久遠——屍體臀部與大腿的屍蠟仍然可能含有曾經放在口袋中物品的微粒。

在米蘭達把X光機推走之際，我將輪床推進冷藏櫃。米蘭達大叫，「我們今晚不將這具屍體處理掉嗎？」

「現在已經很晚了，明天再做吧？就像警長所說的，多放一個晚上對這具屍體也不會有任何影響。再說，我明天一大早還要上法庭去參加賴貝特案的聽證會。」

「哦，你指的是，要摧毀一個法醫的職業生涯、同時把一個冷血殺手放出監獄的那個案子啊？」我才打算要開口，她就對我笑了笑，同時對我搖搖食指。「你所做的是對的，你自己心裡也很清楚——他早該在幾年前就退休了，他把這個案子徹底搞砸了。回家吧，睡一個心安理得的覺。」

當我出來到空無一人的卸貨區時，我才想起我的貨車還停在距離此地四分之一英哩之遙的人體農場。就在十四個小時之前，我開車到人體農場上班，把車子停在那裡，一想到這點，我就像洩了氣的皮球般，突然覺得全身疲憊不堪。

此刻我最需要的是一夜好眠，但那同時也是我最不可能得到的東西。

5

我的卡車孤伶伶地停在停車場最遠的角落。在白天，人體農場八呎高的老舊木頭圍牆，將好奇的觀光客阻擋在外，不讓他們看見農場裡的屍體，同時也爲膽小的醫院工作人員將屍體與他們分隔——和旁邊的樹木夾雜在一起，並不起眼，但在夜晚，在停車場強力照明燈的照射下，它就變成了鮮艷的橘黃色。

在打開駕駛座的車門後，我轉身面向醫院，向架設在醫院屋頂的監視攝影機揮揮手，我很懷疑是否有警衛會緊盯著監視螢幕看，但萬一有人正在看的話，我希望讓校園的警衛知道，我非常感激他們日以繼夜地爲我守護著我的「非正式家人」。

在接近十一點的此刻，高速公路上一輛車也沒有，我越過田納西河，在金斯頓大道出口下交流道，金斯頓大道是諾克斯維爾主要的東西向道路，它從田納西大學校區的旁邊切過，假如我向右轉的話，就會通過一段六條街區長的熱鬧地帶，這裡全是生意好得不得了的餐廳、喧鬧的酒吧和喝醉的大學生。假如向左轉的話，我會來到安靜的西柯亞山莊，沿著查洛基大道的寬廣安全島行駛半英哩之後，我進入了黑暗、幽靜的街道區，然後回到我的家。

西柯亞山莊大多數的高檔別墅是一般大學教授負擔不起的，就算是十個大學教授加起來也買不起，面河別墅的房價更是天文數字，高達數百萬美元。然而，在這個富裕且林木圍繞的人間仙境裡，偶爾也會冒出幾間有草坪的房子、雙拼的房子，甚至還有幾間面對著一個小公園、附有前廊的房子，而其中之一，就是我和凱瑟琳在三十年前買的一個一九四〇年代建造的迷人小屋。石造煙囪、白牆、石板瓦、四周以水木和紫荊樹圍繞著的庭園，假如再加上一個稍微有點高的標價，這房子就像是某張明信片上的風景，極爲適合擔任教職的夫婦在這裡成家、養育小孩。事實的確如此，在當時是如此。而一切就在一夕之間人事全非。

而現在，它變成了一個揮之不去的夢魘。今晚，一如往常，我掏出家裡的鑰匙，心頭浮現一股不祥的預感。門閂應聲打開，大門滑開，迎接我的是靜悄悄的一片黑暗，此時，我知道回家是個錯誤的決定。我的步伐在石地板上發出冷冷的腳步聲，就像是把冰凍的泥土鏟到鐵製的閃亮棺材上一樣。

沖澡時，我努力地將從庫克郡帶回來的泥土與沙粒洗淨，同時試著讓熱水撫慰我酸痛的全身，然後爬進未整理的被窩裡，心情漸漸變得沉重，而不知名的恐懼也油然升起。

我徹夜翻覆未能成眠，最後終於睡著了。我夢見了一個沒有任何特徵的女人在做一件事，然後，她看著我，突然間，她的臉變成一個我所認識的人，而她臉上露出非常害怕的表情。有一隻手伸出來，打在她的臉頰上，然後這隻手向下移動，掐住了她的脖子。現在，我認出這個女人了，她是我的妻子，而那隻手，則是我自己的手。她先是露出哀求的眼神，後來轉變爲悲傷的眼神，然後，她的眼球翻白，嘴巴打開，但發出尖叫聲的人卻是我。「凱瑟琳！」

我從夢中驚醒過來，心臟碰碰亂跳、全身是汗、淚流滿面，過去兩年來的每天都是如此，我從夢中醒來，發現床上只有自己一個人，我一個人睡在我們的床上，不，是我一個人睡在「我的」床上，我那空虛、毫無生氣的床，放在一個空虛、毫無生氣的屋子裡，陪伴著我那空虛、毫無生氣的人生。

6

當我睡眼惺忪、衣衫不整地走上證人席時，地方檢察官鮑伯·洛伯難過地看了我一眼。我過去曾爲鮑伯在謀殺案件中作證了不下六回，但今天我卻是爲辯方作證，希望能讓他撤銷在比利雷·賴貝特謀殺案中對艾迪·密肯的起訴。

身爲一個刑事人類學家，我的職責是揭發眞相，而不是爲檢察官或是警方工作。在現實中，揭發眞相通常指的是爲被害者發聲，也因此，這通常代表了我會站在檢方的立場出庭作證。然而這次卻不然。這一次，我是爲賴貝特發聲，而我認爲他並不是被他的朋友艾迪所殺。但是，要我在證人席上說出這個眞相卻是一件困難萬分的事。

庭警飛快地背誦出「證人是否願意發誓在法庭中只說實話」的例行性問題——他說話的速度之快，讓我懷疑他是不是在拍賣會兼差擔任主持人的工作——我回答我願意如實作證。然後，迪維斯站上前來向我提出問題，我感覺頸背的汗毛豎了起來。

我不斷地提醒自己，這次擔任的是迪維斯和他的委託人的證人，但是，要壓抑對迪維斯累積多年的憎惡並不是件易事。在田納西州東部所發生的謀殺訴訟案件中，在每一個我爲檢方作證的案件當中，辯方律師幾乎都是迪維斯。你的嫌疑越重大、罪行越殘暴，你就越需要他。至少表面上是如此。連續強暴犯、戀童癖、大毒梟和冷血殺人魔這類的人渣或是毫無人性的垃圾，都是迪維斯的衣食父母。我過去在證人席上與他碰過十多次，他的反詰問總是讓我氣憤不已，其中一部分的憤怒來自於檢辯雙方的對立立場。每當我聽到職業證人，也就是衆所周知的「辯方的應召證人」，把我嚴謹的驗屍報告詆毀得一文不值時，我就快要抓狂。他們會說：是的，理論上，我想布洛克頓博士的說法是有可能成立的，也就是說，死者顱骨上的裂痕是由於他身邊的那支血染球棒所造成。然而，根據我的專業判斷，這個裂痕比較像是由形狀不規則的大冰雹所造成……。

我雖然痛恨這類牽強附會的臆測，但我把它當成必要之惡，人之常情。然而，我永遠都無法原諒的是，迪維斯以最狡猾、最齷齪的方式來重傷我的專業與人格。他最愛用的戰術，就是提出一個立刻會被法官駁回的誤導性問題，雖然他在問完後隨即撤銷這個問題，但那句話已經在陪審團的心中留下不可磨滅的印象：「布洛克頓先生，你是否爲了迎合檢方的理論而調整你的報告內容，就像你在三年前的某個案件中所做的一樣？」（「異議！」、「成立。」、「辯方撤銷這個問題。」）每次要和迪維斯交手時，我都會做好要面對這類言論的心理準備，但每當他施展這個招術時，我仍會氣得說不出話，當然，這個結果也早在他的算計之中。

所以，既然我這麼鄙視他這個人以及他所使用的招術，那我爲什麼還要爲他作證呢？因爲他再度把我玩弄於股掌之間，把我誘騙到他那一邊。幾個星期前，他邀我共進午餐——根據他的說法，是爲了要讓我們兩人「盡釋前嫌」——在吃飯的時候，他不斷地獻殷勤，讚美我的研究，稱讚我的學生，並爲他所使用的粗魯戰術道歉。然後，就在甜點送上來的時候，他把誘餌丟了出來。他說，他有一個案子極需要我的建議，因爲這個案子牽涉到了他所見過最難解的法醫學問題。他先提出一連串不會令人起疑、關於骨骼結構與銳角傷口的假設性問題——「當一把刀子刺進人體時，刀片可能會在骨頭上留下痕跡，不是嗎？那麼這個骨頭的痕跡上會不會殘留刀片的金屬微粒？若凶器是磨尖的石頭，留下石頭的微粒？而人體脊椎又有幾種形狀？」諸如此類的問題。他全神貫注地聆聽我的解答，然後隨即再提出一針見血相關問題。「是的，但假使刀片是很薄的軟刀呢？假使被害者的脊椎是彎曲的呢？」這時我才發現大事不妙——因爲我已經掉進他的陷阱裡了——我發現他前面所說的話只是個誘餌，這個聰明的混蛋已經勾起了我的好奇心與正義感。在付帳時，他叨叨絮絮地說了一大堆賴貝特驗屍報告上的問題，這份驗屍報告出自葛藍・漢彌頓之手，而漢彌頓是諾克斯維爾的法醫。迪維斯堅稱，我是可憐又無辜的密肯的唯一救星。

他讓我變得左右爲難。我的身分是人類學家，無法認定被害者的死因；在田納西州，只有具備法醫病理學專長的醫生才有資格做這件事，此外，還必須是被官方指派爲法醫的病理學家，才能做這個工作，因爲法醫的工作結合了醫學背景與執法的公權力。在學術與法學界中，一個具備博士學位的刑事人類學家被視爲比具有醫學博士學位的法醫還要低一級。但另一方面，在某些領域，我的專業見解比法醫還要有份量，這些領域包含了人骨結構學與人骨幾何學。除了研究過數千副人骨與數百具屍體之外——其中包含了數十具屍骨不全的屍體——我還曾教過醫學院學生一年的解剖學。因此，假如某人的生死要靠一把刀子是否能在人體的背部、脊椎和胸腔造成之字形的傷口來斷定的話，那麼我有自信我對人骨的研究與解剖學上的知識遠比漢彌頓醫生的醫學學位還要有用。

「老實告訴你吧，布洛克頓博士，」迪維斯靠過來對我說，「我的委託人可能大多數都是有罪的，」天哪，這眞是個天大的新聞。「但密肯是無辜的，他並沒有殺害賴貝特，他被一個能力有問題的法醫，再加上一個不願讓法醫丟臉、同時不願讓其他案件遭到連累的檢察官給害了。而他們爲了要掩飾這個過失，居然要讓一個無辜的人入獄，遭到終身監禁，這是不對的。根據我過去多年來對你的了解，布洛克頓博士，你永遠站在眞理的一方，沒有人會反駁這件事。我懇求你放下你對我的私人觀感，在這個案件中說出眞相，揭發這份驗屍報告中的錯誤，艾迪・密肯需要你的幫助。」

天哪，他眞行。多年來他讓我覺得不恥——直到今天，我站在證人席爲他作證，心中仍然不恥他過去的所作所爲——但在幾個星期前和他同坐在餐廳裡的那個時刻，我忍不住要欽佩他的口才與熱情，同時，我也無法拒絕他的請求，因爲他要我用我的專業知識來做我認爲正確的事情。他純粹是在拍我的馬屁？也許。但他所拍的馬屁是爲了做正確的事情，不是也有這個可能嗎？

在研讀過漢彌頓醫生的驗屍報告、研究過我所搜集的人骨與屍體之後，我決定要站上證人席，指出驗屍報告的不合理之處，因爲這才是正確的事。因此，今天早上我睡眼惺忪地站在證人席上，使用各種人骨與圖表來說明人骨幾何學。迪維斯很順暢地引導我說出必要的證辭，並且以我前一天根據驗屍報告的結論所做、卻無法得到相同致命傷的實驗，來結束我這次的作證。「以你的專業見解，布洛克頓博士——根據你在人骨創傷方面的豐富知識以及你親自所做的實驗——獵刀有可能在死者身上造成之字形的傷口嗎？」我回答說，不可能。「謝謝你，布洛克頓博士，謝謝你的坦白與勇氣。」他以這句話作爲結束，語氣中帶有些許的感性，當他回到辯方席、抱了一下委託人的肩膀以示鼓勵時，我差點以爲會看到一滴眼淚從他的臉頰滑落。

檢察官鮑伯．洛伯臉色陰沉地盯著他那份驗屍報告，然後起身向我進行反詰問。我們兩人都不希望看到的情形終於發生了。他用連小學生都聽得懂的語言引導我說明科學研究方法的步驟：觀察、假設、控制式實驗、結論。我不太確定他問這些問題的目的是什麼，這些問題既瑣碎又無趣，我的回答越來越不耐煩。然後，我突然發現他為我設下的陷阱了，「博士，你曾經在你的研究中心進行過數十次人體腐敗的科學實驗，對嗎？」我回答是的，我幾乎可以聽到陷阱的利鐵在緩緩打開。「布洛克頓博士，你是否認為可複製的結果是科學研究的一項重要元素？」是的，我避重就輕地回答說，一般來說是如此。「然而，你用來攻擊法醫驗屍報告的正確性所依據的實驗，你只進行過一次，是否屬實？」啪的一聲，我被陷阱夾住了。

「沒錯，但是——」

「博士，若我有說錯之處，請更正我。假使有一個研究生交給你一份博士論文——假設這篇論文的主題是溫度對人體腐敗速度的影響——假如這篇論文只根據在一具屍體上所測出的一個溫度數值來下結論，我猜你會認定那是一個粗糙的研究，不是嗎？」我別無選擇，只好說是，我的臉熱得發燙。洛伯轉身回到他的座位上，「我對這個證人的問題問完了。」

迪維斯連站起來都沒有，就進行再直接詢問：「布洛克頓博士，你知道曼哈頓計畫嗎？」我當然知道，第二次世界大戰發生時，為了研發原子彈所從事的高度機密研究工作，就是在距離此處二十英哩的橡樹嶺國家實驗室進行的。「當時在新墨西哥州所進行的試爆——在廣島投彈前的唯一一次實驗——你認為那是一個粗糙的科學研究嗎，博士？還是一個相當具有說服力的證明？」

我眞想親吻這個狡猾的混蛋。「我想我認為那是相當具有說服力的證明。」

洛伯提出異議，但法官只是笑著搖頭。迪維斯馬上要求撤銷對被告的所有指控，而法官也同樣拒絕了，但他同意了迪維斯所提出的為比利雷．賴貝特開棺、讓我重新驗屍的申請。

當一切進行完畢，聽證會結束時，我走向在座位上悶悶不樂的洛伯。「鮑伯，我希望這件事不會傷了我們之間的情誼，你應該知道，發生這樣的事情，我並不好受？」

他抬起頭來，一臉疲憊的樣子。「是啊，我也是。我比較喜歡你站在我們這邊的時候。」

「我也是。」我伸出手，然後我們就像南方紳士一樣地握了手。我正打算抽手離開時，他卻把我的手握得更緊了一些。

「比爾，我……我真的很遺憾，比爾。」

我向他微笑，試著安慰他，「沒關係的，你只是在盡你的職責而已。」

他再度緊握我的手，「我……指的是凱瑟琳的事。我應該早點向你致哀的，但我不知道該如何表達，我真的感到非常、非常遺憾。」

我想要說些什麼，但卻啞口無言。我別過臉去、抽出手，倉惶而逃。

7

就在諾克斯維爾刑事法庭的胡桃木大門在我身後關閉之後的一個小時，地方法醫中心的冷藏櫃不銹鋼大門在我面前打開。對我來說，這個地方就像我家廚房一樣熟悉，我在這裡就像在家裡一樣自在。不，我發現我在這裡反而感到更自在一些，因爲我想起昨天夜裡我在家裡來回踱步好幾個小時，只爲了要逃避失去凱瑟琳的痛苦。至少，在這裡，一切都在我的掌控之中；在這裡，死亡近在咫呎，但離家甚遠；在這裡，會用毫無生氣的眼睛盯著我的，只有無名的陌生人。

我把裝著洞穴女屍的輪床推到分解室，並把輪床推到牆邊停放，我把床的一端緊靠在巨大的不銹鋼水槽邊，並讓床邊的一對金屬鉤卡入水槽邊的托架上。

這時，米蘭達穿著一套乾淨的手術服、端著一個工具盤走了進來，裡面有解剖刀、探針、剪刀、鑷子，以及一把電動骨鋸（我很懷疑我們是否需要用到它）。電動骨鋸眞的是一個製作精巧的工具，效率極高：它的細齒刀片可以在一分鐘之內把顱骨的上半部削去，但假如你不小心讓刀削過指尖，你只會覺得癢癢的，而且皮膚一點傷也不會有。這鋸子我已經用過上百次，但每次要用之前，我總是會先把它放在手掌上，再次欣賞它的精巧美妙。

「又在玩你最喜愛的玩具了。」米蘭達說。

「單純之心才會欣賞簡單之美。你有注意到嗎？這刀運作的動作其實和電動牙刷非常相似？」

「哎喲，那可痛了，」她說，「一個不小心，就會失去好幾顆牙齒。」

「我知道，所以你絕對不會想要把這兩個東西用錯地方。我很好奇，不知道是哪一個先發明出來的？牙刷還是電鋸？」

「我想是先有蛋，」她說，「再有雞，然後才是解剖用電動牙刷。」

「好啦，我懂了，別開玩笑了，」我說，「你把X光機帶過來了嗎？」

「就在對面的實驗室，我馬上回來。」

當我拉下運屍袋的拉鏈時，眼前的景象再度讓我驚歎不已，死者的肉體完全轉變成像是木乃伊狀態的蠟狀物。在某些文化中，這種狀態的屍體會被視爲是「不朽的」——像是聖骨或是聖人，也許還具有施展奇蹟的能力。人們甚至會爲此造一個聖壇，然後，成千上萬的病人與殘缺之人就會蜂擁而來，希望能讓自己恢復健康。然而這一切，只是脂肪、水分與氣溫所玩的把戲。可是，我又有什麼資格說這只是個把戲？也許並不止如此，畢竟，她的屍體被完美地保存了下來，等待人們去發現她、認出她的身分，她耐心地等候著，要把她的故事說出來，請人爲她討回公道。假如這是個化學作用所形成的把戲，也是一個巧奪天工的把戲。

在一般的情況下，我應該先去除屍體身上的衣物，但是死者的衣物已經腐爛成碎片並嵌入屍蠟中，所以當屍蠟被去除時，衣服的碎片也會隨之脫落。因此，我決定要從屍體的頭部開始著手。

我的視線向下移動到頸部，有一個東西吸引了我的目光——屍體的胸部有一個小小的突起物。就在此時，米蘭達把X光機推過來了。「你看，」我說，「我想她的頸部戴了某個東西。」她靠過來，我們一同研究那個隱藏在一層屍蠟之下的扁平方形墜飾，不論原本繫著這個墜飾的是金屬鍊還是細繩，都已經化成氧化物，形成一條環繞在死者頸部、帶有少許綠色的白線。

「哦，那個，」她說，「我在X光片上看過。」她的聲音帶有一絲奇異的感覺，表面上，她的語氣聽起來很冷靜，甚至有點無趣的感覺，但事實上，她興奮得在發抖。我等著她的下一步，她故意停了一會兒，才接著說：「我在X光片上看到的不只如此。」她把牆上燈箱的燈打開，再把一張X光片放上去，她的頭擋住了我的視線。

她轉過身面向我，但仍然擋住我的視線，然後，她盯住我的眼睛，慢慢地向旁邊移動，讓影像呈現在我的眼前。「我的老天哪！」我倒吸了一口氣。

「也許你不該把這句話放進報告裡，但還是值得記錄下來。」

「我們動手吧。」

我們回到輪床邊，屍體的髮線退到頭顱的頂部，頭髮貼在頭顱後方，儘管死者的頭髮和屍蠟密不可分，同時因爲黴菌的作用而褪色，但仍然看得出它原本是金黃色的細髮。耳朵幾乎已經不存在——沒有骨頭的支撐，耳朵的組織和頭皮的蠟狀組織結合在一起。她的臉看起來像是戴了面具一樣：屍蠟與顱骨輕微分離，產生了一個令人毛骨悚然的效果，就好像是一具骷髏爲了參加一個怪異的化裝舞會而戴上面具，假裝成木乃伊。雖然她的嘴巴張開，好像在尖叫的樣子，但她的牙齒緊緊地咬合在一起，她的眼窩塡滿了屍蠟，空洞地盯著我、米蘭達和刺眼的螢光燈。

輪床的四周圍著一圈不銹鋼的邊框，在尾端還有一個附了濾篩的排水管，當我們把輪床卡在水槽邊時，排水管的下方就是水槽——這是一個變態但充滿創意的設計，這個設計是由一個清洗過世界上最多腐爛屍體在牆上和地上留下的污漬的人所發想出來的，那個人就是我。我取下掛在牆上托架的水霧噴頭，打開水龍頭，只開最小的水量，但將溫度調到幾乎可以將人燙傷的水溫，屍蠟的材質介於蠟與肥皀之間，所以熱水可以將屍蠟融化，就像是把一塊香皀丟進裝滿熱水的按摩浴缸一樣。

我仔細地將熱水來回噴灑在屍體臉上的每一個部分，一開始，一點效果也沒有，屍蠟依然又冷又硬，但慢慢地，它開始軟化，然後快速地流下來，經過排水管流到水槽裡。在洞穴裡，或甚至就在不久前我剛打開運屍袋時，都沒有聞到任何臭味，但是當熱水開始將屍蠟融化之後，屍體就開始發出腐敗的惡臭味，還有阿摩尼亞的刺鼻氣味。

不到一分鐘的時間，原本在屍體鼻腔的物質融化了，只在顱骨留下一個空洞，不久之後，顴弓（也就是頰骨）也顯現出來了，接下來則是上下頷骨。當連結下頷骨與顱骨的物質開始融化時，我用左手扶著下頷骨，直到它完全脫離顱骨爲止，然後就把它交給米蘭達，米蘭達再把它放在鋪在桌面上的消毒紗布上。當我將顱骨上的屍蠟清除完畢之後，我們就開始針對整個顱骨進行初步檢視，以判斷死者的種族並推估她的身高與年齡。稍後米蘭達會用一個大鍋子來燉煮屍體（加入少許的嫩精和一點點的洗衣粉，以加快燉煮的速度），最後再用牙刷輕輕地把殘留的組織刷去。

當死者臉部的骨頭都顯現出來之後，我開始將熱水直接噴灑在頭的兩側與頭頂，慢慢地將連成一塊的頭髮與顱骨分離，有點像是一場詭異的剝頭皮儀式，當頭皮剝下後，我繼續沖洗頭頂，把殘餘的物質沖掉。米蘭達把糾結在一起的頭髮扭乾，然後放在紗布上晾乾。

這可怪了，我一邊檢查上頷骨、一邊在心裡這麼想，死者並沒有上排的側門牙（也就是「大門牙」兩旁的那兩顆牙齒），我在正中間的門牙與犬齒之間並沒有發現任何多餘的空間，所以她並不是牙齒掉了，而是根本沒有長出上排的側門牙。這叫作異常缺齒，這很罕見，但也不是沒有發生過。我不發一語，等著看米蘭達會不會注意到這件事，但她沒有說任何一句話。

下頷骨移除後，脊柱的頂端就顯現出來了，我將熱水噴灑在第一和第二頸椎，第一頸椎只是一塊環形骨——基本上就像是一個墊片或是墊圈一樣，眞正支撐人類那十磅重的頭顱的是第二頸椎。「好吧，我們來移動顱骨。」我說，米蘭達點點頭，然後走到桌子的另一邊去。

她以雙手抓住顱骨的兩側，將顱骨向後稍微傾斜，讓脊椎之間的關節打開，我則從工具托盤裡拿起一支解剖刀，插入關節，來回切割，將連結脊椎骨的軟骨切斷。開口越來越大，接著顱骨就與頸椎分離了。米蘭達把顱骨拿到水槽裡將水滴乾，再把它放到櫃檯上，我把水龍頭關掉，也走到桌子旁邊去。

我們沉默地研究了顱骨好一段時間，我對她說，「你看到了什麼？」多年來，這句話我對學生說了無數次。米蘭達拿起顱骨，接受這個問題的挑戰。

她一開始用謹慎、正式的語氣說，「這個顱骨有點細長、線條非常平順，眼窩有稜有角，眉骨很短，」她停頓了一會兒，旋轉著顱骨細看。「顱底的外枕隆凸也是如此。根據我粗淺的觀察，這顯然是位女性。」

「我也認爲如此。」我微笑著說。我們的對話帶有些許嘲弄彼此以及蘇格拉底式對話的意味，但也不全然是如此，有更多的成份，是在嘲弄自己以及我們對科學知識的自負。「那麼種族呢？」

「嘴部的結構屬於直面型，所以她不是黑人。沒有明顯的咬合磨損，這表示她的上下顎並不是邊對邊的咬合，門齒絕對不是箕形門齒，這樣大概就排除了美國原住民和亞洲人，不過，爲了更加保險起見，我們應該把這個顱骨的所有尺寸輸入法醫辨識軟體。」法醫辨識軟體——也就是「法律醫學資料辨識軟體」的簡稱——是一套由田納西大學發展出來的電腦軟體，它可以利用骨骼的資料計算出死者精確的年齡、種族、性別與身高。米蘭達再次檢視顱骨的臉部與嘴部，然後說，「沒錯，我認爲她是典型的白種人。」

「我也這麼認爲。你覺得她幾歲？」這是一個高難度的問題，但米蘭達毫不思考就回答了這個問題。

「大約二十歲十個月又五天，又七點二分鐘。」她飛快地說出答案。我目瞪口呆地盯著她，她笑了出來。「被我唬住了吧，你明明知道我必須在看過鎖骨和恥骨聯合的狀況之後，才能斷定死者的年齡啊。」她仔細地研究顱骨上的曲折線。「顱縫還很清楚，所以她應該還很年輕。第三臼齒還沒有長出來，但這並不代表什麼，也許她的身體非常聰明，知道長智齒只是在浪費人體珍貴的鈣質而已。」她將顱骨向後傾斜以研究嘴部的頂端結構，「上頜骨縫開始接合，這表示她已經是個成人了，但在還沒有看到鎖骨和恥骨之前，我無法斷定她是十八歲，還是二十八歲。」她停了一會兒，接著說，「雖然你沒有問，但我可以告訴你，顱骨上並沒有任何明顯的創傷，不論是鈍物或是銳物創傷。她有三顆沒有補的蛀牙，這表示她處於低社經地位、或是住所的附近沒有牙醫診所，假如她是在庫克郡長大的話，也許兩種情況同時成立。而且她沒有上側門齒，這大概是天生異常，而不是牙齒脫落——上頜骨並沒有出現任何骨質流失的現象，假如有的話，我們會看到空齒槽被塡滿的狀況。」天哪，她眞行！假如她沒有被醫學名校吸引走的話，絕對可以成爲一名頂尖的刑事人類學家。

「一開始就做得非常好，」我說，「我們繼續。」米蘭達把顱骨放回櫃檯上，我們再走回屍體旁邊。我開始清洗頸椎的其餘部位，我們兩人靠得更近了。米蘭達先看到了，「那裡，」她用戴著手套的手指頭指著那個東西，那是一塊弧形的小骨頭，和雞胸部的叉骨差不多粗，就在第三頸椎骨的前面。米蘭達伸出手用六吋攝子將骨頭夾住，而我則用熱水沖它。

「不准打噴嚏。」我說。

「不要害我笑出來。」她回嘴說，「哦，等等，我忘了——這個風險並不存在，因爲你的笑話我全都聽過了。」

我用熱水在那塊骨頭的四周來回噴灑，慢慢地，那塊不可能會認錯的U形舌骨就露了出來。當它與其他組織分離時，米蘭達把它當成寶貝般地拿到櫃檯上，她把手肘撐在檯面上，仍然用鑷子夾著那塊舌骨，我把附有光源的放大鏡轉過來。她弓著背，專注地從每個角度研究那塊骨頭，最後，不發一語地向後退，讓我看那塊骨頭。

我伸出雙手，我的指頭滑過她的手指，拿住攝子。「好，我拿好了。」聽我這麼一說，她就放開手，向後退去。

這塊拱形的舌骨大約一吋到一吋半高，寬度也差不多如此，在放大鏡之下，它變成了五倍大。這塊舌骨曾經支撐著死者的舌頭，以及其他說話用的肌肉，現在，我希望它能夠告訴我們她是怎麼死的。

在舌骨中央拱形（也就是「舌骨體」）的兩側，是兩個較細的拱形，稱之爲「舌骨角」。一般來說，舌骨的高度與寬度（也就是兩個舌骨角之間的距離）相當。但是眼前的這個例子卻不然，兩個舌骨角離得非常近，理由則是顯而易見：連接舌骨角與舌骨體的軟骨已經脫離原位，而舌骨體的中央也出現裂痕。我曾經見過許多遭受損害的舌骨，但沒有一個像我手中的這個情況這麼糟。這位年輕的女性是被勒斃的，她的死因就記錄在她的骨頭上。

我站直身體，看著米蘭達，她揚起眉毛，我對她強作微笑，說，「現在我們知道她不是自己爬進山洞裡自殺的。」我們來到了一個關鍵點，在這之前，我懷疑她是被謀殺的；現在，我很確定她是被謀殺的。我手中這塊脆弱的小骨頭不只證實了一件謀殺案，也顯示出死者是如何死亡的。我感到非常興奮，我傾向於認爲這種興奮的感覺來自於科學探索的成就感與滿足感，但事實是，這比較像是一種毒癮，別人是對古柯鹼、香菸或是跑步者的愉悅感上癮，而我則是對法醫學的新發現上了癮。

「我們需要拍很多照片，」我說，「用三十五毫米的相機，使用特寫鏡頭，特寫越大越好。也把骨頭拿去工程實驗室，利用他們的掃描式電子顯微鏡來觀察，除了這些肉眼可見的裂痕之外，我們也許可以透過掃描式電子顯微鏡找到許多微小的撕裂痕，也就是在軟骨被扯斷的地方。假如這個案子上了法庭，那時我們將會需要清楚有力的證據相片。」米蘭達點點頭。「好吧，我們去取下死者胸前的那個墜飾，看看鎖骨能告訴我們什麼。」

我們重新回到輪床旁邊，我將一支又細又長的壓舌板深入位於胸骨上端的長方形凸出物下方，我將這個凸出物鬆動，那裡發出「咔啦」的聲音，就像是攪動冷卻後的培根油脂一樣。我試著透過壓舌板去感覺這個凸出物，它又薄又硬，在一堆黏稠物質的下方仍然可以清楚感覺到它的四個邊。米蘭達打開一個小密封袋，當我把這個東西放入袋子後，她就把袋子密封起來，在上面註記了案件編號、日期，以及「項鍊／墜飾」的字樣。當她在寫這些字的時候，我再度打開水龍頭，把熱水澆在死者的鎖骨上。

鎖骨一下子就鬆脫下來了，它的外側端（也就是連接上臂與肩胛骨的地方）與鎖骨幹緊密接合，而在靠近胸骨的那端（也就是與上胸腔的骨胸連接的地方）則連結得不是那麼好，關節與骨幹連結處的組織還沒有完全從軟骨轉變成爲硬骨。

「所以她的骨骼結構還處於成長的階段，」米蘭達說，「她已經不是小孩子了，但也還沒成爲一個成熟的女性。」

「就和你一樣。」我回應道。她用手肘用力地在我的胸口頂了一下，「好痛！我的意思是，就骨骼結構來說是如此，也就是還不到二十五歲，不是嗎？」我知道她還不到二十五歲，不過是在幾個月前才知道的。沒有幾個學生會質問我或是取笑我，更沒有一個學生會用手肘頂我。米蘭達可以很自然地與我爭論，這個舉動反映出她的自信與自在，而我很喜歡這一點。她的姓（Lovelady）常被人拿來開有關於同性戀或是應召女郎的玩笑，而她對這類的玩笑早就已經免疫了，還有許多警察會找她，請她用手銬銬住他們的雙手，然後對他們唸出「米蘭達權利」，她當然也都拒絕了。她聰明、健美、堅強且風趣，而且一點也不死板。但是，她的年紀足以當我的女兒了，此外，還是我的學生。（譯註：此玩笑出自「米蘭達權利」〔Miranda Rights〕或是「米蘭達警告」〔Miranda Warnings〕的典故，美國的警察在逮捕犯人時，必須將這段話唸給嫌犯聽。）

我把水流再開大一點，隨著屍蠟與肋間軟骨逐漸流下，胸腔也隨之漸漸現形，就像是一艘埋在海底的沉船慢慢被人挖掘出來一樣。我把肋骨一根一根地取下，每次我都要費力扭轉一番，才能將它們一一從前面的胸骨和後面的脊椎骨上取下來。我每取下一根肋骨，就把它交給米蘭達，她再把骨頭放在桌上，依照解剖學的位置與順序，從顱骨開始向下一一擺放。輪床上屍體的各個部分一一被取下，而旁邊的桌面上則慢慢出現一副完整的人類骨骼。

當我把前七對肋骨取下之後，我把胸骨交給米蘭達。她倒吸了一口氣，我因此抬起頭，「怎麼了？」

「你看那個。」她指著一個形狀清楚完整的圓形孔，就在骨頭下端的正中央。「她是被射殺的嗎？」

我研究著這個洞孔。「看起來似乎如此，不是嗎？」當我在說這句話的時候，她用銳利的眼神掃視我，似乎察覺到某個陷阱。

她再仔細地研究這塊胸骨，先看正面，再看背面，我看得出她在搜尋腦海裡的資料庫，試著要在她從我的骨學手冊（我的骨學聖經）裡所學過的東西中，找出與眼前所見的胸骨相符合的例子。我的書裡的確有這個例子──第一一七頁上半部的圖片──但我不打算給她任何提示。「這個尺寸是小口徑的槍隻所使用的子彈尺寸──也許是點二二口徑，」她自言自語道，語氣有點不太確定。她一副審視犯人似地盯著骨頭瞧，「但卻有一些線索與這點不符合。」

「例如？」

「首先，彈孔剛好打在骨頭的正中央，這實在是太巧了。」我不發一語。「另外，這個孔在骨頭的正面與背面都形成斜角，而子彈所形成的傷口，只會朝子彈行進的方向擴大。」

「對，」我說，「當子彈打穿骨頭時，衝擊波是以圓錐形的方向傳遞出去的，所以會在出口處形成較大的孔，就像是ＢＢ彈打穿彩繪玻璃窗時所造成的漏斗形彈孔──外側的彈孔較小，裡側的彈孔較大。」

「你的口氣就好像是有ＢＢ槍的小男孩一樣。」她說。

「嘿，男人間的話題可多了。」我說，「不要顧左右而言他，你還注意到什麼其他的事？不論是不是子彈所留下的痕跡。」

「好吧，骨頭兩面的斜角孔的確不是子彈所留下的痕跡，因爲骨頭的表面是平滑、平整的。子彈在物體表面所留下的彈孔較粗糙，而且通常會在物體表面從彈孔向外形成輻射線狀的裂痕。」

「好極了，」我說，「所以這是……？」

她皺起眉頭，「人骨原本就有的孔？」

「正是，這是骨頭的自然開口。這種情形在女性的胸骨上十分少見。順帶一提，有百分之十的男性會有這種孔，而女性大約只有百分之四會有這種孔，這就是你以前沒有見過這種情形的原因。」她露齒而笑，爲這個親眼所見的珍貴資訊感到無比興奮。這就和法醫學的新發現一樣，是會上癮的。「好，我們繼續。你準備好要繼續下去了嗎？」她的笑容消失了，同時深深地吸了一大口氣。「接下來的情形可能會讓人覺得不舒服，」我補充說，她點點頭，「假如你覺得不舒服的話，就出去透透氣，不用感到不好意思。」她再次點點頭，眼睛睜得大大的。我再度拿起水管的噴灑頭，將水壓減爲一半。

當死者身體中央的屍蠟融化之後，我發現了一個我這一生中很少見到的情形，並爲此感到驚訝不已。一小團小骨頭慢慢地顯現出來，它就懸浮在一團顏色較淺的屍蠟上頭，而這團屍蠟過去曾經是羊水與胎兒的身體組織。這位年輕的女性懷了孕，她腹中胎兒（我現在正拿在手上）的預產期早已過了，這是一個可怕且令人難過的接生。

「我們要在排水口上加一個二毫米網眼的濾篩，米蘭達。」她連忙跑到櫃子那邊，拿出一個網篩，把它放在排水口。我希望這個網篩的網眼夠細，可以留下所有的小骨頭。

胎兒的小脊椎就像是串在一條線上的小珍珠一樣；而每一塊脊椎都比扁豆還小。每塊脊椎的兩側都有神經弓，這一對對的神經弓在胎兒出生後的頭幾年會連接起來，然後大約在幼稚園的階段與椎體連結。在脊椎的底部有臀部的小骨頭，其大小與形狀都類似於小青豆。脊椎的兩側有兩支對摺的腿骨：股骨的尺寸相當於我食指中間那節骨頭的大小；脛骨則像我的小指骨頭一般長。腳骨實在是太小了，需要用麵粉篩來過篩才不會流失。在脊椎與腿骨的右邊是彎曲的肋骨——細細彎彎的小骨頭又輕又脆弱，就像是鳥類或是魚類的骨頭。顱骨位於整個骨架的最下方，其大小也像鳥類的骨頭一般；顱底的枕骨比一個兩毛五分的銅板還要小。

「很難相信我們都是從這麼小、這麼脆弱的狀態開始成長的，」我說，「看來她似乎正處於懷孕中期。」

「你怎麼知道？誰做過這方面的研究了？有誰忍心做這種研究？」

「幾個布達佩斯的病理學家在一九七〇年代做過研究。他們研究並測量了一百五十個胎兒的骨骼，包含了發展到每個階段的胎兒。我不知道他們爲什麼會進行這個研究，但我想他們能夠承受那個研究，就像我們現在正在承受這個案子一樣：爲了一個有意義的目標，一根骨頭接著一根骨頭地完成研究。」我們兩人陷入沉默，我開始回想起過去曾經研究過的幾個胎兒骨骼。

在過去，仍在母體腹中的胎兒我只見過三次。其中兩次是在南達科塔州的阿里卡拉印地安墳墓中，據我所知，他們全村的人幾乎因爲天花全數死亡，而這疾病是白人毛皮販子故意傳染給他們的——這是一場早期的生物戰。我所見過的第三個案例是一個懷孕女子的屍體，她是在肯塔基州界的野外樹叢中被人發現的，根據警方和我的猜測，這位女性一路搭便車旅行，只可惜她上錯了車。在這三個例子中，母親與胎兒被人發現時都已經只剩骨骸。而我們眼前的這個胎兒卻是被一個完整無損的母體保護著，直到我們進入山洞將他們帶出來，才讓這個胎兒曝光。我先是對於自己打擾他們的安寧感到抱歉，接著又想到，人生充滿了各種風險：這是一場賽跑，而有些人連起跑點都沒有離開過。

我抬頭看米蘭達，發現眼淚從她的兩頰滑下，把口罩都弄溼了。我拍拍她的肩膀，建議道，「也許你該出去休息一下。」她退開一步，搖搖頭，一臉憤怒。我知道她氣的不是我，而是扼殺了這兩條生命的凶手。「謝謝，我的確需要你的協助。我們把胎兒的骨頭依照解剖學的位置與順序從頭部開始向下排列，放在母親的旁邊。」她點點頭，然後難過地開始接過我遞給她的骨頭，重組這副小型骨骸。

經過了六個小時，我們的工作終於完成了。我們帶進來的蠟屍現在變成了一副骨骸，帶有些許的油脂與臭味，幾乎無法讓人聯想到她原本是一個健壯的年輕女性，而世人更不會認識她身旁的這個生命：一個從未降臨人世的胎兒。

我們所知的所有資訊都來自桌上的骨骼：我們知道這是一位比一般人還要高的年輕白人女性，我們知道她已經懷孕了，就在她懷孕中期，也就是當她的身材開始顯露出孕婦的身分時，她被人給殺害了——被人勒斃的，至少到目前為止是如此，因為我們沒有在她身上看到其他的傷痕。我們不知道她的姓名，但在檢視過她的骨骸之後，我們得到了一些線索，可以幫助我們找出她的身分。她的骨骸也許可以幫助我們瞭解她被殺的原因……假如我們願意仔細聆聽的話，也許這些骨骸會告訴我們，是誰把雙手環繞在她的頸部並無情地用力勒斃她，且因此留下了暴力犯罪的證據。

我看看米蘭達，她的臉失去了生氣，那雙在推X光機進來時閃亮有神的眼睛，現在也變得疲憊而悲傷。

「我知道，」我說，「這個案子很棘手。」

她點點頭。

「還有，」我等到她抬起頭來看著我的眼睛時，才繼續說，「今天的發現，我們暫時不要對任何人說。」

8

亞特．波哈南被黏在顯微鏡前面，這不是比喻，而是事實的描述，而且一副心情不佳的樣子。

指紋實驗室位於諾克斯維爾警局的地下室——位於城市陰森區域裡的一棟米白色陰森城堡，四周全是柏油路和一批批低收入戶所居住的國宅。門口執勤的警員匆忙把我帶到電梯裡，然後指著地下說，「他在下面，就跟平常一樣。」

當我走進地下室的實驗室時，刺激的快乾強力膠氣味撲鼻而來，亞特抬起頭來看著我。「嘿，你可以幫我一個忙嗎？滴一點丙酮在我的手指上好嗎？」他左手的拇指和食指都被黏在立體顯微鏡的調焦轉輪上，右手緊黏在桌燈上，桌上則有一條蓋子打開的快乾強力膠。

「你真的被黏住了？」

「過去我都會先檢查過的，你要自己搞、還是要幫我？」

「等等，哦，先等一下，」我逗著他說，「你上一次被人惡作劇是什麼時候的事了？你這裡有照相機嗎？」

「好極了，難道還要我幫你羞辱我自己嗎？謝了。」

「別客氣。」

「拜託，比爾，這燈很燙，我不是在開玩笑。」

我拿起一小罐丙酮，先救他拿著桌燈的那隻手，滴幾滴在他的手指邊。「丙酮的燃點是幾度？那盞燈的溫度有多少？」當溶劑滲入後，亞特手指上的皮膚慢慢地與黏著物分離。他的手指紅通通的，他先用一塊布擦擦手，再擦上乳液。

「多謝啦，」他說，「我欠你一次。」我不太確定他是眞心在謝我，還是因為我拖拖拉拉地幫他而在威脅我，不過因為我很瞭解他，所以我知道兩者的成份都有。我在心裡提醒自己：以後在把雙手放上方向盤之前，一定要記得先聞一聞有沒有異味。

「下次你應該先看看標籤上的使用說明，那個玩意兒很黏的。」

「哈哈，很好笑。」

世界上最瞭解快乾強力膠和手指頭的人，非亞特莫屬。他不僅是諾克斯維爾警局的資深刑事鑑識員，還是全國頂尖的指紋專家。在全美國的犯罪實驗室，工作人員都是用快乾強力膠煙燻法讓物體的表面覆蓋一層超黏的煙霧，以取得潛在的指紋。而他們所用的這種手法，就是由我的好朋友亞特所發明、並取得專利的。就連聯邦調查局（ＦＢＩ）都採用他所發明的煙燻法，這在法醫界所代表的意義，就好像是麥可・喬登決定要穿你的籃球鞋一樣。

顯微鏡的旁邊散落了滿桌的相片，大多數看起來像是犯罪現場的相片，照的是某輛車子的內裝情形，一輛破舊的藍色Impala。然而，其中一張是一個小女孩的獨照，這個大約八歲的小女孩在相片裡笑得很開心，我認得這張相片：過去的兩個星期，我常在報紙上看到，這也表示史黛西・畢曼失蹤已經兩個星期了。最後一個見過她的目擊證人看到她搭上一輛破舊的藍色轎車。相片中那輛藍色的車子屬於一個登記有案的性侵害罪犯，而就在小女孩失蹤的前幾天，有三個人曾經看過他在這個小女孩的學校附近出現。

我看看亞特的顯微鏡，顯微鏡底下的置物架夾了一個車窗升降轉軸，你不必是個法醫學天才也可以知道這個東西來自那輛藍色Impala乘客座位旁的車門。

「有任何發現嗎？」

「沒有，連不完整的指紋都沒有半個，至少都不是那個小女孩的。至於那個嫌犯，到處都是他的指紋，這並不令人意外，因爲這是他的車子，但一直找不到她的指紋讓我感到很挫折。」

「找不到？聽起來好像你認爲車子裡一定有她的指紋。」

「曾經有，但現在已經沒有了。她一定上過那輛車——有三個目擊證人看到了。只是我們的動作不夠快，等我們拿到搜索狀並取得車子時，她的指紋早就不見了，消失在空氣中。」

這並不是在比喻，他曾經告訴過我，調查孩童綁架案的人員一直對於一個問題感到很頭痛：爲什麼小孩的指紋那麼難找到？這個問題也曾經困擾過亞特，當他第二次還是第三次處理這類案件卻依然一無所獲時，就發誓一定要找出答案。於是他在橡樹嶺國家實驗室組織了一個團隊，集合了一群有機化學家與分析化學家，再加上附近小學的家長與小孩，這個臨時成軍的團隊志在查出大人與小孩的指紋有何不同。當這個計畫開始進行後不久，這群化學家就找到答案了。他們發現，大人的指紋是油性的，而小孩的則是水性的，因爲小孩還沒有經歷青春期，身體分泌油脂的腺體還沒有開始發揮作用，而水分是會蒸發的，於是指紋也跟著消失了。這個道理很簡單，但它所造成的結果卻令人心碎。

「你們花了多少時間取得這輛車？」

「兩天。一天就已經太晚了，早在二十四個小時之前，她的指紋就可能消失了，而這些指紋曾經存在過。」

「目擊證人太晚出面嗎？」

「沒有，是對方律師的動作太快，他宣稱我們在騷擾他的委託人。」

我有一個不祥的預感，我本來不想問，但他臉上的表情驅使我問了這個問題：「那位律師是誰？」

「讓你猜三次。」

我根本不需要用三次來猜。「迪維斯。」

「就是那個傢伙，你的新朋友。」他瞪了我一眼。

「拜託，亞特，我也和你一樣，非常厭惡他所做的事情以及他的做法，大多數的時候。假如他幫助了綁架孩童的犯人，那麼他一定會下地獄的。但是他要我幫忙的那個案件卻不同，驗屍的法醫把事情搞砸了，就是這麼簡單，而地檢署卻要爲他掩飾。假如你看不出事情的眞相，那麼你就沒有我想像的那麼聰明。」我生氣地看著他，氣他居然認爲我和迪維斯同流合污。

他回瞪我，然後別過頭去，嘆了一口氣。「我知道，你說得對。我能理解你爲什麼幫他，我很尊敬這點。我一直很尊敬你的——老天，你應該知道的。實在是因爲這個小女孩的事讓我心煩。我眞想殺了那個綁架她的混蛋，而我也很想把那個延遲我們進行搜證的大混蛋給分屍！」

「我不怪你。」

「我很抱歉把氣出在你身上。」

「別放在心上。」

他閉上雙眼，深深吸了一大口氣，然後再用力地呼出來。「深呼吸」這個詞不請自來地出現在我的腦海裡，勾起了一些回憶。亞特搓了搓受傷的手指頭。「比爾，除了這個令人開心的對話之外，你來有什麼事嗎？」

我把手伸進外套的口袋，拿出一個塑膠密封袋交給他。「爲了這個。」

「怎麼回事？」

「這個東西是在一具屍體的頸部發現的。這樣東西是我所猜想的那樣東西嗎？」

他從不同的方向輕輕地擠壓袋裡的東西：窄邊、寬邊以及高度。「大概是吧。他是個退役軍人嗎？」

「不是男的，而是個女的。我想她應該不是退役軍人。」

「那她爲什麼要掛著一個軍用身分識別牌？」

「我也很好奇。」

「這是誰的識別牌？」

「我也很想知道。」

「你把這個東西拿來，是因爲你不識字？」

「正是如此。還有，我也希望能在那塊脂蠟之下找到指紋。」

「脂蠟——這是你們這些博士爲了嚇唬我們這些平民老百姓所用的人類學專用術語嗎？」我點點頭。亞特摸了摸這個牌子，皺起了眉頭。「指紋，你的要求可眞簡單啊？」

「有問題嗎？」

「首先，我們必須要先想出一個辨法，在不破壞指紋的情況下移除這塊脂蠟，假如那底下眞的有指紋的話，而我實在很懷疑這點。」

「爲什麼？」

「金屬牌有可能被腐蝕或產生氧化現象，雖然照理說身分識別牌應該是防腐蝕的。假如金屬牌被腐蝕了，那麼所產生的物理與化學變化有可能會破壞或扭曲上面的指紋。假如金屬牌沒有被腐蝕，脂蠟——我們這種低等警察稱之爲屍蠟的東西——將會吸收或損害曾經存在的指紋。」

我憂鬱地點點頭。「所以你的意思是……」

「……一點機會也沒有。」我早就料到他會這麼說——畢竟，他只是個警察，不是巫師——但在他說出這句話之前，我還是抱著一線希望。「儘管如此，我們盡量試試看。」

他把袋子放在實驗桌上，戴上乳膠手套，然後把袋子打開，把覆蓋著一層蠟的金屬牌拿出來。他先觀察了一會兒，然後伸手從工具托盤中拿了一個鉗子，再到桌子底下翻箱倒櫃一番，拿出一個小型的火焰槍，就像是甜點師傅用來將脆皮焦糖布丁表面的糖烤成焦糖的那種火焰槍。亞特夾住金屬牌原本鍊子穿過的那端，輕輕地將火靠近屍蠟。當屍蠟開始融化時，強烈的屍臭味取代了原本的強力膠氣味，瀰漫了整個室內。「該死，比爾，你應該先警告我會發生這種事的，趕快把風扇打開好嗎？」

我伸手打開他示意的開關，而在同時，他將發出惡臭的那個東西移到排氣罩底下，我去拿了一些紙巾，摺疊後放在正在滴下惡臭液體的金屬牌下方。

「亞特？」

「什麼事？」

「你難道不能將金屬牌包在紙巾裡，然後放進高壓滅菌鍋來處理嗎？」

「當然可以。但這樣有什麼樂趣呢？不是每個人都可以在工作時玩火的。」

「你難道不打算長大嗎？」

「當然不想。幼稚是唯一可以阻止我的中年危機降臨的武器。」

亞特將火焰槍關掉並放下，然後把方形金屬牌拿到排氣罩之外，它變得有些褪色而且稍微彎曲，但畢竟是軍用身分識別牌，上面刻的字仍然非常清楚。亞特將它拿到實驗桌旁，桌上有一個附光源的放大鏡，就和我在分解室裡的那個一樣。亞特觀察了金屬牌的正反面。「該死！」

「怎麼了？」

「就像平常一樣，又被我說對了。不過對這個案子來說是一件令人遺憾的事。有時指紋上的油脂會滲入金屬，即使指紋已經不見了，仍然會留下痕跡。但這次沒有，這個牌子是眞的防腐蝕。眞希望汽車製造商用這玩意兒來做車子。」

「所以你沒有辦法從它的上面找出任何線索囉？」

「倒也未必。我們得到了某個人的姓名、軍階以及軍籍號碼，這些可能——只是有這個可能——是個線索。它不是死者的姓名，除非她叫作『湯姆』，但是——」

「等等，你說湯姆？這是姓還是名？」

「名。」

「讓我看看。」我掃視金屬牌，多少有點期望看到『奇金斯』這個姓在上頭——當我發現不是這個姓時，心中五味雜陳，有種鬆了一口氣的感覺，同時又有點失望。假如眞有這麼巧的話，那還眞像「陰陽魔界」影集裡的情節。就連這個同名的巧合多多少少都顯得有些怪異：在這個鳥不生蛋的地方，名爲湯姆的警長找到了一具屍體，而屍體上掛了一個湯姆的身分識別牌。當我向亞特指出這個巧合時，他當然早就已經注意到了。「你認爲這其中是否有關聯？」

「和警長嗎？」亞特聳聳肩。「不論如何，現在我們知道這個人和死者有關聯，他一定留下了許多書面記錄，至少在他服役的那段期間。」這不是我所期待的戲劇性大發現，但至少是個開始。「我有個老朋友在陸軍的檔案室工作，」亞特說，「你要我請他為我們查點資料嗎？」

「當然好，謝了。你要留著那牌子嗎？」

「免了，只要在出去的時候請門口的警衛幫我放大影印一份起來就行了。你把它和其他的證物放在一起，我可不希望迪維斯為了我轄區以外的證據損害問題來找我。」

「所以我最好不要告訴他，你試著用火焰槍破壞這東西？」

「假如他聽到任何風聲的話，叫他過來找我，我會把我用火焰槍的工夫施展在他的命根子上。」

「你不用把你的幻想情節告訴我。」

「嘿，我是個很大方的人，非常喜歡與人分享。」

「我會記住這點的。謝謝你的警告，也謝謝你的幫忙。」

「有問題隨時找我。」

當我離開時，我不經意回過頭，剛好看到亞特再度點起火焰槍。停下腳步看他要做什麼，一開始，他把火焰靠近他的前臂，臉上露出好奇的表情。一縷縷的煙從他手臂上的毛冒出，突然間，他痛得大叫，然後把火焰槍移開，一臉又可憐又白痴的表情。然後，他的視線轉向桌上成堆的犯罪現場相片，他伸出手，挑出一張來，那是被懷疑綁架史黛西．畢曼的嫌疑犯的臉部特寫照片。他用手拿著相片的一角靠近火焰，一縷縷的煙再度冒出，那嫌犯的臉也隨之陷入火海。

9

正當我在苦思女性骨盆的結構時，電話鈴響了，我嚇得跳了起來，先低聲咒罵了一陣，才以正常的電話禮儀接聽電話。

「你好，這裡是布洛克頓博士辦公室。」

「我是奇金斯警長。」

「嘿，警長，我花了一點時間研究這些骨骸，我有一些非常有趣的事情要告訴你。首先——」

他打斷我的話。「等等，博士，我們最好不要在電話裡討論這些事情，這個案子有可能會變得相當敏感。」

這倒是頭一回。我每次都會把我所發現的事實寫在正式的報告裡，但我從來不曾遇過哪個執法人員是不急著知道我所發現的事物。「那我是不是應該把我所發現的事實寫成報告，再郵寄給你？」

「不，我不是這個意思。我覺得我們的動作應該要更快一點。我可以叫威廉去接你過來嗎？

還有，可否請你把——呃——那個東西一起帶過來？你手頭上的那個東西。」

我嘆了一口氣，並決定要跟他一起玩這個遊戲。「假如你認爲很緊急的話，我是可以過去見你，不過，我不能把——呃——那個東西一起帶過去，因爲我還得再煮個一、兩天才行，假如你懂我的意思的話。」我等了一會兒，等他會意過來之後，我建議道，「再過幾分鐘後我就要去上課了，但這堂課會在中午結束，你可以叫副警長在中午之後過來。」

「你有沒有可能不去上那堂課？有沒有人可以代替你上那堂課？」

「很抱歉，警長，我從來不翹我自己的課。況且，從你們那邊開車過來至少也要一個小時的時間。」

「其實，威廉現在已經在諾克斯維爾了。」他們一定以爲我整天閒閒沒事做，只等著他們叫我過去。

「我可以找些事情給他做。」我說，「假如他願意到人體農場幫我們一點忙的話，我們有一些骨頭需要挖出來，他現在應該已經知道該怎麼過去那裡了。」

警長乾笑了幾聲。「我想他大概不願意吧，謝謝你的提議。我會告訴他中午去接你過來。」

我告訴他該如何到我的辦公室，它就在美式足球場東側觀衆席的下方，相當接近球場的東側，與球場只有幾層鋼筋水泥牆和一群瘋狂的美式足球迷之隔而已。不知道有多少回，當我正在專心研究顱骨或是股骨的時候，骨頭突然震動了起來，我抬起頭來，知道田納西大學校隊又一次觸地得分了。客隊在伊蘭球場得到的分數並不多，即使得分了，他們的球迷人數也不足以撼動球場的樑柱，一、兩萬人並不能引起太大的震動，但在與世仇球隊，例如喬治亞、佛羅里達或是阿拉巴馬大學對決的比賽時，九萬名本地球迷可以讓納許維爾的地震儀都感應得到震動。

我掛上電話，從老舊的辦公桌站起來，穿過一扇門，走到隔壁的房間去，那裡放滿了一呎寬、一呎高、三呎長的紙箱，每個紙箱裡都裝了一副清洗乾淨、分解完畢的人骨。

要進入這個骨頭收藏室只有一條路，那就是經過我的辦公室。我可不希望讓任何人都有機會接近這裡的骨頭——我不難想像，假如有數百箱人骨放在這個房間裡的消息傳開的話，那麼這些骨頭將成爲喝醉酒的兄弟會成員惡作劇的犧牲品、或是萬聖節的裝飾品，以及學生狂歡作樂時的玩具。所以，即使在我們還沒有自行取得人骨之前、只是在收藏人骨之時，我總是小心翼翼地將收藏室鎖住，而且只把備份鑰匙交給法醫工作人員和研究生助理，因爲這個收藏室是我們的驕傲，它是全世界現代人骨收藏得最齊全的地方，不論是在年齡、種族或是性別上。

當我走過擺滿了長方形紙箱的灰色鐵架時，我覺得自己就像是一個來到國會圖書館的書蟲，這些骨頭記錄了無數個故事——小孩子騎腳踏車時發生的事故、酒吧裡的打架事件、長期的家暴案例，以及人類的自然老化。如果要清楚說明某個故事的細節，我只需要把那個紙箱取下、放在桌上、打開蓋子、拿出骨頭。有些故事記錄在斷裂的四肢骨、砍斷的肋骨、亂棒或子彈打碎的顱骨上。有些故事則不是那麼顯而易見，例如十九世紀黑人的粗壯四肢骨和巨大關節，這些骨頭訴說了他們一生的過度勞動。

我從架上拉出兩個紙箱——應該說是兩個老朋友，多年來，他們幫助我教育了數千名學生——並從中取出幾塊骨頭。經過無數學生的觸摸之後，這些骨頭的表面變得像象牙一樣平滑，我把它們拿在手中，這些故人的遺骨讓我覺得既熟悉又安心。

我打開放在收藏室裡的公事包，把骨頭放在公事包裡的灰色泡棉墊中間，再蓋上蓋子，然後從後方的樓梯走下去，來到一個可以通到邊區的走道。我穿過迷宮般的坡道與樓梯，來到麥克隆博物館，這是一棟一九六〇年代蓋的方形建築，裡面展示了田納西大學所收藏的各式各樣現代美國原住民工藝品。

當我走進麥克隆演講廳一側的大門時，兩百七十個臉孔轉過來看著我。我的人類學基礎課程——人類學入門：人類的起源——是人類學系唯一不在伊蘭球場下面狹小教室裡上的課程；因為上課的人太多，觀眾席下面根本沒有足夠的空間可以擠入這麼多人。在早期全系只有三位人類學教授的時代，博物館的少數幾間辦公室還可以容納所有人類學系的教職員，現在，這些辦公室只讓博物館的工作人員使用。在大多數的時候，麥克隆博物館是非常安靜的，只有零星的幾位遊客，但一個星期有三個早上，這裡會鬧哄哄地擠滿了大一和大二的學生。

學校大多數的入門課程都是由資歷較淺的教授、甚至是助教來教；事實上，就我所知，我是學校裡唯一一位還在教入門課程的系主任。我曾告訴過其他同事，即使從事行政工作仍然不可放棄教學，這是事實。同時，我也很喜歡與學生相處，看著他們愛上一個新學科，我的學科，而也許，他們會愛屋及烏地稍稍愛上我。

我所指的當然不是愛情，我絕對不可能和學生發生感情，雖然有時候我需要動用強大的意志力來抗拒這股衝動。有一個班讓我很難忘，那時，迷你裙再度開始流行，我一邊說明骨盆的結構、一邊隨意地走到演講廳的左側，從我開始從事教職以來，那是我第一次講課講到接不下去。有一個既年輕又漂亮的女生坐在第一排，就在我走到她面前的那一刻，她打開原本交疊的雙腿，將一條腿掛在桌子的橫桿上，她的裙擺滑下，露出緊緻的大腿和完美無暇的骨盆結構，而在裙子底下，她什麼也沒有穿。我大吃一驚，抬起頭來看著她的臉；她仰起臉，挑起眉毛，對我露出甜美的微笑。我急忙走到演講廳的另一側，強作鎮定，努力回歸原本的平靜，把未說完的句子和未上完的這堂課給結束掉。幾天後，這位學生出現在我的辦公室裡——就在我剛發下期中考卷後不久，而她的成績是不及格。她穿著低胸的上衣，在桌子那端向我靠過來，下唇在顫抖。「哦，布洛克頓博士，我願意做任何事來提高我的成績。」她低聲說。

「那麼就好好唸書。」我大聲地回答。三天後，她退選了這門課。不過，在退選之前，她還參加了一次小考，考題是關於手掌與手臂的骨頭，在爲肱骨（humerus）下定義的那一題，她寫：「會讓你笑出來的東西。」（譯註：這個女生把「肱骨」〔humerus〕看成了「幽默」〔humorous〕）

今天的課和迷你裙滑落的那天一樣，主題是骨盆結構。這個主題似乎很恰當，因爲我才剛研究過洞穴女屍的骨盆。每次上這堂課時，我都會從我的骨骸收藏中找出兩組骨頭帶到教室裡，一組是男性的骨頭，另一組是女性的。我把紅色的牙科用蠟當作暫時性的黏著劑來使用，將恥骨與髖骨（也就是臀部的骨頭）連結在一起，然後把骨架撐起來，先撐起男性的骨架，再撐起女性的。「好了，我注意到你們有些人已經開始在認眞研究同學的骨盆了，所以，你們一定可以很輕易地分辨出男性與女性骨盆的差異。」

教室裡傳開一陣陣的笑聲——這是好的開始。「哪一個是女性，第一個還是第二個？」

「第二個。」少數幾個人同聲說。

「很好，你們是怎麼知道的。」

「比較寬。」一個女生回答說。

「也比較可愛。」一個男生附和道。

「前面的骨頭比較突出。」另一個人說。

「沒錯，恥骨比較突出。」我說，「這是爲什麼？」

「懷孕？」

「對，給胎兒一點空間，」我說，「不只是在懷孕期間，同時——特別是——在生產的時候。」我將骨盆旋轉了九十度，讓他們從婦產科醫師的觀點來觀察形成產道的骨骼結構。「你們看到開口的大小了嗎？胎兒在出生時頭部要穿過那個口。現在，我們和男性的比較一下。」我把另一個較窄的骨盆以同樣角度展示給他們看。「你們有誰覺得自己可以從這裡擠出一個胎兒？你們一定希望自己不必這麼做！」我聽到底下有人竊竊私語，還有人說，「那一定很痛！」

接下來，我把女性的坐骨切跡指給他們看——臀關節後方的凹口，坐骨神經從脊柱延伸出來之後，會經過這裡再接到大腿。「有人注意到任何不同之處嗎？」

「比較寬。」「比較大。」

「正確。這是另一個與生娩有關的人骨幾何學所造成的結果：當女性的髖骨在青春期呈喇叭形向外伸展開時，這個凹口也跟著變大。注意到了嗎？我可以很輕易地把兩個指頭伸進這個凹口底，但只能將一隻指頭伸進男性的坐骨切跡裡。所以，在十年後，當你們從事法醫工作時，假如某個獵人或是警察只給你一塊髖骨，你也可以馬上知道那是男性或女性的骨頭。」

一位坐在前面的女生——根據座位表，她的名字叫作莎拉．卡米柯——她穿著合宜的服裝，提出一個恰當的問題：「但是，假如這個差異是在青春期之後才產生的話，那麼你如何從骨骼來分辨小孩的性別？」

「問得好，卡米柯小姐。這個問題的答案是：不能。在青春期之前，沒有任何可靠的方法可用來分辨男性和女性的骨骼，你只能知道你手中的骨頭尺寸屬於某個年齡的男孩或女孩。」

他們露出迷惑的表情，於是我舉一個例子來說明。「當我看到林白綁架案的孩童骨骸時（譯註：這名男嬰的父親即是著名的飛行員林白，因單獨完成橫越大西洋的不著陸飛行而聞名世界）」

——有幾個人點點頭，但大多數的人則是一副毫無所悉的表情——「我無法斷定那是男孩或女孩的骨骸，只能確定，那些骨骸符合二十個月大的男嬰骨骸，而當小查爾斯・林白被綁架，並被殺害時，就是二十個月大。可是，這些骨骸的大小同時也符合二十四個月大的女嬰。」

莎拉再次舉起手。「如果是這樣的話，難道你不能將那些骨骸與男孩的父母進行ＤＮＡ比對嗎？」莎拉的聰明反應與對人類學所表現出來的高度興趣遠比那些用滑落的短裙來誘惑人的女生還要有吸引力。

「在那個年代還不行——這個案件是在ＤＮＡ鑑定普及之前六十年發生的——但我們現在可以這麼做。」我回答說，「那些骨頭一直被保存在玻璃瓶裡；有些骨頭上面甚至還殘留一點點的人體組織，所以我們應該有足夠的ＤＮＡ可以用來做鑑定。但是警方與林白的家人似乎對於死者的身分毫無疑問：死者的衣物與小男孩遇害時所穿的衣物相同，其中一隻腳也有腳趾交疊的現象，這個基因上的異常情形非常獨特。因此，在結案這麼久之後，我們實在沒有理由要讓男孩的家人再次受到煎熬。」莎拉若有所思地點點頭。

「我們再回到骨盆，」我說，「我把這些骨頭傳下去，小心一點，我知道你們大多數的人從來沒有觸摸過女性的骨盆，所以這是個練習溫柔撫觸的好機會。」這是個老笑話，在從前，這個笑話可以讓全場大笑，但我注意到，過去幾年情況有些轉變，男生仍然會笑，但女生通常會皺起眉頭。我在心中提醒自己，明年的這堂課不要再說這個笑話了。

當骨盆的骨頭在同學間傳看時，我向他們解釋恥骨聯合（兩塊恥骨在腹部中央的接合點）如何隨著年齡而改變，而我們如何從這些變化得知死者的年齡。我再把兩塊恥骨傳下去，一塊屬於十八歲的女性，另一塊則屬於四十四歲的女性，讓他們親眼看看，在四分之一個世紀之後，骨頭歷經了多少磨損。

當女性骨盆傳到莎拉的手中時，我注意到她翻轉著骨頭，從每個角度仔細觀察。她皺起眉頭、咬著下唇，顯得非常專心。我走到她那排座位，「你還有其他的問題嗎？」

她抬起頭來。「你能否只從骨頭就判斷出這位女性——或是任何一位女性——是否曾經分娩過嗎？」

這是一個簡單、合乎邏輯且單純的問題，卻讓我一時招架不住。凱瑟琳的影像——生產時的陣痛，還有死亡時的痛苦——在我的腦海裡不斷地扭曲變形，夾雜著那個被勒斃的年輕女子和那個可憐胎兒的影像。不知是經過了半分鐘還是半小時，我回過神，察覺到學生們在看著我。

「是的，」我最後低聲說，「可以。」

我踉蹌地邁向大門。

「下課。」

10

當我逃離演講廳、回到球場底下的走道時，我的心跳稍微減慢，呼吸也較爲順暢了。人類學系的走廊與上面足球場的形狀相呼應，樓上的觀衆席呈弧形彎曲，樓下的走道就跟著彎曲。當你走在昏暗且不斷彎來彎去的通道時，你會以爲自己走在奇妙的邁諾安迷宮或是某個巨大的廢棄太空站裡。當我朝著我的辦公室走去時，我看到威廉副警長正站在公佈欄前，研究著一張十九世紀納瓦霍族印地安人的顱骨海報。

「我們總有一天會把你變成一位人類學家。」我說。

「假如我可以只接觸這類骨頭的話，應該是有可能的。只要骨頭都清洗得乾乾淨淨，我並不排斥去接觸它。」

「是啊，但是要把這些骨頭挖出來需要費好一番功夫。凡事都有好的一面與壞的一面，即使科學也是如此。」

他等著我打開辦公室的門，但我卻一動也不動。「博士，你不需要帶東西嗎？筆記本或是骨頭之類的東西？」

「不用，那些骨頭還沒有完全清理乾淨——顱骨與骨盆仍然在燉鍋裡煮。目前所知道的情形並不多，要記在腦子裡相當容易。」他看起來似乎還想知道更多，但我並不想對他說太多。「你的老闆好像很急，我們現在就出發吧？」

「當然。」他轉過身，我跟在他的後面，我們一起來到了他的車子旁邊，他的查洛基就停放在兩個支撐著正面看台的鋼骨大樑之間。一條柏油路環繞著球場，穿過一個又一個的巨大樑柱，同時有放射狀的深色叉路通到地下墓穴，我猜想，東南聯合會的足球聖堂名人應該都埋葬在此。（譯註：很多美國學院與大學屬於一些特別聯合會，這些聯合會除了促進大學間的運動和諧性，並專注於院校會員教育目標的競爭融洽性。每個聯合會由一組學校組成，我們常聽到的「常春藤聯盟」也是其中之一。東南聯合會於一九三三年成立。）

威廉和我聊了一會兒有關田納西大學美式足球校隊的情形，但我看得出他有問題想要問我。當我們駛入州際公路時，他終於開口了。「我想你一定經手過不少有趣的案子，不是嗎？博士。」

「每個案子對我來說都很有趣。」

「哪一個案子最有趣？或是最不尋常？」

「很難說。」我想了一會兒。「有一個很不尋常的案例。在康乃迪克州，有一位女性被她的丈夫殺害、分屍，並在自家前院焚燒，毀屍滅跡，而她的丈夫居然曾經當過警官。」

他吹了一聲口哨。「聽起來就像是〈好警察誤入歧途〉電視節目裡的情節。」

「我不太確定他是否曾經是個好警察，也許他原本就是個壞警察，只是變得更壞而已。那個案子有幾個奇怪的地方，其中之一就是，我們始終不知道他是使用什麼工具將她分屍的，另外一件事情就是，在他焚燒老婆屍體那天，他還先到消防隊去取得露天焚燒的許可證。」

他叫了一聲，然後轉頭看著我好長一段時間，這令我感到非常不安，因為車子當時正以七十五英哩的時速行駛。「許可證？你在開我玩笑吧？博士。」

「我沒有跟你開玩笑，副警長。我想，他大概不想在將老婆殺害並分屍的時候觸犯重大的法律吧。」

威廉終於大發慈悲地轉回頭去看路，他用回歸正常的聲音說，「我們的案子有什麼奇怪的地方嗎？」

我停了一會兒，想找個恰當的方式表達。「副警長，奇金斯警長說這個案子很有可能會變得非常敏感，他也擔心電話被監聽了，假如對方能夠監聽你們的電話，那麼你的車子也有可能被人裝了竊聽器。」威廉頓時露出驚訝且狐疑的表情，不過，我不知道他是對我、還是對別人產生懷疑。「我想，我們還是到了警長認為安全的地方再說吧。」

「好主意。」他微笑並點頭贊同。不過我注意到，在微笑之外，他同時還用力地吞了一下口水。

當我們駛離州際公路、來到蜿蜒的河邊小路時，他放慢了速度，而且也不像上次那樣急轉彎。我很感謝他爲我這麼做，此時，他臉上的笑容是眞心的微笑。

「副警長，你怎麼會走上執法人員這條路？」我總是喜歡問警察這個問題，因爲我會得到千百種答案——關於他們的動機，以及他們成爲警官的過程等等——而且答案通常非常有趣：家中三代都是警察；兄弟被人殺害；電影〈警網〉的死忠影迷；眞心想要把這個世界變成一個更好、更安全的地方。

威廉馬上就回答了我的問題：「你還記得我曾經告訴過你有關我祖父的事嗎？」我點點頭：他的祖父無辜入獄，後來被槍殺，而且被燒死。「我不希望這裡再有人經歷相同的事情，而唯一的方法就是手中握有警徽與監獄的鑰匙。」這不是我所聽過最高尚的理由，但他是庫克郡土生土長的當地人，我可以理解他的邏輯。

我們來到急轉彎最多的路段，威廉把速度放慢，並且慢慢地靠向右邊，在路肩停了下來。「博士，很抱歉，我得停車尿尿。」

「我們已經離城裡很近了，你不能等一下嗎？」

「不行，沒辦法。在你上課的時候，我到餐廳去喝了很多茶，大概喝太多了。很抱歉，你坐一會兒，我一分鐘後就回來。」

他說完這句話就離開了。

他並沒有在一分鐘、兩分鐘或是三分鐘之內回來。爲了打發時間，我從口袋裡拿出一個小筆記本，然後開始撰寫過去曾經教過的一個學生要我爲他寫的推薦信。最後，車門終於打開了。

「我才正打算派遣搜救隊出去找你呢。」我說，眼睛仍然盯著筆記本。「你午餐時一定喝了好幾公升的茶，副警長。」但是從門那頭靠過來看著我的並不是副警長，而是一個彪形大漢，他穿著連身迷彩服，腰間的布料已經被獵刀磨損，還戴了一頂迷彩帽。

「布洛克頓博士，非常抱歉，我們的計畫有所改變。我的名字叫做韋龍。我不會傷害你，請你坐到駕駛座，把車開上路如何？朝城裡的方向開一小段路，然後在我指示的地方轉彎。」

「威廉副警長在哪裡？」

「你說里昂嗎？他沒事，你不用替他擔心。他只是……一時無法分身而已，你可以這麼說。」我看不出來他是在對我笑、還是對我做鬼臉。

我坐過去，「你可以告訴我這是怎麼回事嗎？」

「有人想要和你談一談，私底下談，大概花不了半個鐘頭的時間。然後我們就會讓你回到城裡去找警長，做你們原本要做的事。」

我打量著韋龍，他的體重大約比我多出一百磅，而我猜他的迷彩服裡大概還藏了一把槍，也許還有一把剝皮刀。「假如我不照做的話？」

他嘆了口氣，「聽著，博士，我不想找你麻煩，我已經跟你說過，我不會傷害你，但假如有必要的話，我會把你綁起來。況且，你一定也會想要和這個人談一談的，我想他一定可以幫你找出你從洞穴裡帶出來的那個人的身分。」

小地方的消息傳得很快。我發動引擎，打到前進檔。「你帶路。」

他張嘴開心地笑，露出不整齊的牙齒，牙齒上有蛀洞和菸草的碎屑。「這才對嘛，經過下一個橋之後，在第一個路口右轉，接到石子路上。」我們迂迴前進了大約一英哩，在這段期間，我想出了好幾個逃亡計畫，但又全數加以否決——並不是因為我的體型和對方不成比例，雖然這也是事實，主要的原因，是因為這個莽漢命中了我的要害——不是威脅我的家人——那是一個讓我一定會乖乖聽話的要害：他用法醫學上的可能新發現來誘惑我。

我們開上了一座新的水泥橋——原本的橋顯然已經被山區洪水給沖走了——並從另一端下橋。「你最好放慢一點，不然你就會錯過那個，就在那裡——看到了沒？」

我勉強看到了他所指的東西：兩棵巨大的鐵杉在公路的右手邊形成了一道拱門，在拱門的底下是一條石子路，這條石子路在盡頭轉彎並消失在叢林裡。

這條路很隱密：一點都不顯眼，但相當平坦，而且被照顧得很好，上面完全沒有車輛行駛過的凹痕或泥巴洞，而山間的道路通常都會有車輪的凹痕與泥巴洞。大煙山脈是溫帶雨林，每年的降雨量為八十英吋，因此，幾乎沒有一條路上沒有泥漿灘或是被沖刷掉的路面。但是，眼前的這條路既結實又乾燥，兩旁和四周都有排水溝，路的中央也沒有雜草，這表示這個條路常有人走、或是經常有人照顧。

「這條路的狀況可眞好啊，是郡政府照顧的嗎？」我試著讓自己的語氣顯得一派輕鬆。

他把他的大頭轉向我，也許我的語氣並不如我所預期的那樣輕鬆。「不是，」他說，「這是你們所謂的私人道路。」過了一會兒，我聽到一陣低沉的隆隆聲，整個車子也跟著震動了起來。我瞄了他一眼，看到他正笑得很開心。「私人道路。」他低聲重複一次，對於自己的機智感到非常得意，於是再次笑了起來，然後對我露出一個開心的微笑。天哪，我到底是招惹上了什麼樣的事情呀，我在心中這麼想，同時搖搖頭。然後，我發現自己也笑了起來，因爲眼前的這個情景實在是太荒謬了。

但不久之後，我的笑聲停止了，因爲這個大傢伙說，「博士，在這裡停車。」我覺得自己全身動彈不得，動不了也無法說話。外面的世界似乎開始縮小，只剩下一條綠色隧道、一條石子路以及一個被一雙手緊握的方向盤，而我不確定那雙手到底是不是我的手。有另外一隻手伸過來，把車子熄了火。車子在石子路上停下來，我唯一聽到的聲音，是輪胎在石子路上行進的聲音以及自己的心跳聲。後來，連那些聲音也消失了，綠色隧道也隨之陷入黑暗之中。

當我醒過來的時候，我發現自己動彈不得。空氣聞起來又溼又熱，而且能吸進體內的空氣很有限，但我的雙手被冷風吹得很涼爽。眼前的黑暗點綴了模糊的光點，我的眼睛出自本能地自動調整焦距，找尋可辨認的形狀，於是，模糊的光點就變成了無數的點點陽光，那是我透過網織物看到的陽光。我的頭腦也變得清楚起來，然後，我聞到了溼臭的汗味。一頂發出汗臭味的迷彩帽正緊緊地從我的下巴往上扣到我的額頭。我抽動雙臂，想要把帽子弄走，但我的雙臂卻動彈不得。我扭動我的手掌，同時用頭亂撞。

「放輕鬆點，博士，你這樣會傷到自己的。」一個低沉的聲音從我的左方傳來。「我們馬上就到了，再等一下就好。我告訴過你，我不會傷害你的，而我也沒有傷害你，不過有些東西不該給你看到，怕以後有人會問你一些問題。」

我向後倒坐在座位上，試著控制自己慌亂的呼吸。

車子停了下來，我臉上的帽子也被拿了下來。我閉上眼睛，避開刺眼的陽光，然後慢慢張開，只看到韋龍向我靠過來，手中拿了一把獵刀。他的手向下移動，熟練地用刀子把將我的雙手與大腿綁在一起的層層膠帶劃開，膠帶上也有迷彩圖案，就像他身上的其他東西一樣。

「很抱歉我必須這麼做，」他說，「我不想和你打架，那樣對你並不好，而且大吉姆也會不高興的。」

大吉姆？我無法想像，像韋龍這樣的彪形大漢稱之爲「大」的人會有多巨大。

他下了車，繞過來幫我開車門，就好像是司機而不是綁架者一樣。我停頓了一會兒，試著想出一個道理，然後決定放棄，下了車，跟在他的後面。

我們的車子停在一小塊綠地上，四周全都是葛藤，這種惡名昭彰的南方植物會把樹木、倉庫、廢棄的車輛，甚至是打盹的牛隻（有人向我發誓說這是眞的）給吞沒。空地的一邊有一個老舊的農舍，農舍的兩旁和前廊也都有葛藤纏繞。有更多粗壯的蔓藤從房子的後方爬上屋頂，纏繞著一個小型的碟型衛星訊號接受器的桿子盤旋向上生長。當我跟在韋龍後面走的時候，看到他用力地踢那些蔓延到前廊的蔓藤。「這些該死的東西在夏天一天可以長兩呎，」韋龍說，「只要一個星期不管這個房子，它就會不見了，你就永遠找不到這個房子了。」

韋龍用拳頭敲了兩次門框，整個房子都在震動。「老大？我們來了。」他透過紗門向黑暗的室內說話。

「謝謝你，韋龍。請你到外面守著，不要讓別人來打擾我們好嗎？」

「是的，長官。」韋龍以與他的體型不相符的敏捷動作從前廊的另一頭離開，並消失在空地盡頭被葛藤淹沒的樹叢裡。

紗門發出尖銳的聲音，然後應聲打開，有一個男人走了出來，站在銀灰色的前廊地板上。

「布洛克頓博士，我是吉姆・歐康納。謝謝你前來此地，我很抱歉讓韋龍硬去把你請過來。」

我大感震驚，眼前這個綁架我的人，即使穿著他的牛仔靴大概也只有五呎五吋高；連靴子一起秤體重，大概也只有一百四十磅重。假如我在馬場附近看到他的話，一定會以爲他是賽馬騎師。「你就是大吉姆？」

他露出微笑，帶有一絲憂傷。「恐怕是如此。這個稱呼本來只是個孩提時期的笑話，」他說，「但似乎就從此跟著我了。」

但不知道為什麼，這個稱呼似乎非常適合他。這位個子嬌小的男性全身上下散發出一種極具威嚴與權力的感覺，從他銳利的藍眼睛到結實的前臂和雙腿都是。那不是恃強欺弱的惡霸與懦夫所表現出來的粗暴侵略性，而是知道自己的分量與本事、同時有能力應付任何一種情況的人所展現出來的冷靜與自信。

「順帶一提，我曾經拜讀過許多你曾經手的刑事案件，很榮幸能見到您。」他伸出一隻肌肉結實的手，出於反射，我伸手握住他的手，我抬起頭，以充滿疑問的眼神看著他，我通常會在懷疑學生作弊時用這種眼神看學生。他毫不閃躲地看著我，一副問心無愧的樣子，而且短暫地用力握了一下我的手。然後他輕輕點了個頭，收起微笑，再放開手。

「請坐。我將會告訴你，我為什麼想見你。」他指著前廊的兩張橡木搖椅，然後自己先坐在比較遠的那一張椅子上，我也跟著坐下來，一開始還很拘謹，但不久之後，就和歐康納一樣坐在椅子裡慢慢搖了起來。

「庫克郡是個很有趣的地方，博士。你可以在這裡遇到你這輩子所見過最忠心、最勇敢的人，也可以在這裡遇到全世界最卑鄙、最無恥的大混蛋。你受過高等教育，應該知道在南北戰爭——也就是我的一些南卡羅萊納州的朋友所謂的『北方侵略戰爭』——那個時候，庫克郡效忠於南方聯盟政府。」我點點頭，不知道他想說的重點是什麼。他繼續一邊搖一邊說，「事實上，庫克郡的居民曾經試著要脫離田納西州的管轄。長久以來，我們一直靠自己過活，沒有使用奴隸，所以我們覺得別人也可以如此。我們不想爲了曼菲斯的棉花大王而戰死。有一次，一群聯盟國的治安官來教訓我們，結果，沒有一個人活著離開。」（譯註：美國南北戰爭是美國聯邦政府和美國南方聯盟政府（由宣布脫離聯邦的南方十一個州組成，田納西州也是其中之一）之間進行的長達四年的戰爭。）

他停了下來，抬頭看看在山谷上空盤旋的老鷹。我趁機插話，「我不太知道你想要說的重點是什麼？」

「我自己也不太清楚，請原諒我離題了。」他是個出奇有禮的綁架者。「很久以前，我曾經犯過法，布洛克頓博士，我不會告訴你細節，但我可以告訴你，最早站出來反對南方聯盟政府的就是我的家族，而要在這個山區裡靠合法的工作來謀生是很困難的。」我在他的聲音和眼神中感受到了一絲悲傷。「但有些事情我是打死都不會做的，殺人就是其中之一。當我身爲軍人時，我曾經在越南殺過人。回國之後，我發誓再也不做那種事了。在這種地方要堅守這個誓言並不是件容易的事，但我遵守這個誓言已經超過三十年了。」他沉默下來，仍然繼續搖著他的搖椅。

「你到底想要和我談什麼？歐康納先生。」

「你那天從羅素窟運出一具屍體。我想一定有人會陷害我、把罪行栽贓給我。這裡有一些骯髒的舊事和血腥的陳年恩怨，我猜想這是一個清舊帳的好機會。不管別人對你說了些什麼，人不是我殺的，布洛克頓博士。我只希望你能抱持開放的態度，凡事懷疑，除了你親自確認過的事情之外。」

「包括你自認清白這件事嗎？」

他想了一會兒，然後點點頭。「這很公平。」

「我是一個科學家，」我說，「我靠科學辦案。」

他把手伸進襯衫的口袋，拿出一張紙交給我。「上面有兩個電話號碼，假如有我幫得上忙的地方，請不用客氣。在此刻，我不知道這個傢伙是誰，但他的身分應該不難查出來。」

我花了一點時間思考自己接下來所說的話會不會影響到案件的調查，然後我用最中立的語氣和詞彙說，「所以你也聽說死者是個男的？」

歐康納靜止不動了好一會兒，才把臉轉向我。「啊，我只是在假設，也許是個女性？假如是這樣的話，那情況就大不相同了。或許萊斯特．貝拉德還好好地活在庫克郡裡？」

「萊斯特．貝拉德？」

他揮揮手，「算了，我不該說這句話的，既愚蠢又不恰當。說正經的，我知道有幾個人有殺人的需求，另外還有幾個人是殺人不眨眼的傢伙。但是我想不出有哪位本地的女性最近失蹤了。」

「假如不是最近呢？個子很高？金髮？」

他皺著眉頭想了一會兒，接著，臉上的疑惑表情消失，轉而變成驚恐的表情。他的眼神——原本是那麼地清澈有自信——在突然間變得非常悲傷。他別過頭去，「哦，老天，不會吧。」他吸了一口氣，眼睛望向遠方。「哦，天哪，不會是她吧。」他的眼眶充滿淚水，眼淚從兩頰滑下。他並沒有用手去擦拭眼淚，好像他並沒有察覺到自己流淚一樣。

我等了很久。「歐康納先生？」

他似乎沒有聽到，於是我再大聲叫了一次。他用蒼老了許多的聲音回答我，「什麼事？」

「吉姆是你的名嗎？」

「不是，是我的中間名。」

「歐康納先生——湯姆．吉姆．歐康納中尉——你可以告訴我，爲什麼你的軍用身分識別牌會出現在一個女屍的脖子上嗎？」

當他再次正眼看我時，他的眼神變得冷酷無情，就像洞穴女屍臉上空洞眼眶裡的蠟球一般。

11

韋龍和我開車回到公路上，一路上我們都很沉默。這次他並沒有用膠帶綁住我，但還是用他那頂迷彩帽蓋住我的臉，上了車之後，他脫下帽子，不好意思地靠過來，將帽子從我的下巴扣上來，蓋住我的臉。歐康納沒有對我們兩個人說任何一句話，只是向我們揮手道別，冷酷的眼神沒有改變。韋龍一副被嚇壞的樣子，就好像目睹父母親吵架或是母親哭泣的小孩子一樣。

韋龍離開後，我一個人坐在車子裡，大約一分鐘之後，威廉就揉著後腦勺的腫塊出現了。在前往詹斯伯的路上，我們兩人都很沉默，我們兩個人之間對於過去的半個小時似乎有一個「不要問、不要說」的默契，我不知道威廉是否因爲怕丟臉而不願談論剛才發生的事，而我也懷疑，他剛才在那個時間和地點暫停下來並不是個巧合。

當我們來到奇金斯的小辦公室時，奇金斯正在裡面來回踱步。「你們到底去了哪裡？你們早該在一個小時之前就到這裡的。」

我保持沉默，威廉清了清喉嚨，然後說，「警長，這都是我的錯。我停在河旁的馬路邊去小便，結果不小心在一塊溼石頭上踩滑了，摔了一大跤，結果就多花了一點時間。」

威廉一臉痛苦的表情，同時用手揉著腦袋，奇金斯盯著威廉的臉看，然後轉過頭盯著我瞧。

「他離開了好一段時間，」我說，「我猜我大概睡著了，等我醒來的時候，他已經回到車子裡，頭上還有一個包。」我不知道自己爲什麼要幫威廉掩飾，後來，我才發現也許我是在爲歐康納掩飾，而我也不知道自己爲什麼要這樣做。再者，也許我是在爲自己掩飾。但我到底想要做什麼？而又是爲什麼？

奇金斯一副厭煩的樣子，「每次我叫他去接你都會發生事情，我不知道這是誰的錯，我絕對不會讓這種事情再發生了。」

「警長，只要這個案子一結束，我很樂於回到諾克斯維爾，永遠不再來這裡。」

「是啊。好吧，到目前爲止你知道些什麼？」

「和我一開始猜的差不多：白人女性，二十到二十三歲之間，比一般人高——身高大約五呎十吋到六呎之間，金髮、相當長，沒有假牙或是做過其他的牙科手術，牙齒有小蛀洞沒有補——在兩顆臼齒和一顆犬齒上，骨骼上的唯一創傷是舌骨上的碎裂。」

「什麼東西上面的碎裂？」

「舌骨。」

「這代表什麼意義？」

「表示她是被勒死的。舌骨就是你喉結上方那塊彎曲的小骨頭。」我展示給他們看，然後警長與副警長也從自己頸子的兩側觸摸他們的舌骨。「這裡斷掉了，相當確定這是一個由外力勒斃的線索。」

他的表情有點嚇人。「還有其他不尋常的地方嗎？」

「她的脖子上戴了一個美國陸軍身分識別牌。」我停了一會兒，讓他思考一下。「我把身分識別牌拿給諾克斯維爾警局的指紋專家亞特．波哈南看過，希望他能找到凶手的指紋。」

奇金斯吸了一口氣，然後向我靠過來，「然後呢？」

「什麼也沒有。」

他把氣吐出來。「該死，牌子上面刻的字看得出來嗎？」我點點頭。「上面刻了些什麼？」

這次換我深吸一口氣了，「上面寫著湯姆．歐康納中尉。」

奇金斯轉過身去，「那個狗娘養的混蛋，」他低聲地說，「我這次一定要逮到他，要他好看。」

我等了一會兒，「警長？」他轉過來，「你知道她的身分嗎？」

我從眼角注意到威廉雖然一動也不動，但他全身非常緊繃。奇金斯深吸了一大口氣，再呼出來，然後搖搖頭。「很難說，博士，眞的很難說。」

我有一種感覺，對局內人來說，要知道死者的身分也許並不是那麼困難，但對局外人來說，要得知這個訊息就非常困難了。我很確定他隱瞞了一些事情，我在猜，是不是因爲那個女孩身分特殊，假如是的話，又是爲什麼？我轉向威廉，用疑惑的表情看著他，但他只是聳聳肩，對我搖搖頭。於是我決定要打出歐康納剛剛給我的一張牌，「警長，萊斯特．貝拉德這個名字對你來說有什麼特殊的意義嗎？」

他抬頭看著天花板，好像可以從剝落的油漆上找到答案一樣。「萊斯特．貝拉德？不認識，我不知道這個人。你爲什麼這麼問？」

「沒什麼，只是剛好想到這個名字而已。」

他用狐疑的眼神看著我，感覺到我隱瞞了一些東西，但又不確定是什麼。

「我想聯合郡那邊有幾個姓貝拉德的人，但他們的名字都不是萊斯特。但是，我絕對認識這個湯姆．歐康納。」

我點點頭。「警長？」他看起來有點煩的樣子，「這個歐康納，他是個什麼樣的人？」

奇金斯做了個鬼臉，搖搖頭。「自以爲聰明的傢伙，他認爲自己比我們其他的人都還要優秀、還要聰明。」

「但是勒死一個女人之後又把自己的名牌掛在死者的脖子上並不算太聰明，不是嗎？」

他搖搖頭，一副不想多談的樣子，但是很顯然他認定歐康納就是凶手。他不想再理我，也不想再多回答我的問題，在我有機會告訴他洞穴女子懷孕的事之前，就轉身走出辦公室了。其實，即使我有這個機會，我想我大概也不會告訴他吧。

12

當我回到學校時，天已經黑了。再過幾天就是秋分了，所以白天明顯變得比較短。不久前——上輩子、還是上上輩子——我還會先衝到辦公室打電話給凱瑟琳，爲了晚回家向她道歉，然後再趕回家。現在，這個打電話的習慣還在，但只存在一下子：這個習慣性的衝動只讓我意識到一件事，那就是我再也不需要打電話回家了，因爲家裡沒有人會接電話。

凱瑟琳已經離開兩年了，但我心中的悲傷與空虛仍然讓我痛徹心扉。

我坐在我的位置上發呆，回想很久以前的往事，就這樣經過了不知道是一分鐘還是一小時。我強迫自己把思緒拉回到庫克郡的案子：我手頭上有一個不知名的死者，一個未知的凶手，而有些人似乎隱瞞了一些事情，不論他們是不是執法者。我不斷地想著這兩個名字：吉姆・歐康納和萊斯特・貝拉德。我現在已經知道歐康納是誰了，至少對他有一點點的了解。但是我對歐康納所提到的貝拉德卻一無所悉。「萊斯特・貝拉德，」我大聲地說，「呼叫萊斯特・貝拉德。請進，萊斯特・貝拉德。」

一陣敲門聲讓我嚇得跳了起來。「對不起，布洛克頓博士？」敲門的人是莎拉，我那個聰明的人類學入門課的學生。她一隻手提著我的公事包，另一隻手則抱著一本破舊的骨學圖鑑，那是一本我要我的每個研究生整本熟記的骨學手冊。

我有點不好意思地微笑。「你並不是萊斯特．貝拉德。」

她笑了。「不是，雖然人們都認爲我特立獨行，但是和他比較起來，我算是相當中規中矩的。」

「等等──你眞的聽說過萊斯特．貝拉德這個人？」

「當然，他很棒。」

「怎麼個棒法？他不是殺人犯這類的人嗎？」

「是啊，他是個殺人犯，同時還做了不少其他的壞事，但是，他是個很棒的人物。」我大概露出一臉困惑的表情，因爲她看起來很開心的樣子。「小說中的人物，他出現在一本小說裡。」

「一本小說？繼續說。」

「一本南方文學，書名叫做《神之子》（*Child of God*），是高馬克．麥卡錫所寫的書，他大概是繼福克納之後最偉大的南方作家了，而且絕對是諾克斯維爾出產的最偉大的作家。他最有名的作品是《所有漂亮的馬》（*All the Pretty Horses*），這本書還在幾年前拍成了電影，由麥特．戴蒙和潘妮洛普．克魯茲所主演。」我對這部電影有點印象，但還沒有看過。「書很棒，可是電影很普通。麥卡錫所寫的東西大部分都很黑暗，有時候則是很怪異，像是萊斯特．貝拉德這號人物。」

（譯註：這部電影的中文片名翻成《愛在奔馳》。）

「怎麼個怪異法？」

「萊斯特是個山野莽夫——非常原始、粗野的那種人——他殺了好幾個女人，並且把她們的屍體藏在一個山洞裡。後來他開始有戀屍癖，我想，大概是因爲找不到女朋友的關係吧。」她咯咯地笑著說，我完全搞不懂到底好笑在哪裡。

「天哪，你看過這種書？你喜歡這種書嗎？」

她爽朗地點點頭。「這些聽起來或許很噁心，有些東西甚至很恐怖。但奇怪的地方就是，即使萊斯特是個野獸，仍然很有魅力。他雖然做過許多卑劣的事，但他的本質其實相當純眞、有趣，甚至還有點天眞。」我搖搖頭，完全無法理解她所說的事情。「好吧，你還記得〈安迪・葛里菲斯秀〉吧？」我點點頭，這個我倒是很熟悉，我可以背出安迪和巴尼在某一幕戲裡的所有對話。「那你一定還記得老是丟石頭打破監獄窗子的厄尼斯特・巴斯這個老粗吧？他雖然狂野、瘋顚，但本質並不壞。萊斯特・貝拉德就有點像是這樣，只是比他再誇張一點而已。我知道，把一個戀屍癖殺人魔和一個愛打破窗子的傻瓜相提並論並不恰當，但是只要你去看《神之子》這本書，就會明白我的意思。」（譯註：〈安迪・葛里菲斯秀〉是六〇年代的美國情境喜劇。）

我把書名寫在桌上的記事本上。「現在我知道你還看一些比較輕鬆的書，」我說，同時指指她手中那本骨學圖鑑。「你是怕我在期中考出一些有陷阱的考題？」

「不是，」她笑著說，「我只要對某件事情感興趣，就會非常投入。不知道您願不願意在我的課本上簽名？」

「當然好。」我說，「在我簽名的時候，你可以把你的包包放下來。」

但我馬上發現，她手中拿的不是她的包包，而是我的——當天早上我因爲情緒失控匆忙離開教室而忘了帶走的公事包。我因爲不好意思而臉紅了起來。

「您……早上忘記帶走這個了，博士。」她打開包包的蓋子，裡面露出我用來示範男女骨骼結構不同之處的兩塊骨盆的骨頭。

「你說對了，我直到現在才想起這件事。謝謝你。」

「不客氣。」

我們陷入沉默之中，氣氛令人感到有些不自在，直到她再次開口，「我可以再問您一個問題嗎？」她拿起仍然用紅色牙科用蠟固定住的女性骨盆，「您說，我們可以從骨頭來判斷一位女性是否經歷過分娩，您可以教我怎麼看嗎？」

我將她手中的骨頭拿過來，「這位女性在四十歲的時候死亡，你可以從恥骨聯合的磨損看出來，也就是兩塊恥骨接合在一起的地方。」我把恥骨與臀骨分開，並且把固定住兩者的蠟剝下來。「你看到了嗎？這塊骨頭在接合處開始呈現出磨損與多孔的狀況。」我用食指磨擦著那粗糙的表面，她也伸出指頭重複我的動作，我們的指頭輕微地彼此接觸，我感到心跳加快。

在繼續說明之前，我用力吞了一口口水，同時感覺自己開始結巴，努力想要擺脫自胸口升起的一股驚慌的感覺。「但是這裡也有一些損——損傷，」我說，「來自分娩的損傷。」我說話不太會結巴——只有在小時候會這樣，而我母親曾經帶我去做過語言治療——只有當我緊張的時候，這個毛病才會偷偷地冒出來。我不記得上次如此緊張不安是什麼時候的事了。莎拉向我靠過來，想看得更清楚一點，並用手抓住我的手，把骨頭移到她的眼前，同時幫我把骨頭拿得更穩一些。我的手指頭可以感受到她呼出來的氣，好長一段時間以來，我不曾和人有過如此親密的接觸。「這裡和這裡的凹槽，」我指著說，「叫做分——分娩溝——溝，在分娩的時候，韌帶有時候會牽動骨頭，讓骨頭鬆動，造成流血與感染，同時在骨頭受損的地方形成這些小溝。如同我常對警察說的，肉體會遺忘，但骨頭永遠會記得。」

心也是。我深吸了一口氣。「我太太在懷孕的時候發生了嚴重的併發症，」我說，「三次流產，雖然後來懷孕成功，但生產時非常危險。她原本可以剖腹生產的，但她很希望能夠自然生產，那次生產幾乎要了她的命。」莎拉看起來很難過的樣子。「後來她又流產了幾次，然後，在二十年之後，她死於子宮癌。那是兩年前的事了。醫生說癌症的發生和流產無關，但我無法說服自己，認為這兩者之間眞的沒有關聯。我不斷地自責，我們不該一再嘗試要生小孩，她的死都是我造成的。我不知道該怎麼辦，我無法……」

莎拉轉過臉正眼看著我，她的臉不像是學生的臉，而像是一個聰明而敏感的年輕女子，她的眼中充滿了感情。她伸出一隻手放在我的臉頰上，用拇指擦去我的淚水，然後向我靠過來，用她的雙唇觸碰我的臉頰。我全身顫抖，她把雙手放在我的兩頰，引導我的唇放在她的唇上。一開始，我覺得這是同情或者是安慰的吻，它讓我感到安心與溫暖。但這吻的感覺慢慢變了，她的雙唇打開，我的舌頭感受到從她的舌頭傳來的熱度與激情。她的身體緊靠在我身上——或許是我的身體靠向她的——她的胸部、大腿與骨盆和我的身體融爲一體，將我那悲傷的心與冰冷的身體融化。我忍不住發出呻吟，讓壓抑多時的憂傷與渴望爆發。

我將她推開，試著回復正常的呼吸，然後向後靠，看著莎拉的臉。越過她的肩膀，我看到敞開的門口有一個影子。米蘭達呆呆地站在那裡，她睜大的雙眼透露出的是震驚、還是難堪、還是被人背叛，或是此三者的綜合？她的臉孔漲紅而且扭曲，在與我對視了一剎那之後，快速地轉身跑開。

我出自本能地跑出去追她，但只聽到她的腳步聲，因爲她已經消失在轉彎的走道盡頭。我聽到樓梯安全出口的門被推開的聲音，我知道她已經離開了。我咒罵著自己的愚蠢，然後回到辦公室去，發現裡面也空無一人——我感到前所未有的空虛。

老天，我怎麼會這麼愚蠢？多年來我努力營造正派有禮且專業的形象，而我把一切都毀了。我踰越了分際，而對象是一個大學生（一個比我兒子還要年輕的女孩），而且，是在一個我最看重的研究生面前發生。假如她想要的話，米蘭達可以聯合其他的研究生與學校毀了我的名譽，但那不是我最擔心的事，最令我擔心的是，她臉上所露出的困惑與痛苦。我最不願意看到的就是發生這樣的結果——我真的不想傷害她，而我也擔心，我和米蘭達之間是否有更深的問題：我是否與她太親近了？我們之間的合作無間與辛辣幽默是否完全合乎常理？與她在實驗室長期相處之下，我是否也踰越了師生之間的情感界線？

在回家的路上，我一路想著米蘭達，並為此憂心不已。當我在黑暗中躺在床上時，我想到了莎拉：她的眼睛閃閃發亮地看著我，她的唇印在我唇上的感覺，她的胸部與身體緊靠著我的感覺。在凱瑟琳死後，這是我第一次在冷冷清清的床上產生性衝動；這麼多個月以來，這是我第一次難以入眠；這麼多個月以來，這是我第一次難過地醒來。

現在該怎麼辦？我想起國家公共廣播電台的名主持人蓋里森．凱勒多年來常說的一句話，「人生太複雜，怯懦者勿試。」我心想，這真是至理名言啊，阿門。

13

我和亞特在前往庫克郡的河邊道路上蜿蜒行進，同時欣賞著山林的秋色。我們開著學校的卡車，我把車窗搖下，輪胎的行進聲中不時點綴著美國梧桐的枝葉因枯黃而斷裂墜落的聲音，這是秋天最早落葉的樹木。我告訴亞特我所得知的最新案情，其實，也沒有太多可以說的。「總之，」我下了一個結論。「警長似乎認定歐康納就是凶手，但我不這麼認為。我不覺得歐康納是萊斯特．貝拉德這類的人。」

「哪一類的人？」

「萊斯特．貝拉德。」

「誰是萊斯特．貝拉德？」

「亞特，你眞令我失望。你除了警方的報告之外都不讀些其他的東西嗎？萊斯特．貝拉德是南方現代文學中的一個偉大人物。」我從外套口袋中掏出一本破舊的《神之子》，那是我一個小時前在校園書店的二手書堆中找到的。我故意把書拿到他面前晃一晃。「萊斯特喜歡女人，死掉的女人，他把她們放在洞穴裡保鮮。」

「我們不都這樣嗎？所以你認爲本案的凶手和那本書有所關聯？模仿犯罪——模仿詭異的小說情節而犯下的眞實罪行？」

「不，不是這樣的。我認爲，吉姆．歐康納太聰明了，讀過的書也太多了，他不可能是那個莽撞野蠻的凶手。我敢用我一個月的薪水和你打賭，他一定知道那個女人的名字；因爲當他猜出她的身分時，臉上露出非常難過的表情。但是，假如他不是凶手，那他爲什麼不告訴我她的身分？」

「也許他就是凶手。他會引用南方文學的典故，並不表示他就一定是心地善良的杜德利。」（譯註：杜德利是電影《王牌騎警》〔*Dudley Do-Right*〕裡的主角，他是一個少一根筋、老是弄巧成拙的善良加拿大皇家騎警。）

「我知道，但我怎麼看他都不像是個殺人凶手，你可以稱之爲人類學家的直覺。」

「許多人類學家也都曾經認爲泰德・邦迪是個大好人。」（譯註：泰德・邦迪〔Ted Bundy〕是一個學業、事業、運動、外貌、人緣樣樣兼具的模範生，但他卻喜歡潛入校園殺害女學生，他坦承自己是三十件命案的凶手，但實際上他所犯下的殺人案件可能超過上百件，他後來被判處死刑。）

「好吧，算了，不跟你爭了，你自己做判斷。嘿，你說你那個在陸軍檔案室的朋友有消息了，他在歐康納的檔案裡發現了什麼？」

「他是陸軍游騎兵，戰功彪炳，曾經領導一個作戰任務到北越援救一個被擊落的飛行員，並因此升官，同時還獲得紫心勳章、銀星勳章，並成爲國會榮譽勳章的候選人。假如他要競選公職的話，他的對手會將他抹黑爲一個沒用的膽小鬼，但假如要在叢林中作戰的話，我會選擇他做作互相照應的隊友。」

「等一下你就可以親眼看看他是否如同你所說的一樣。」

或許我們無法如願。因爲在突然間，我們遇到了一個問題。道路在我們前方三百呎處被一堵綠色的牆擋住了，石子路的兩旁則是高聳的峭壁。我把車速放到最慢。「現在怎麼辦？」我說，亞特聳聳肩。「你確定這條路是你上次所走的那條嗎？」

「我相當肯定我確定這件事，我記得我們在那兩顆鐵杉之間駛離河岸邊的路，我確定我們在四分之一哩之前的那顆美國梧桐前面停下來，因爲韋龍就是在那裡用帽子蓋住我的臉，在那之後，我唯一能看到的東西就是他的帽子——但我記得一路上我們沒有做任何的停頓或是轉彎。」

「好吧，那我們就繼續向前走。」

「走去哪裡？怎麼走？前面就是盡頭了。」

「走到不能走的地方，然後我們再來想辦法。」

我們慢慢前進，前方的綠色植物牆是由一堆葛蔓所形成的障礙物，當我們越走越近時，我發現這條路並沒有眞的終止在葛蔓牆前，而是看起來好像消失在葛蔓之下而已。在石子路的左邊，我們看到葛蔓幕簾之下有一條小溪。我看看亞特，他露齒而笑。「這些該死的蔓藤，」他大聲喊叫，「全速前進！」

我猛踩油門，卡車就在垂落的蔓藤中前進，蔓藤好像蛇一般在擋風玻璃上扭動，然後打在車頂上，不時纏住照後鏡、雨刷和天線，同時發出滑動和拍打車體的聲音。引擎發出吃力的聲音，但不是由於蔓藤的阻擋，而是由於路面突然變得非常陡峭。我瞥見頭頂上有鐵絲或是繩索形成的網子——似乎是讓葛藤攀爬生長的棚架。

又過了漫長的四分之一哩後，葛藤隧道終於在另一道蔓藤簾幕結束，我們來到了一個小型的高地——人們所謂的懸谷——一個人間仙境。但我曾來過這裡：歐康納曾在此處看著老鷹隨著上升的氣流飛翔，而我也在此處被捲入一個神秘未解的謎團。亞特和我把車子停在老房子前面，我看到有一個人靜靜地坐在前廊的搖椅上，那個人是歐康納——一個衰老了許多的歐康納。我向亞特點點頭，然後我們一起下車。

我感覺有一支槍口抵在我的耳後，有一個壯碩的人無聲無息且動作敏捷地來到我的身後，這個人就是韋龍。「沒關係，韋龍，謝謝你。」歐康納低聲說，「布洛克頓博士，眞是個意外的驚喜，什麼風把你吹來的？」

我伸出一根手指向亞特示意，因爲我猜在他腳踝的手槍皮套裡一定有一把手槍，而他一定在伺機取槍。「歐康納先生，我很抱歉如此闖進這裡。我知道山區的居民很重視個人與土地的隱私，但我卻不請自來，而且兩項禁忌都違反了。可是這個謀殺案疑點重重，我想你也許可以解答這些疑問。應該要有人爲那個遇害的年輕女子伸張正義，而我需要一些協助。」

他靜靜地坐著，我繼續說，「我帶了一個同事來，他的名字叫做亞特．波哈南，他是諾克斯維爾的警官，但他並不是以警察的身分前來這裡，而是以我的朋友的身分前來。假如你願意的話，他也可以成爲你的朋友。」

歐康納把頭轉了一點，把亞特從頭到尾看了一次，亞特則正眼回看他，態度既不害怕、也不挑釁。然後，歐康納再把頭轉回來看我。「沒有意義，」他說，「她已經死了，爲她伸張正義也無法讓她死而復生。」

「你說的沒錯。但她有權利得到正義，」我說，「應該要有人爲她的死負責，就算凶手已經死了，也不會改變這個事實。」

他悲傷地搖搖頭。「我沒有辦法再去挖掘陳年往事，我禁不起那種痛苦。不論是失蹤還是遇害，她都已經死了，事情到此爲止。請恕我直言，這並不關你的事。」

我眞希望我不用說接下來的這些話，「事情不只是這樣，」我說，「也請恕我直言，這件事和我有關，我必須考慮到另外一個受害者。」

他將視線移開，眺望遠方，然後再看著我，「什麼另外一個受害者？」

我鼓起勇氣說，「歐康納先生，她已經懷孕了。當她遇害時，她已經懷孕四個半月。」

我聽到一陣顫抖的呼吸聲，就像是心碎的聲音，我無法正視他。

亞特開口了。「歐康納先生，我查過你的服役記錄，你在一九七二年的六月前往越南，當你離開時，她懷孕了嗎？」

「沒有！」歐康納用力地搖搖頭，「她怎麼可能懷孕？我們從來沒有……。我們想要等一等，是她想要等，我甚至從來沒有……。哦，天哪！」

亞特停頓了一會兒才繼續說，「那麼當你回來的時候呢？」

「我回來之後從來沒有見過她，她那個時候就已經離開了。我甚至不知道她是什麼時候離開的，我甚至不知道她手上有那個身分識別牌，直到布洛克頓博士那天告訴我，我才知道的。我在獲得升遷之後把那個身分識別牌寄給她，但是她從來沒有寫信告訴我，說她已經收到那個牌子了。我再也沒有收過她的信，就好像地上開了個洞把她吞掉了一樣。」

事實的確是如此。

「當你前往越南的時候，她當時幾歲？」

「二十二。」

這個年齡與骨骼的狀況相符，我想要確定我的理解沒有錯誤。「歐康納先生，你是說，你從來沒有和她發生性關係？」

「從來沒有。她希望自己在結婚時仍然是處女之身，在現在這個時代，這句話聽起來或許有些奇怪，但這件事對她來說眞的非常重要。」

「你願意提供DNA的樣本來證明你不是胎兒的父親嗎？」

他悲傷地看著我。「這個如何？」他打開一把摺疊小刀，並在左手腕劃了一刀。我看到他的手上出現一道傷口，鮮血滲了出來，他從褲子後面的口袋拿出一條手帕，吸滿了血，然後把手帕交給我，我遲疑了一下。「沒有問題的，博士，」他說，「我沒有愛滋病、沒有肝炎，也沒有梅毒，我的血乾淨得很。」亞特拿出一個密封塑膠袋，把染血的手帕放進去封起來，然後再交給我。

在接下來的靜默時間裡，我發現自己告訴他一個比我預期還要糟的消息：他所深愛的女人不僅被人殺害，而且還懷孕了，懷的還是別人的小孩，而她把她所珍視的貞操給了這個人。「你一定很震驚，我很抱歉。」他憂傷地點點頭。「我不願如此失禮，但我實在沒有其他的方法可以弄清楚這件事，她一定和某個人發生了性行為，至少一次。你知道這個人可能是誰嗎？讓她懷孕的人有可能就是殺死她的人，你有任何線索嗎？」

他抬頭看著天空，眼睛轉來轉去，似乎找尋塵封已久的往事，然後，他的眼睛定住，張大了一會兒，然後用力緊閉，表情陰沉得就像是山雨欲來的重重烏雲。「警長知道所有的事情嗎？」

「他知道她是被謀殺的，他知道她的身上掛著你的軍用身分識別牌，他並不知道她已經懷孕了，我正打算要告訴他。」

我們之間又陷入了長長的靜默，在這段時間，我甚至聽出了來自遠方的公雞啼叫聲。

「你說的對，布洛克頓博士。應該要有人來為她及她的胎兒伸張正義，把你剛才告訴我的事告訴警長，我眞希望我能在場看看他臉上的表情。」

亞特和我靜靜地駛下山谷，進入葛藤隧道。當我們再次見到陽光時，我開口了，「如何？」

「他不是凶手。」

我本來想挖苦他的，但我的好奇心勝過一切，「你根據什麼來判斷？」

「身分識別牌是個很好的不在場證明，他一定是在去過越南之後才把識別牌寄給她的，因爲他是在救了那個飛行員之後才升爲中尉的。況且，我怎麼看他都不像是個殺人凶手，你可以稱之爲警察的直覺。」

我開心地笑了，直到我想起歐康納臉上的陰沉表情，「但是他知道誰是凶手？」

「我想他認爲他知道。」

「警長？」

亞特想了一下，一副絞盡腦汁的樣子，「時間是個問題，奇金斯現在幾歲？」

「大約四十歲上下。」

「但是證據顯示死者是在三十二年前遇害的，你覺得八歲大的奇金斯有辦法讓這個身材高大的二十二歲女子懷孕，然後在她的身孕看得出來的時候把她掐死？」

不太可能，我勉爲其難地承認這個事實。「那歐康納爲什麼要特別指出警長？」

「也許他認爲警長知道凶手是誰，也許他認爲警長在保護某個人。」

這倒可以解釋奇金欺爲什麼不願意推測死者的身分，但還是有一些事情令我不解，而我花了一些時間才想清楚那個令我想不通的地方在哪裡。「但這說不通，假如警長涉案、或是在保護某個人的話，那他在一開始的時候爲什麼要把我牽扯進來？」

「這個問題問得好，也許他和這個案子沒有關係，又或許他和這個案子有關聯，但他一開始的時候並不知道，是在你抽絲剝繭之後他才發現的。」

「你還有時間去拜訪一位你的警界同仁嗎？」

我看到他的臉上閃過一絲憂慮，然後對我強擠出一個笑臉。「這些該死的蔓藤，一不做、二不休，要幹就幹到底吧！」

當我們把車停下來時，陽光正照耀在法院的花崗岩磚牆上，但是當我們走向法院建築時，一片雲飄了過來，一層陰暗不祥的色彩染上石牆，以及停在法院後方的那台休旅車和以金色警徽爲綴飾的黑色直升機。「哦——哦，」我說，「這不是個好兆頭。」當我們幾乎走到法院大門時，我抓住亞特的手臂。「等一等，我馬上回來。」我轉過頭，走向枯萎的橡樹下的破舊長椅，這個歷盡滄桑的椅子上坐了兩個垂垂老矣的老人，他們正在削切一根杉木棍，削下來的芳香木屑落在他們的腳邊，蓋到了他們的靴面。當我漫步走向他們時，我向他們點頭致意。「你好哇，老鄉，」我提高音量說。

「我們只是老了，耳朵並沒有聾。」一個老人說。

「什麼事？」另一個老人上氣不接下氣地說，他的嘴裡已經沒有牙齒。

我再度把注意力放在第一個老人身上，我比較指望他能告訴我一些東西。「我猜你們非常清楚在庫克郡進進出出的人，也許你們能幫我記起一個有點久遠以前的人名？」

「這個嘛，我並不是眞的老，但我也不能給你任何保證。」

「一個本地的女孩——年輕、金髮、身高相當高，眞的很高。大概是在一九六〇年代住在這裡，也許住到七〇年代初期，那個時候她大約二十歲左右。」

「我一點概念都沒有。」

他的同伴再次有氣無力地開口說話，「你當然不知道，你才住在這裡二十年而已，庫克郡的事情你懂個屁。」他磨著已經沒有牙齒的上下牙齦，一副若有所思的樣子，「金髮？大概六呎高？長得不錯的女孩？」我滿懷希望地點點頭，但是我不敢確定她的長相是否好看，因爲我只看過她屍蠟面具般的臉。他的下巴左右移動，「邦茲。」

「不好意思，請再說一遍。」

「邦茲，這是那女孩的姓，我不記得她的名了。她長得很好看，這點我記得很清楚，她有點野——是需要有人管一管的那種女孩——即使接近她會受點傷，但還是很值得，她就是那種女孩，你懂我的意思吧？」

「你還記得她發生了什麼事嗎？」

「我只知道一點點，這是我聽來的，她跑掉了，但我不知道爲什麼。眞希望她沒有走掉——她一走，讓這裡的景致失色不少。」這個回憶讓老人再次嚼起牙齦。

我向他道過謝，然後走回去找亞特，亞特正站在階梯上等我。那個氣喘吁吁的聲音從我身後叫住我。「警長可能會記得她的名字，他應該會記得，因爲他們是親戚。」

當我用力打開奇金斯辦公室的門、怒氣沖沖地衝進去的時候，湯姆．奇金斯正在清理槍管。他抬起頭，很驚訝有人敢如此闖進他的辦公室，對於我臉上的憤怒表情也感到訝異。「放輕鬆點，博士，你不應該驚嚇一個拿著槍的人，發生什麼事了？你把骨頭帶來了？」

「沒有，我來——是爲了想知道你爲什麼騙我。」

他把槍管斜放在桌上，然後慢慢地抬起頭來看著我，「且慢，教授，這是相當嚴重的指控，你有任何證據嗎？」他的視線越過我的肩頭，看到了跟著我走進來的亞特，「這位是誰？」

「這位是亞特．波哈南，他是諾克斯維爾警局的刑事鑑識員。」

「他來我的轄區做什麼？」

亞特冷靜地說，「只是順道搭便車來觀光的。」

「那麼就到別的地方去觀光，我聽說離這裡不遠的地方有一個景色優美的大型國家公園。」

「也許我們可以在回程時經過那裡。」亞特從善如流地說。

「那麼你們最好現在馬上就出發。」

我用力拍奇金斯的辦公桌，力氣大到嚇了大家一跳，連我自己都嚇了一跳。「該死的，她叫做什麼名字？警長。你根本非常清楚她的身分。」

他漲紅了臉，怒目而視。「我還沒有清查完所有的舊檔案。」

「你不需要去查舊檔案，只要去查你家的族譜就好了。她的姓是邦茲，這位死者的名字就掛在你家的族譜圖上，到底發生了什麼事？警長——她讓家族蒙羞，所以就必須被處理掉，是這樣嗎？」

奇金斯暴怒地站起來，「你好大的膽子，你有什麼資格跑到這裡來侮辱我和我的家族？快給我滾出我的辦公室，滾出我的地盤，別再插手管我的事！」

「你作夢！這是一樁謀殺案，我才不會讓你因爲案情的發展對你不利就把這個案子吃掉。」

警長抓起桌上的來福槍，向我襲擊，我出自本能地抓住槍管，與警長扭成一團。突然間，警長忽然靜止不動，我抬起頭，看到亞特站在警長的旁邊，一隻手抓住警長的一撮頭髮，另一隻手拿著一把手槍抵住奇金斯的太陽穴。「好，現在我們每個人都深呼吸，冷靜下來。」亞特說，「警長，放開你手中的槍。」奇金斯照做了。「比爾，把他的槍放到門邊去。」我也照辦了。「好，我們現在要回諾克斯維爾去了，」亞特繼續說，「假如我們在後視鏡看到任何人跟蹤我們的話，我就馬上用無線電通知聯邦調查局、田納西調查局和一些便衣刑警，讓你們庫克郡好看！」

奇金斯一邊喘氣吁吁、一邊咬牙切齒地說，「你聽好，博士，我會去申請逮補歐康納的拘捕令，我會給他安上謀殺犯的罪名，而且我會叫威廉去把死者的骨骸統統拿回來作爲證據。」

我搖搖頭。「假如地檢署發傳票要取得那些骨頭的話，我會把它們交給檢方，但我不會把骨頭交給你。」

「你要依照這個人所說的去做，」我身後傳來一個聲音，我轉過身，看到一個比較年輕而且比較瘦的湯姆・奇金斯，他身穿副警長的制服，胸前別了一個黃銅名牌，上面寫著「歐賓・奇金斯，副警長」。他用警長的來福槍管抵著我的頭，「放下你的武器，」他對亞特說，「馬上放下。」亞特仍然用手槍指著警長的頭。「把槍放下，城市佬，否則我就轟爛他的腦袋。」

辦公室裡安靜得連掉一根針都聽得到。最後，亞特打破僵局。「你不能這麼做，副警長。」

「鬼才信你。」

「你可以扣扳機，但你無法殺死他，」亞特平靜地說，「你的彈膛是空的，警長剛剛正在清理那隻槍，彈匣裡也許還有幾發子彈，可是等你把子彈送到彈膛時，我已經射兩發子槍在你身上和一發子彈在警長身上了。」我看到警長向他的弟弟微微點了個頭，我滿心期盼這表示亞特的空彈膛理論獲得證實。「把槍放下，副警長，然後把手放在身體前面，走過來。」

「快點，歐賓，照他所說的去做。」奇金斯嘆氣道。

歐賓照做了。

奇金斯開口了，和先前用槍指著我的時候比較起來，他現在的聲音好像變成了另外一個人的聲音——疲倦而且沒有自信。「我不知道發生了什麼事，博士，你說的對，她是我的表姊，莉娜・邦茲，事實上，她的名字是艾芙莉娜。在她的雙親過世後，她在我們家住了好幾年，然後就離開了。至少，我們一直都這麼認爲，直到現在。莉娜曾經和吉姆．歐康納交往過，我想他們甚至已經訂了婚，對我來說，對任何人來說，這都足以讓他成爲凶案的主嫌。」

「但是當她遇害時，他人正在越南。」

「你知道她何時遇害？」

「不是很精確的時間點，但是軍用身分識別牌顯示她是在他前往越南之後才遇害的。」

「也許他是在回來之後才殺她的，有任何證據否定這個可能性嗎？」

「就我所知是沒有，但我想ＤＮＡ檢測將可以證明小孩不是他的。」

這句話在辦公室裡引發極大的衝擊，我本來不打算用這種方式來揭露莉娜懷孕的事實，但話又說回來，我也沒想到自己會和兩位執法人員形成對峙的局面。

湯姆．奇金斯後退靠在檔案櫃上，一副大受打擊的樣子。「她已經懷孕了？」

「是的，四個半月了，這是我根據胎兒骨骸所做的推測。」

警長仍然一副深受打擊的樣子，他的弟弟開口說，「各位，這不就是動機嗎？吉姆大兵回到家鄉，發現他的心上人移情別戀，而且還懷了別人的種，於是他就抓狂了。這也許算不上是一級謀殺罪，但我敢他媽的保證二級謀殺罪絕對可以成立。」

「我認爲人不是他殺的。」我說。

警長從檔案櫃挺身站起來，然後把兩隻手平放在辦公桌上，向我靠過來。「博士，我並不是針對你，我才他媽的不管你是怎麼想的，你也許是個很好的骨頭偵探，但你是個局外人，一點都不了解庫克郡或是吉姆．歐康納，也不了解他會不會做哪些事情。我會去弄一張逮捕他的拘捕令，也會去弄一張法院的傳票來取得那些骨頭。假如我再發現你還在胡搞的話，我就會把你當成我的敵人。」

我想現在是個離開的好時機，我看看亞特，他似乎也這麼認爲，因爲他用頭朝門口的方向示意。「警長，」我一邊說、一邊向門口後退。「我會等著你的傳票的，歐賓，很高興見到你，祝你們有個愉快的一天。」

「記住，」亞特說，「我們會一邊注意看後視鏡、一邊把手放在無線電對講機上。」

當我們從法院大門狂奔出來時，亞特說，「你去把車開到後面來接我。」我想要問他爲什麼，但他打斷我的話。「先照我的話做，我等一下再向你解釋。」

我把車急速倒出停車格，輪胎發出尖銳的聲音，然後又猛力將車檔排到前進檔，此時輪胎再次發出尖銳的聲音，當我在轉角轉彎甩尾時，輪胎再一次發出尖銳的磨擦聲。我從眼角看到那兩個老人家停下了手頭上的工作，張著無牙的嘴巴，目瞪口呆地看著我。

當我把車子開到法院後面的停車場時，我看到亞特站在直升機的旁邊。我在他的身邊緊急刹車，他把一個小瓶子放進口袋，然後跳上卡車。「你在做什麼？」

「哦，沒什麼，」他說，「只是爲我們爭取一點時間而已。」他把小瓶子從口袋裡拿出來給我看，我從瓶子的形狀就知道那是什麼了：快乾強力膠。

「你把他們的車門鎖塗上強力膠？」他很驕傲地笑了。「車子？直升機？」他開心地點點頭，「他們一定會氣炸。」

「會比剛剛打算殺我們的時候還要生氣嗎？」他說的有道理。

儘管有亞特的妙招爲後盾，我還是加速駛離了庫克郡市中心。我在河岸邊一路左搖右晃地駕駛，同時在不駛出路面且不讓自己暈車的情況下，不時從後視鏡查看後方的車子。「你最好把無線電對講機拿出來，以防萬一。」我告訴亞特。

「什麼無線電對講機？」

「你要用來求救的對講機呀。」我看著他，他搖搖頭，然後把手伸出來，手掌打開，手上空空如也。「那你剛才告訴他們，假如他們追來，你就會向聯邦調查局、田納西調查局求救的事情是怎麼一回事？」

「那個呀，我的朋友，叫做虛張聲勢。精確一點地說，是一次成功的虛張聲勢。」我可不像他那麼欣賞他的這個小花招。「嘿，不然你要我怎麼說？『哦，求求你們不要追來，因爲假如你們追來的話，我們就完蛋了』？我眞慶幸當時不是你開的口。」亞特再得一分。

我們在緊張的氣氛中沉默地開了一會兒，直到我們上了州際公路，以一百英哩的時速前進時，我才有餘力開口說話，而且這是我生平第一次希望有州警來把我攔下來。「亞特，我處在一個混沌未明的狀況，」我說，「我從來不曾碰過這種案子——我無法分辨出誰是好人、誰是壞人。」

他點點頭。「我還記得這個情形第一次發生在我身上的情景，當時我還是重案組的菜鳥警察，有一個古柯鹼毒販在諾克斯維爾東部的貧民住宅區被槍殺，有一個壞警察告訴我，他是被另外一個毒販殺死的。但是有一些小事情讓我覺得事有蹊蹺，因爲並沒有其他的毒販去接收他的地盤，而那批失蹤的古柯鹼——照理說是熱門的搶手貨——卻從來不曾在諾克斯維爾的街頭出現。相反的，不久之後那批貨出現在曼菲斯市。原來是某個壞警察暗算他，把古柯鹼轉賣給自己所熟識的曼菲斯毒販。假如你發現團隊裡的成員無法讓你完全信任時，那是一件很恐怖的事情。」

的確很恐怖。「那我現在該怎麼辦？」

「很難說，你想得到什麼樣的結果？」

「我想要找出殺害那女孩的凶手，假如可以的話，我想要爲她主持公道。」

他點點頭。「我想也是，那你就按照過去的做法去做吧：爲死者說話，說出事實，而且善用你的智慧。哦，還有——從現在開始要小心點。」

「只有這樣嗎？你只有這些忠告可以給我嗎？超級警探。」

「嘿，我所倚靠的也只有這些而已，至少這個方法到目前爲止都還蠻好用的。」

「這眞能撫慰人心啊，難怪我會找你來幫我。」

「一點都沒錯。且慢，還有一件事，我不只能安撫人心和當個救星，我還是搜查重要證據的高手。」亞特把手伸進襯衫口袋，拿出一條摺疊好的手帕，然後把手帕交給我。

「這手帕是重要證據？」

「不是啦，福爾摩斯，你看看裡面。」

我打開手帕，裡面夾了一束頭髮。「這是誰的頭髮？」

「來自湯姆．奇金斯警長的頭皮，還記得當我出手救你時的情景嗎？當我用槍抵住他的腦袋時，我用手狠狠地抓住了他的捲髮，好像蠻長的，還可以帶一點回家做紀念。你以前教過的那個學生還在國防部的法醫實驗室工作嗎？」

「鮑伯．崗沙里？是啊，爲什麼這麼問？」

「可以查查看和洞穴女子或是她的胎兒有沒有關係，假如有的話，那就有趣了。」

「我再問一次，爲什麼要查？警長剛剛已經承認他們是表姊弟了，而你也已經說服我，他們的年齡相差太多，他不可能是孩子的父親。」

「比爾，我們談的是庫克郡，絕對不要說絕對不可能，因爲你永遠不知道會發生什麼事情。」

「隨便你怎麼說，你是王牌刑事鑑識員。對了，謝謝你剛剛救了我一命。」

「隨時樂意爲你效勞，不過接下來的幾天除外，我還在處理那件孩童綁架案。」

「有任何斬獲嗎？」

他搖搖頭，「毫無斬獲，三個星期以來，我們一點綁匪的消息也沒有。除非我們對這個人渣嚴重誤判，否則那孩子應該在被綁架當晚就已經遇害了，我們已經派出警犬去搜尋她的屍體。」

我想不出任何鼓勵的話可以對他說。

隨著時間流逝，天空也蓋上了厚厚的雲層，但突然間——就在我們越過弗倫奇布羅德河上的大橋時——輻射狀的光線從雲層後方四射出來，西邊雖然有深紫色的暴風雨雲層，但前方的雲朵與綠樹如茵的河岸在陽光下閃閃發亮，這樣的光亮讓我的胸口緊縮了一下，我母親總是稱這樣的景象爲「上帝之光」。

我不太確定自己是否還相信上帝，但我相信：儘管有些黑暗地帶，但這個世界仍然是個美麗的地方。

14

幾個星期以來，我一直故意不去看月曆，但我仍然躲不掉越來越接近的那一天：九月二十七日，凱瑟琳過世二週年的日子。從凌晨開始我就輾轉難眠，到了清晨，我頭痛欲裂，我的手在倒咖啡時不停的顫抖，當安靜的廚房裡突然響起電話鈴聲時，我嚇了一大跳，還把半杯咖啡灑了出來。

「哈囉？」

「嘿，爸，我是傑夫。」

傑夫住在十五哩外的地方，在林木圍繞的西柯亞山莊之外的另一個世界。他們夫妻倆最近在法拉格買了一棟新房子，法拉格是一個位於金斯頓大道西方甚遠處的一個新興近郊住宅區。我想，大概是因爲父母是人類學家與社會學家的關係，傑夫受夠了象牙塔裡的世界，所以他在田納西大學主修會計學，而且很快就取得合格會計師的證書，而且他畢業後，只花了不到十年的時間，就成爲收入豐厚、成功的執業會計師。他有兩個兒子，分別是五歲和七歲，兩個孩子都是足球隊的球員，而傑夫的妻子珍妮則與法拉格社區養尊處優的足球媽媽們相處得很融洽。我的兒子在三十二歲的時候已經過著既成功又快樂的生活，而我卻沒有辦法面對他，和他好好說話。

「嗨，傑夫，我不能講太久──我上課快要遲到了。」

「今天是星期六，爸，田納西大學現在星期六也排課了嗎？」

「我指的不是上課，我指的是開棺驗屍，我今天要去把一具屍體開棺驗屍。」

「你還好嗎？你的聲音聽起來……怪怪的。」

「我很好。」

「我只是要告訴你，我今天想著你。」我眞希望他沒有這麼說。「你覺得怎麼樣？說實話，不要對我說你『很好』，因爲你聽起來一點也不好。」

「是嗎？那爲什麼會這樣呢？哦，我現在想起來了——我太太在兩年前的今天過世了。」

電話的那一頭變得安靜無聲，「我知道，爸，因爲我媽也是。」

「你似乎很快就忘了這件事。」我的尖銳語氣讓我自己都有點意外。

「這話是什麼意思？這是在指控我嗎？」

「不是，這只是我的觀察，你似乎不怎麼難過。」

我深吸了一口氣，然後，再用力呼出。「你太過分了，我愛我媽，我非常愛她。她過世的時候，我非常難過，直到現在，我有時候還是很傷心。可是爸，我當時哭得很慘，然後我就面對她已經過世的事實，並且決定要繼續過日子。而你呢，你還沉溺在悲傷之中，而且把這悲傷當成是一件神聖高貴的事——你把悲傷當成十字架背在自己的身上，你把悲傷當成一頂荊棘頭冠戴在頭上，你把悲傷當作是自我懲罰的記號。任何人只要不和你一樣傷心難過的話，你就認爲他們不夠傷心，表示他們對她的愛不夠多。當你這樣做的時候，爸，你讓自己與其他愛你、希望你過得好的人疏遠了。」

「時候到了我自然會快樂起來。」

「不，你不會，因爲你不願意。這好像是某種奇怪的試煉——看你能悲傷寂寞多久。」

「而你所說的這番話就能讓我高興起來？」

「不要怪我，是你先開始的，拜託，爸，承認吧——你不願意重拾你的人生，你埋首於工作堆中，你讓自己沉浸在悲傷裡，你現在只做這兩件事。」

「我的工作需要我花費很多心力在上面。」

「以致於你沒有時間打電話或是來看看你的兒子和孫子？以致於你沒有時間出去好好吃頓晚餐？你上一次在餐廳裡坐著好好吃飯是什麼時候的事了？不論是和一位女性、男性，或是和我？」

「我沒有辦法面對你，會勾起太多傷心的回憶。」

「而這又是爲什麼呢？爸？」

假如要對他說實話，我會這樣對他說，「因爲她的死是我們兩個人造成的，我責怪我自己、也責怪你，你的出生對你媽的身體造成很大的傷害。」但我並沒有告訴他實話——我沒有辦法告訴他實話——所以我只說，「看到你會讓我想起她。」

「你爲什麼不能從這件事情當中得到一些安慰？這表示她的某些部分還活在我身上。」我無言以對。「老天，假如你無法和我共處一個晚上的話，那麼至少去找別人，最好是心理醫生，不論是誰，總比什麼人都不見來得好。我敢說，自從媽的葬禮之後，你就不曾有過任何社交活動。」

這是事實，但我不希望是由我的兒子來提醒我這件事。

「聽著，傑夫，我很感謝你這麼關心我的社交生活，但我很好。我已經是個成年人了，可以自己一個人過得很好。」這根本就是睜眼說瞎話，於是我只好用強悍的語氣來掩飾心虛。

「你開始和任何人交往了嗎？」

「這關你什麼事？」

「我所擔心的正是這個，你根本沒有走出去，甚至不願意承認這點。天哪，爸，你正值壯年，你聰明、精力充沛，而且有說不完的有趣故事，假如你願意的話，不知道會有多少女性排隊等著和你約會。但你是如此的憂傷、如此的孤僻，就好像你的四周有一個強力電磁場一樣，把每個人都隔絕在外，包括我在內。」

「傑夫，我並不想要把你隔絕在外。」

「那你可騙倒我了，這是我連續第四次主動打電話給你，而你所說的第一句話卻是你無法多談，我甚至想不起來上次見到你是什麼時候的事了，你大概以爲我們住在世界的另一頭，而不是在諾克斯維爾的另一端。」

四次了——眞的嗎？我最近一次見到他是什麼時候的事了？「我很抱歉，我眞的很抱歉，但我已經盡力了。」

「那就再更努力一點！」他回擊。我覺得好像剛被牙醫鑽到牙齒的神經。

「你有什麼建議嗎？傑夫。」

「我不知道，我不知道該如何快速修補破碎的心。要是我知道答案的話，我早就成爲一個心理諮商大師，寫暢銷書、上電視節目、成爲億萬富翁了。已經兩年了，我不只想念我過世的母親，也很想念我還在世上的父親，而我的孩子也很想念他們的祖父。媽過世我眞的很難過，她不是我的妻子，所以我不知道失去配偶是什麼感覺，但她已經走了，而我們還留在這世上，你也是，所以不要再當個活死人了。」

我頭痛欲裂，視線也開始模糊，我沉默地盯著聽筒，然後慢慢地將它移向聽筒的托架。

「爸？爸！」他的聲音越來越小，「爸，不要掛我電話，拜託，不要掛電話。」

上帝請原諒我，我掛上了電話。

我一個人呆坐在空盪盪的廚房裡——一個比停屍間更令我害怕的地方——然後心中想著：事情怎麼會變成這樣？我的家人曾經是我最大的喜悅，現在怎麼會變成我最大的傷痛？凱瑟琳爲了要給我一個兒子幾乎送了命，而我現在卻把這個兒子當成瘟疫、而不是禮物。我知道，假如她地下有知，一定會很傷心的，但是，儘管滿心羞愧，我仍然無法對我們的兒子打開自己的心。

凱瑟琳死後，某個朋友出自善意給了我一本紀伯倫的《先知》，我從來不曾翻開這本書，現在，我從書架上拿出這本書，並且翻開紫色緞帶作記號的那一章，上面的標題是「喜悅與悲傷」。

我一邊顫抖、一邊讀：「當你歡欣時，看看你的內心深處，你將會發現，帶給你歡欣的、正是帶給你傷痛的事物；當你難過時，再次審視你的內心，你將會發現，現在讓你傷心悲泣的、正是那曾經帶給你喜悅的事物……。兩者密不可分；它們會同時到來，當其中之一與你同在時，也請記得，另外一個就在不遠處。」

我想到了傑夫，想起我們爲了要懷他而吃了多少苦，也想起當他在經歷難產、平安地出生時，我們的心中充滿了感恩之情。他和凱瑟琳兩個人同時帶給我無限的喜悅，而當凱瑟琳過世後，我無法將他與失去她的傷痛分開。

「傷痛傷你越深，你就能承載越多的喜悅。」我在書上看到了這個句子。

我想，假如這句話是眞的，那我的心中已經有很多的空間可以承載無盡的喜悅。

15

我比預定的時間早了半個小時抵達埋葬比利雷．賴貝特的墓園，墓園在摩根郡，而摩根郡位於諾克斯維爾西北方四十英哩處，緊鄰坎伯蘭山脈。

庫克郡的居民在阿巴拉契亞山脈從事人參和大麻的種植，以及私酒的釀造，而坎伯蘭山脈的居民（包括在山谷的居民）則把山脈開腸破肚，從四面八方開採次級煤礦，把山脈搞得面目全非，山脊遭到破壞，河川則淤積了石塊與酸性化學物質。

比利雷生前在無開採執照的非法礦區工作，直到這個礦區被露天採礦局發現，並予以關閉。在那之後，他靠糧食券與殘障津貼過活，而且把大部分的所得都花在酒館裡。比利雷與艾迪・密肯就在其中一家酒館和六個幫派份子打了起來，比利雷在受重傷之後還活了十八天，直到有一天，他搭便車到諾克斯維爾去找密肯，請密肯帶他去醫院，結果，根據密肯的說法，比利雷還沒有機會被送到醫院就死了，因爲當他搖搖晃晃地來到密肯的公寓時，他馬上腿軟跪下，撞在咖啡桌的玻璃桌面上，當場氣絕身亡。這是密肯的說法，迪維斯也希望開棺驗屍能夠證實這個說法。

一輛剛打過蠟的黑色靈車停放在墓園的出口，車上播放的搖滾樂音量大到足以吵醒死人，它的旁邊停了一輛黃灰色相間的挖土機，坐在駕駛座的譚米・韋奈特懇請我要幫幫死者，我不知道有誰曾經幫過這個可憐的傢伙，而他的長眠即將要被我們蠻橫地打斷。

根據美國原住民和新世紀思想信仰者的說法，把入土爲安的屍體再挖出來是一項極爲不妥的行爲——這將會打擾亡者的靈魂——我相當認同這種說法。但是很遺憾的，有時候不這樣做的結果反而更糟糕：讓凶手逍遙法外……或是讓無辜的人遭到終身監禁。我這次打擾比利雷的靈魂，是爲了要改變後者。

在這個陰冷的上午，我們六個人在瓦特堡外的墓園裡圍著一個小墳墓，這個墓園位於坎伯蘭山頂，旁邊還有一個白色的小教堂。大家都很安靜且嚴肅，兩位身穿制服的摩根郡副警長在場警戒，好像有人會對這副廉價的棺材和已經在地底下腐爛了九個月的窮人屍骨感興趣一樣。諾克斯維爾的檢察官鮑伯・洛伯仍然不放棄控告密肯爲主嫌的謀殺案，他的身邊站了一位來自路易斯安納州的刑事人類學家，洛伯冀望他能反駁我所提出關於致命傷口不合理的證詞。我則別無選擇地站在迪維斯——爲了要扭轉正義而聘請我的人——旁邊，我希望這次的合作關係是短暫且空前絕後的一次。

還有一個人沒有出席，那就是潔絲敏・卡特醫生，她是位於諾克斯維爾南方一百英哩、查塔努加市的法醫，當開棺工作結束之後，她將會在田大醫學中心後面的停屍間與我們會合，不，應該說是與屍體會合。

檢辯雙方曾經爲了該讓哪位病理學家來重新驗屍爭論不休，很顯然的，諾克斯維爾的法醫漢彌頓醫生無法執行這項工作，因爲他初次驗屍的結果是否恰當正是檢辯雙方爭議的重點，這個結果將會決定密肯是否眞的有罪。迪維斯曾提出要邀請來自外地的知名病理學家，例如麥可・貝登醫生或是凱・史卡佩塔醫生來執行這項工作，因爲漢彌頓在田納西州的其他同事有可能不願做出不利於他的證詞，檢方則主張，假如本州的其他法醫無法被我們信任的話，那乾脆把他們統統解雇算了。在一番你來我往、尖酸刻薄的唇槍舌戰之後，雙方最後終於都同意卡特醫生是位合適的人選。卡特醫生——由於我們在過去五年當中有過不少共事的機會，所以我可以叫她潔絲——是哈佛醫學院畢業的，我不知道她為什麼會在查特加努落腳，但她是位公認的可以判斷生前、死亡、死後創傷的優秀專家。只要給她足夠的軟組織，她就可以判斷出賴貝特是否由於怪異的刀傷——一個我無法複製的刀傷——而導致失血過多死亡。

韋奈特在唱完最後一句聖歌之後，就把挖土機開到墓園裡，在副警長的指示下開到賴貝特的墳墓旁，洛伯向他點了個頭，機器於是在紅泥土地上開挖。

地上的泥土仍然相當鬆軟。被挖過的泥土要經過多年以後才會再次變得堅硬，但即使如此，也不會變得像原本一樣硬。這個特性對人類學家來說非常重要，我們就是靠它來發現與挖掘古代墓穴。在我剛進入這行時，我曾經花了十多個夏天在南達科塔州挖掘數百年前的阿里卡拉印地安墳墓，就在美國陸軍工兵團水庫的水源上方不遠處。圓形的阿里卡拉族墳墓被一呎高、顆粒細小的風沙所覆蓋，頭幾年的夏天，我辛勤地靠勞力來搜尋墓穴，經過一番實驗之後，我找到了一種推土機，它可以有效率地清除墳墓表層的沙石：我們用推土機平整地刮除地表薄薄的一層沙石，重複幾次之後，就可以將墳墓表面一呎高的沙石去除，露出一圈圈鬆軟、被挖掘過的泥土。這個極有效率的工具讓我們的工作進度加快了十倍——這在當時讓我們的贊助者史密森博物館非常高興，但在幾年後卻讓印地安文化維護運動推動者非常沮喪。

鑑識偵查員也需要仰賴泥土的這項特性。他們不需要把可能埋藏屍體的整個區域或是森林給翻過來，只需要用一種T形探測器在地面到處戳一戳，假如探測器無法深入地面，這就表示這塊土地沒有被挖過，假如探測器可以輕易插入的話，就表示這塊土地最近被人挖掘過。還有一種更高科技的土地探測器叫做透地雷達，這個工具是在我們人體農場的協助之下研發出來的：只要讓掃描器在地表掃過，訓練有素的調查員就可以知道（藉由磁力數值與曲線，在我看來卻是毫無規則可言的數值與曲線）土地的相對密度，同時找出被挖掘過的區域。

挖土機發出巨響，將巨斗鏟入地面，挖開墓穴，墳墓旁邊的土堆也慢慢地變得越來越高。最後，挖土機發出一聲尖銳的刮削聲，說明我們已經挖到棺木外圍的水泥層了，駕駛員又挖了幾下——同時發出尖銳的聲音，就好像是有數百隻指甲在黑板上劃過一樣，這聲音讓我頭皮發麻——接著再將巨斗舉起，自己爬下挖土機，從機器後面拉出一對鋼鍊，他將四個掛鉤鉤入水泥蓋上的金屬環，然後把鍊子綁在挖土機的巨斗上，重新回到駕駛座，舉起巨斗、拉起鍊子，水泥蓋於是應聲被吊起。當蓋子被掀起時，兩旁的紅土掉進了水泥墓穴。駕駛員把水泥蓋放在旁邊的溼潤草地上，同時壓垮了幾束塑膠花。

「博士，墳墓裡爲什麼還要做一層水泥？」迪維斯問我，「這沒有太大的意義，我是說，屍體還是會腐爛，不是嗎？」

「當然，」我回答說，「但是生者——仰賴葬禮、棺材與墓園來獲得安慰的人——並不這麼想，他們用防腐劑、不銹鋼棺材和堅固的水泥來延緩親人的腐朽。」迪維斯轉轉眼珠子，搖搖頭表示對這種愚行不以爲然。我很不喜歡這樣——我不喜歡他那種自以爲是、自認比別人高一等的態度——於是我繼續說，「你覺得這很蠢嗎？」他給了我一個含糊的點頭。「爲了你的委託人，你最好祈禱這些水泥牆保持完整、薄薄的棺木保持乾燥、喪葬業者沒有在屍體的防腐工作上偷工減料，這些東西都是拯救你的委託人和你自己的唯一倚靠。」我越說越激動、越來越大聲，我發現其他的人都在看我們，於是我閉上嘴，走到墳墓的另一邊。

水泥牆把大部分的地下水都阻隔在外，牆頂端的橡膠墊片一定是輕微走位了，因爲有一小圈沾滿泥漿的墊片懸掛在水泥牆邊，顯示水泥層並沒有完全封好。棺材的四周繞著一圈幾吋深的小溝，溝裡浮著油脂，棺材則由於挖土機猛力拉起水泥蓋的餘震而輕微晃動。掘墓工人重心不太穩地蹲在水泥牆的一邊，把兩條吊帶繞到兩側的棺材底，並向中央移動一吋左右，就像是用牙線滑過一顆巨大的牙齒一樣。他把吊帶綁在挖土機的巨斗上，再把棺材吊起，就像剛才吊起水泥蓋一樣。當棺材離開墓穴時，一道發出惡臭的灰色污水從棺材的一角細細流出，即使放在地面上時，污水仍然不斷流出，我很慶幸自己沒有提議用我的卡車把棺材載回去。掘墓工人、靈車司機，以及兩位副警長將棺材抬上靈車，一個小型車隊朝向諾克斯維爾前進，就好像把一個送葬的行進隊伍倒帶播放一樣。

16

潔絲．卡特醫生同意讓我旁觀解剖屍體的過程，我求之不得。我不具備在法庭爲病理學方面的問題作證的資格，病理學研究的是疾病與創傷在軟組織上所表現出來的現象，這比我所研究的領域還要更早一個階段，但是我樂於把握每一個可以多學習一點東西的機會。畢竟，潔絲與我的工作領域只有腐敗分解幾天的差別而已，假如是在極高溫的狀況下，就有可能是幾個小時的差別，假如是分屍案件，則是多切幾刀的差別。因此，我越了解如何在軟組織上找尋法醫學的證據，就越能在不是軟組織的地方找到證據。更何況，潔絲是個好相處的人——風趣且不拘小節，但是她對工作品質的要求卻是一板一眼，她機智風趣、動作俐落，而且觀察敏銳，三者兼具，不偏不倚。

當我回到醫學中心時，她的保時捷跑車已經停放在停屍間的後面，凱迪拉克的靈車跟在我後面，裡面載著賴貝特溼答答的棺材。當靈車倒車進入卸貨區時，後方的金屬門打開，潔絲穿著手術服走出來，後面還跟著米蘭達，自從她撞見我和莎拉接吻之後，我還不曾見過她。這時我突然覺得不太想參與這次的解剖。

當我走近時，她們抬起頭來看我，於是我只好向她們揮揮手。「嗨，」我向潔絲打招呼。「歡迎來到大黃蜂的窩，你的膽子很大，願意接下這次的工作。」

她聳聳肩。「或者是不太聰明，反正我從來就不喜歡走安全的路——因爲太無聊了。」她對我微笑，一個非常尷尬的微笑，和鬼臉相去不遠。「米蘭達告訴我你最近所做的一些事，你似乎給自己惹了不少麻煩。」我看著米蘭達，當我們的視線相遇時，她的眼睛亮了起來。我滿臉通紅，轉身面對靈車，這個司機卸棺材怎麼卸得這麼久？

我清了清喉嚨。「我的手頭上的確有一個有趣的，嗯，案子，我等一下再告——告訴你。我先去換衣服，才不會讓你們等太久。」說完之後，我馬上飛奔進停屍間，逃入男性更衣室。我和米蘭達之間的關係被我搞砸了，我眞是個白痴。

我用手術口罩遮住我的口鼻與羞愧感，當我走進解剖室時，只看到潔絲一個人在裡面，她手上拿著解剖刀，額頭上戴著頭燈，向屍體靠近。棺材放在角落的地面排水口旁，仍然有污水不時滲出。「看來今天你是我的diener。」

「什麼是diener？」這個字讓我聯想到「燻肉香腸」（wiener），因爲這兩個字押韻，同時也很像外國人說「晚餐」（dinner）時的發音，但這些想像都無法減輕我心中的緊張，因爲她手中拿著解剖刀轉過來面對我。

「這是德文，意思是解剖助理。事實上，它的意思是『僕人』，我只是想讓你明白自己此時的地位。」她的聲音聽起來很生氣，而她的表情看起來更生氣。

「米蘭達呢？」我問道。

「她說她要去教一門實驗課，眞的是這樣嗎？還是因爲她不想待在這裡？」她的眼睛閃爍著光芒。

「我……我不知道。她……我猜她也許不想待在這裡。」

她猛然把解剖刀放在不銹鋼的檯面上。「該死，比爾，這實在太荒謬、太不專業了。」

「你說的對，我很抱歉，覺得很丟臉。」

「我很尊敬你、也很喜歡你，但這不表示我對她是個威脅。」

「我知道，我——啊？」

「她沒有理由不喜歡我。」

「你？你在說什麼？」

「那個……那個女孩，當你在換衣服的時候，居然跟我爭風吃醋，好像我來這裡是爲了要搶走她的男朋友似的。」她再次把解剖刀用力放在檯面上，這樣做似乎可以讓她覺得好過一點，而我也再度嚇得倒退一步。「眞該死，這裡又不是高中。」

我完全誤解了眼前的情況，也完全誤判了眼下的緊張氣氛與憤怒表情。我大大地鬆了一口氣，然後開始大笑起來，而且一發不可收拾。我笑到肚子痛，口罩也被眼淚弄溼，我只好把口罩拿下來呼吸。

她先是目瞪口呆地看著我，然後臉上慢慢露出一抹微笑。她對我搖著戴著手套的食指，搖著頭說，「那你又在說些什麼？你是她的男朋友嗎？」

「不是，不是！」我以爲自己又要笑出來，卻發現自己正在哭泣。她把手放在我的手臂上，直到我振作起精神。「哦，天哪，潔絲，我把事情搞得一塌糊塗。」

「你搞上學生了？嘿，你又不是第一個偷嚐禁果的教授，這件事我只告訴你，當我還年輕的時候……」

我瞪著她，「你？」

「微生物學的克勞德博士，說什麼顯微鏡觀察！」她大笑，「你和那位小姐有關係？這就是她爲什麼對我張牙舞爪的原因？」

「沒有，情況並不是你所想的那樣，事情很複雜。」她揚起眉毛表示疑惑，於是我告訴她事情的經過：我在課堂上失神；莎拉當晚來到我的辦公室把骨骸還給我；我們激情地擁抱在一起；米蘭達撞見時的反應。「老天，潔絲，我爲了一個學生毀了我的名譽，一個大學生，同時也讓我最優秀的研究生助理疏遠我，我不知道該如何挽回一切。」

她用堅定而嚴肅的表情看著我，「比爾，你最後一次跟人上床是什麼時候的事情了？」

我漲紅了臉。「有一陣子了，凱瑟琳死前的幾個月。」

她的表情不變。「所以，有兩年多了？這對正值壯年的男人來說是一段很長的時間。而你每天都被年輕的女性所圍繞——聰明、漂亮的年輕女性，尊敬你的女性。我很驚訝你到現在還不曾把一個女孩推倒在地上、和她發生關係。天哪，比爾，放自己一馬吧。是啊，你吻了一個學生，相信我，這是兩情相願的事。是啊，發生的時機很糟，太糟糕了。假如你想要向她們其中一人或是兩個人道歉，請便，然後你就要重新回歸原本的生活。」她的聲音變柔和了。「比爾，比爾，我們都會犯錯，即使是你也會犯錯。你是如此的悲傷、寂寞、神經緊繃，假如撞見你和別人接吻毀了你在她心目中的神聖地位，那麼，這也許是件好事。」她靠過來，正眼看著我。「比爾，她對你的崇拜雖然可以理解，但她把你神聖化並不是件好事。」

我眨眨眼，一下子就發生了好多事情：坦承、了解、原諒、安慰。「我還以為你是個病理學家，結果你反而比較像心理醫生，還是個很好的心理醫生。」

她笑了。「才不是呢，我只是以過來人的身分告訴你這些事情。假如我現在不是個快樂的同性戀者的話，也許會約你出去，讓你重拾歡笑。好了，心理治療夠了，我們還有一具屍體要解剖呢。」

她讓我一個人愣在那裡發呆——「現在是個快樂的同性戀者」？一年前左右她在法醫學會議上介紹給我認識的那位丈夫現在到哪裡去了？——然後將注意力放回賴貝特的屍體上。漢彌頓醫生在解剖時所做的Y形切口已被黑色粗線以棒球縫線的方式縫合，潔絲用解剖刀劃一下，就把縫合線割斷了。死者腹中塞了一個紅色的滅菌塑膠袋，她把袋子拿出來放在桌上，然後說，「至少他還把內臟用袋子裝起來，而不是直接丟回肚子裡。我們最好先看看肺臟，雖然我對於它的現況不太樂觀。」

「九個月是一段很長的時間，」我附和說，「沒有完全腐爛才奇怪呢。」

「我也這麼認爲。看來這個傢伙只化了最基本的妝，只從臉畫到脖子，讓他在葬禮上可以見人。內臟已經取出並裝袋，所以完全沒有浸泡到福馬林。」她將綁住封口的塑膠環剪開，「準備好——這一定很刺激。」她把袋子打開，讓裡面的內容物展現在我們的眼睛和鼻孔前。

肺臟——或者該說曾經是肺臟的東西——現在變成了一小團灰色的膠狀物，它在第一次解剖時被切成碎片，現在，我們已經無法從這團破碎且腐爛的膠狀物質中找到任何新的法醫學證據。「狗屎，」她說，「這是具體描述也是我個人的評論。」她把袋子綁回去，然後走向一具放在靠牆桌子上的解剖顯微鏡。「至少你的女朋友在氣沖沖離開前幫了我一個忙，她拿來了這些切片。」潔絲把顯微鏡的光源打開，從接目鏡觀察切片。「你過來看看。」

我站到顯微鏡前，低下頭，調整一下焦距，因爲我現在沒有戴老花眼鏡。我看到了許多淡粉紅色有蕾絲邊的小圓圈，圓圈的內側則呈現不透光的咖啡色。「告訴我這是什麼。」

「右下肺葉肺泡的橫切片，五微米厚，也就是二百分之一吋厚，組織液已經被石蠟所取代。」

「所以這粉紅色的圓圈是？」

「肺藏的工廠——交換氣體的肺泡。」

「我也這麼猜，那咖啡色的呢？」

「血液。」

「死亡時流的血？」

「不是，已經結塊了，鐵定是死前流的血。」

「有辦法可以判斷是死前多久流的血嗎？」

「我的猜測是兩個星期，」她說，「我希望漢彌頓醫生還留著那個保存瓶。」

「保存瓶？」

「是啊——這是一個專有名詞，我們這類極度謹慎的病理學家有時候會把較大的器官切片浸泡在福馬林裡，再保存在瓶子裡。我有好幾千個，而且我打算留個幾年，至少那些刑事案件的保存瓶會留上幾年。但是我想漢彌頓醫生在報告寫完之後就把較大的器官切片焚燒掉了，這樣架子上才不會堆太多東西，他曾經這麼告訴我。同時也讓別人沒有機會質疑他，這是我的看法。」

「較大的器官切片可以告訴你什麼呢？」

「也許什麼也沒有，但假如我們夠幸運的話，也許受創的器官就保留在其中，這樣我們就可以證實他對致命傷的說法是正確、還是完全的錯誤了。」

她向屍體再靠近一些，近到幾乎把頭伸進胸腔裡的程度，然後用頭燈照著內臟。「體內的軟組織顯示出快速腐敗的跡象，」她對著錄音機說，「不過，胸膜壁是完整的，胸腔背側並沒有任何的穿刺傷口。」她的腳放開控制錄音功能的腳踏板。「你要不要幫我把他翻過來？」

我們把屍體翻成腹部朝下，讓她檢查背部。我們看到一個大約二吋長、一吋寬、又長又深的傷口位於左下背，就在臀部的上方。潔絲用探針尖端掀開傷口，當她用探針在傷口內部移動的時候，我們聽到了一個來自屍體的低沉磨擦聲。「聽！」她說，眼睛閃耀著光芒。「你聽到了嗎？」我點點頭。「看看我們找到了什麼。」

她把探針換成解剖刀，輕輕地在傷口的上下方切開，然後放入一個延伸夾，把傷口撐開。在腐爛肉體的深處有一個東西隱約發出微光，潔絲用一個鑷子深入傷口，夾住那個東西開始向外拉，她將鑷子輕輕地左右搖動，將它從組織中鬆脫出來。「來媽媽這裡，」她一邊夾出那個東西、一邊自言自語地說，然後，「找到了！」那是一塊玻璃碎片，四分之一吋厚、兩吋長，而被她夾住的那一端大約有一吋寬，那是一塊三角錐狀的玻璃。「這一定很痛。」她說。

「密肯說賴貝特倒在一張玻璃桌面的咖啡桌上，這一定是那個玻璃桌面的一部分，這可能是致命傷嗎？」

「不太像，應該不是這個傷口。玻璃刺在豎脊肌裡，也就是下背部的主要肌肉部位，雖然這是個很嚴重的穿刺傷，但它並沒有傷及主要血管，他有可能長時間失血而死、或是因爲傷口感染而死亡，但事實並非如此。漢彌頓醫生雖然處理得很草率，但是他找到的死因是正確的：肺出血是致命原因。但他對於傷口的來源與出血的時間卻錯得離譜，事實上，這個傢伙在撞到咖啡桌的時候就已經死了，或是在垂死的邊緣掙扎，而這塊玻璃只是雪上加霜，徒增他的痛苦而已。」

「所以，屍體上沒有任何刀傷？潔絲。」

「沒有人敢如此斷言，也許有人捅了這傢伙一刀，然後再用玻璃插入傷口來掩飾刀傷。聽起來或許有些牽強，但我仍然偶爾會遇到一些意想不到的事情。你會去檢查骨頭上是否有刀傷，對吧？」

我點點頭。「是啊，我不是想要規避工作，只是想要理解我們眼前所看到的景象。」

她接著用制式的語言完成驗屍工作的錄音記錄：屍體將會被轉交給田納西大學的刑事人類學家威廉·布洛克頓來做進一步的檢查，確認死者的脊椎或是肋骨上是否有創傷。然後她把錄音機關掉。「比爾，你要我幫你節省一點時間嗎？」

我不太確定她是什麼意思，「你指的是什麼？」我問她，她從工具托盤中拿起一把有鋸齒的長刀，包括刀柄在內，全長應該有十八吋。我隱約記得曾經在麵包店看過類似的刀子，我看過麵包師傅用這種刀將一條肉桂葡萄乾麵包切出完美的一片片薄片。「看起來像是一把菜刀。」我說。

「哦，拜託，」她說，「這個具有特殊功能的工具有一個醫學專有名稱，叫做麵包刀。」她展開雙臂，然後再俐落地把刀甩回來，突然間，屍體的兩條腿和骨盆就與上半身分離了，兩者之間只留下平整的細溝，第十二胸椎骨與第一腰椎骨之間的八分之一吋寬的椎間盤軟骨被乾淨俐落地切成兩半。

「哇，」我驚嘆道，「記得提醒我不要惹你生氣。」

「絕對不要惹我生氣，」她馬上回應，「我一直希望哪天晚上某個歹徒會在醫院的停車場搶劫我，但這個願望從來沒有實現過。」

「機會恐怕不多，」我同情地說，「但不要放棄希望，你還這麼年輕漂亮，不該這麼早就對人生失望。」

「謝謝。」

「你可以再做一次嗎？在胸椎與頸椎之間再來一刀。」

「我不曉得耶，」她說，「我從來沒有在那個部位試過，這需要一點運氣。」我在刀子再度落下前趕緊收回手指頭，屍體的頭顱馬上就從肩膀滾開。「連續兩次的好運氣，誰料得到呢？」潔絲把刀子洗淨擦乾，然後開始脫下手術服與防塵鞋套。她穿了一條黑色牛仔褲、藍色的絲質襯衫和一雙方頭牛仔靴。「好了，一切都交給你了，好好享受你的工作。」我點點頭，已經在心中開始分解一根根的肋骨。「哦，比爾？」我轉過身去看她，她正把刀放回刀鞘，然後扣在她的腰帶上。「不要忘記我所說的話，做你該做的事，解決你和學生之間的問題，然後把一切放下。看在老天的份上，去找個人上床吧！」她對我眨眨眼，然後把門推開，揚長而去，留下我一個人紅著臉，站在被分屍的賴貝特旁邊。

我並不需要取得整副骨骸，只需要胸部的骨頭，就是潔絲剛剛幫我切下來的部分。我把手指勾在肋骨的下方，吃力地把屍體的軀幹搬到旁邊的櫃檯上，櫃檯上有一個巨大的不銹鋼蒸汽鍋。我把屍體靠在鍋緣上，換個方向重新抓起，放入鍋中，我把水注入鍋中，把水加到離鍋緣幾吋的高度，又加入一點高樂氏漂白水（我比較喜歡瓶子上有綠色標籤的那種，味道比較清新）和大約一大匙的嫩精，嫩精可以縮短燉煮的時間，而漂白水則可以去除臭味，還可以淡化骨頭的顏色，由原本的褐色變成律師與陪審團比較喜歡的象牙色。我把位於蒸汽鍋下方的恆溫器調到一百八十度，低於這個溫度，就要花比較久的時間才能軟化身體組織，若高於這個溫度，鍋內的水就有可能會溢出來。

當我離開放在鍋裡燉煮的賴貝特時，我發現我也把自己燉煮了好久。自從凱瑟琳死後，我就把自己的情緒蓋上鍋蓋，期望這樣做能夠讓自己的生活不致失序。潔絲的建議和我自己最近的脫軌行為顯示出我的情緒鍋也接近沸點了。也許她說的對，也許我應該放輕鬆一點，也許我需要找個人上床。

17

我在得來速的窗口把手伸出車窗外，「這個給你。」多洛莉絲對我說，同時把鮮黃色的塑膠盒交給我。

「我有把鏡頭的蓋子拿下來嗎？」

「有幾張你左食指的特寫照片，」她笑著說，「清楚到連你的好朋友亞特都可以將這些照片上的指紋輸入電腦資料庫進行比對。」當她看到我的表情不對時，才笑著說，「被我唬住了吧！大部分的照片拍得還不錯，沒有你平常拍的那些照片那麼噁心，所以我很感激你。不過，有幾張照片似乎是還沒有準備好就不小心按下快門了。」

「你爲什麼這麼說？」

「照片裡只看到泥巴。」

我笑了。「泥巴上有腳印嗎？」

「聽你這麼一說，好像有耶，你要照的就是那個？」我點點頭。

多洛莉絲幫我沖洗幻燈片好多年了，在這過程中，她看過一些連見多識廣的警察都會倒胃口的犯罪現場照片。她對我的照片總是非常感興趣，但她從來不多問不該問的問題。我倒不介意告訴她一些細節，因爲我知道她不會告訴別人她看過哪些照片、或是聽說過哪些事情。她似乎能透過底片就在心中還原現場的情景。「有幾張除了泥巴之外什麼也沒有，但有幾張非常有趣，你一定是在晚上照的。」

「事實上，是在一個洞穴裡。」

「這個月並沒有下雨，所以我不知道你是去哪裡找到那些泥巴的，你總是會遇到一些新鮮事，博士。」

「這讓我的生活充滿趣味，才不會那麼快變老，多洛莉絲。」我付錢給她，拿了收據，向她揮手道別，看著她關上得來速的窗口，消失在快速沖印店裡。

回到辦公室之後，我把幻燈片倒插入旋轉盤裡，然後把轉盤塞入柯達投影機。我把投影機的光源打開，並關掉房間裡的日光燈。投影機開始自動對焦，黃色與綠色的光點慢慢形成影像，我看到了我們所騎乘的越野車，奇金斯警長的啤酒肚出現，佔了大半個螢幕，他當時正要擠過那個狹縫，他的臉扭曲變形，露出咬牙切齒的樣子。我仔細研究他，這個一開始請我幫忙、後來卻對我隱瞞實情的人。這張幻燈片有些地方讓我覺得不太對勁，他抱起啤酒肚的樣子很怪異，但這並不是讓我在意的部分。我盯著他的臉看了很久，但卻指不出有哪個地方特別奇怪，只好繼續看下一張幻燈片。螢幕上出現三雙靴子的鞋底——警長、副警長和我的，我故意把這張幻燈片移到前面來放，然後才是泥地的幻燈片。

頭幾張幻燈片顯示出模糊的行進中腳印，由於拍攝角度的關係——幾乎是由上往下照的大角度——讓所有的東西顯得平面且沒有特色。隨著拍攝的角度慢慢降低，影子開始出現，就好像夕陽西下一樣，於是泥腳印也開始呈現出強烈的對比，物體的質感開始顯現，一個腳印的世界映入眼簾。

這些腳印讓我聯想到從望遠鏡看到的月球表面的隕石坑：在月圓的時候，凹凸不平的月球表面看起來卻很平滑，但是在其他的時候，特別是在月缺的時候——光明與黑暗的交界點——隕石坑與峽谷就顯得粗糙、銳利，令人生畏。洞穴裡的隕石坑是由人的腳、而不是由巨大的隕石所造成，但是看起來卻和古老的月球表面一樣高低不平、層次分明。

奇金斯曾經告訴過我，他和威廉只走到可以辨認出屍體的地方。沒錯，有兩組鞋印朝著擺放屍體的石板方向走：拖著腳步的步伐和警長的腳印相吻合，點狀鞋底則符合威廉的鞋印，然後鞋印停了下來，變得有些凌亂，顯示兩人交換了位置。接著足跡掉過頭，朝照相機的方向走過來，也就是朝著洞口走去。我不禁點了點頭，這和我預期的相同，也和他們告訴我的經過相符合。

但在下一張幻燈片，我看到了出乎我意料之外的東西，當時我靠得非常左邊，越過屍體的頭拍攝照片，同樣以低角度拍攝。投射在螢幕上的影像讓我大吃一驚，一大堆亂七八糟的腳印從反方向朝屍體走來，然後，這十幾對腳印又沿著原來的路走出去，在我的記憶中，那個方向是個陰暗的角落，我以爲那是洞穴的盡頭。這個新發現讓我目瞪口呆。「天哪，」我大聲地說，「到底有多少人知道這件事情？」然後我想到了另一個可能性：這些腳印有可能是變態觀光客的腳印嗎？這些人因爲聽到風聲而前來參觀。不過幾秒鐘，我馬上發現那許多雙腳印其實來自同一個人：同一雙靴子來來回回走了很多趟。從鞋底來判斷，這雙靴子非常破舊——應該是工作靴，而不是健行靴或戰鬥靴。但是有些較早的足跡（有些部分被後來的鞋印擦掉）看起來比較清楚，像是由比較新的鞋子所造成的鞋印。我的腦筋不斷轉著，就好像投影機在對焦時調整焦距一樣，最後我終於想通了：有很長一段時間，某個人經常進進出出這個洞穴。我打算把幻燈片拿給亞特看，請他給我一些意見，但這似乎是唯一的合理解釋。另外還有一個可能性是，有一群人進入洞穴，穿著同一款式、但新舊程度不同的鞋子。不論是哪一個情況，都讓我感到非常困擾。

接下來的幻燈片讓我更加侷促不安，那是洞穴地面的最後一張幻燈片，和前面幾張差不多，但照的地方更靠近另一端的出口，在那一大堆同一雙鞋所造成的腳印當中，有另外一組腳印——它出現在最上面，表示是最新的腳印。這些腳印和那些越來越舊的工作靴足跡不同，看起來它是來自一雙新鞋子，而且是拖著腳步的鞋印，和奇金斯警長的腳印非常相似。

我關掉投影機的光源，沉默地坐在黑暗之中，室內只有投影機運轉的嗡嗡聲。機器所發出的熱氣讓房間變得很溫暖，但我剛才看到的影像卻讓我全身發冷。我與一位警長合作調查案件，我既不了解他，也不信任他；我接觸到一位自稱是非法之徒的人，他是可能的嫌犯，我同樣不了解他，但很奇怪的，我卻信任他。過去我所倚賴的穩固立足點似乎開始動搖，我走在山脊上，兩旁只有黑暗的萬丈深淵。這是我在職業生涯中第一次覺得應該考慮是否要退出案件的調查，我的直覺向我發出種種警訊，要冒的風險似乎太高了，眞相被一層層的秘密掩蓋著，那些埋藏在高山與人心深處的秘辛。

我做了一次深呼吸，再度把光源打開，轉到下一張幻燈片。莉娜（我現在知道怎麼稱呼她了）一動也不動地躺在石板上，她那保存完整的蠟質面具，以及洞穴的氣候與屍體的化學作用所產生的完美保存效果再次讓我驚歎，一想到在經過多年的完美保存之後她現在已不復存在，就讓人覺得怪怪的：爲了要檢查她的骨頭，我已經將她毀了，這雖是必要的，卻也令人難過，再加上一個後見之明——如果沒有這麼做，我們就不會發現她腹中正在孕育的小生命。

我再播放莉娜的其他幻燈片，在從側面角度拍攝的那張幻燈片短暫地停了一會兒，現在看來，她的腹部在當時已經明顯突出，這可能是我的心理作用，因爲我親手把胎兒的小骨骸從她的腹中取出。最後，我停在她臉部特寫的幻燈片，我研究了很久，試著要解讀她臉上所隱藏的秘密，她臉上的表情是否有任何線索透露出她已經懷孕的訊息？像是若隱若現的微笑、或是憂慮的緊張神情？就算曾經有過，後來也被驚恐的表情所取代了，她最後的表情代表了恐懼、指責或純粹只是木乃伊化後的扭曲變形？

「你到底經歷了什麼事情，莉娜．邦茲？」我低語，「是誰殺了你和你的寶寶，又是爲了什麼？」

當我說完這句話之後，我自己心知肚明，不管未來發生什麼事，我都不可能會在這個案子上收手了。

18

我撥打歐康納給我的第一個電話號碼，沒有人接，於是我又試第二個號碼。「你好哇，博士，」一個低沉的聲音傳來，聲音的主人在鈴響第二聲時接起電話。

「哈囉？你是……韋龍？」

「沒錯。」

對方不是歐康納，而是韋龍，讓我嚇了一跳。「很抱歉在星期天早上打擾你，韋龍。我想要找的是吉姆，你怎麼知道是我？」

「不是只有你們這些城市佬才有來電顯示，」他說，「我們也有一些高科技的玩意兒，博士，我還有纜線數據機和高速網路通訊。」我在心中想像韋龍會上哪些網站——獵具銷售網站？野地求生網站？交友網站（開朗的私酒製造者尋找具有冒險精神的異性朋友）？我搖搖頭，努力從腦海中排除這些影像。「吉姆出城幾天，你有什麼事嗎？」

「韋龍，也許你能幫我一個大忙，你知道我們找到屍體的那個洞穴，我想那是叫做羅素窟吧？」

「當然，我小時候常去那裡玩。」

「你可以帶我過去那裡嗎？我想要再去那裡看一看，但是我不想去麻煩警長或是副警長。假如你不方便的話，請直說——我知道那裡又遠又偏僻，我們騎了一個小時的越野車才到那裡。」

電話那頭沉默了好久，我猜想他大概在尋找拒絕的藉口。

「你說你們花了一個小時才到那裡？騎越野車？」

「至少一個小時，山路崎嶇無比。我的腿到現在還在痛，那種路再走一次，我大概就要坐輪椅了。」

他大笑。「博士，我也許可以幫你，我們一個小時後在州際公路交流道出口的加油站碰頭如何？」

「一個半小時之後好嗎？我還要回辦公室去拿相機和一些工具。」他同意了，我掛上電話，希望這不是個愚蠢的錯誤決定。

我原本就猜到韋龍開的是卡車，卻沒料到他開的居然是這種卡車。我本來預期會看到的一輛停放在山坡垃圾場、車尾生銹變形、上面還有霸道（Bondo）修補黏合劑痕跡的灰色陽春車款，同時車身還有彩色噴漆的卡車。結果，在加油站等著我的是Dodge Ram 3500，這輛卡車不管在長、寬、高各方面，都勝過我的卡車，而且長度還比我的卡車多了一呎以上，相形之下，我那台GMC Sierra大型敞篷卡車便顯得寒酸嬌小。韋龍的卡車是阿諾級的車，駕駛室後方角落的雙直立排氣管可能是用貨櫃車的排氣管改裝的，車後方大大的擋泥板在雙車輪上閃閃發亮，巨大的輪胎圍繞著造形鋁合金鋼圈。韋龍悠閒地從便利超市走出來，從衣服上的無數個口袋之一拿出遙控器，當他按下開門的按鈕時，車子發出類似銀行金庫開鎖機制的聲音，車底的氣動喇叭發出火車頭級的汽笛聲，韋龍示意要我上車。

車子的座位非常高，我踩著側踏板、手抓著車門後的垂直扶手向上攀登，一邊嘀咕著、一邊猛然跌坐進座位裡——那是一個有扶手的旋轉椅，座椅是表面油亮的皮椅。儀表板與頭頂控制板上布滿了各種電子儀器，足以讓北美空防司令部的技師深感羨慕：有全球衛星定位系統、地面導航系統、衛星無線電、市民波段無線電、免持聽筒手機、CD／卡匣／AM-FM音響，甚至在乘客座前方還有一個DVD螢幕，以及一個安靜的小冰箱，就在駕駛與乘客之間，大小足以放入一箱啤酒或是獵物的一條腿。

我旋轉座椅，同時查看後座。

「你需要什麼東西嗎？博士。」

「沒有，我只是在找浴缸，」我說，「除此之外，你車上什麼都有。」

韋龍低聲大笑。「也許我該裝一個，但問題是，假如我裝了浴缸，那我的女朋友就請不下車了。」

他轉了一下車鑰匙，一個沉睡的能量巨人在我們的座位下方醒來，我剛才爬上車時，曾在引擎蓋的旁邊看到「康明斯柴油渦輪引擎」的字樣，駕駛座隨著引擎的空轉而微微震動，低沉引擎聲和韋龍的笑聲很相似：低沉厚重但簡單有力。「聽起來馬力很強哦。」我說。

「還可以啦，他們也有出一款馬力更大的汽油引擎車款，一〇〇〇〇CC十汽缸的引擎，但油耗表現差得不得了。這輛的扭力比較大，可以載重二萬三千磅，還有就是，康明斯的引擎世界第一，跑了三十五萬英哩之後才需要大修。」

我看到有一條表面有網線和開口處有一個鍍鉻蓋子的管子從我這邊的引擎蓋穿出來。「那個伸出來的東西是什麼？看起來像是煙囪。」

「換氣裝置，」韋龍回答說，「這輛車可以涉過六呎深的溪水，我曾經試過。假如車底夠重的話更好，特別是當你經過水流的時候。它是一輛功能超強的車，但當它一旦浮起來，就無法控制了，這個時候最好也不要把車窗打開。」

車子在州際公路下行駛，朝向出城的方向行進，韋龍轉半個頭過來。「博士，我們從洞窟回來的路上我要去處理一些財務方面的事情，所以在去程的時候我需要在某個地方暫停一下，假如你不介意的話。」

他的這個說法讓我想了一下，在維吉尼亞州，也就是我長大的地方，「我不介意」是一種有禮貌的說法，意思是「我寧可不要」或甚至是「才不要」。但是在田納西州東部——至少是在山區——我注意到它的意思剛好相反。我不太確定韋龍在星期天有多少財務方面的事可處理，但我告訴他，我不介意稍作停留。

我們在河邊的路朝北方走了幾英哩，然後向左轉，走進一條沒有路標的路，路的盡頭是一個林木茂密的山谷。有一個又小又醜的磚房緊貼在路邊，它位於一塊小空地的中央，四周有鐵鍊圍著，車道上停了一輛庫克郡警長的巡邏車。我指著車子說，「湯姆．奇金斯住在這裡？」

「不是，」韋龍咆哮，「是他那個該死的弟弟歐賓，庫克郡最混蛋的雜種。」他張開口，好像打算繼續說些什麼，然後又把嘴巴緊緊地閉上。

我們在柏油路上走了四分之一哩，然後左轉到一條寬廣的石子路，這條新鋪的碎石路通往一個小山谷的入口。「這裡是我們的第一站。」韋龍說。我們才在石子路上走了不遠，韋龍就停在一個裝著玻璃門的小亭子旁，一個三十多歲的金髮女子走出來。她穿著合身的設計師品牌牛仔褲和一件麂皮短外套，這個情景就好像是把諾克斯維爾西部的一個時髦媽媽從孩子的足球場邊或是購物中心抓起來，然後放在這個窮鄉僻壤一樣。韋龍搖下車窗，把一張卡片交給她，她用手持式雷射條碼掃描器掃過卡片，再把卡片還給韋龍，揮手示意我們進去。真是高科技啊！當她走回亭子時，韋龍朝著她那玲瓏有致的身材點點頭。「光是這個就值得我們跑這一趟了，對吧？博士。」

我雖然不想承認，但這風光確實賞心悅目。

石子路很快就變寬，連接到一個大型停車場，大約四十或五十碼寬，長度至少與一個足球場的長度相當，地面被推土機整理得相當平坦。停車場裡有三排整齊斜放的轎車與卡車，當我們在一排排車陣中來回尋找停車位時，我同時數著車子的數量，數到第一百五十輛時就亂了，其中大多數是卡車，車牌來自田納西、北卡羅萊納、南卡羅萊納、喬治亞、阿拉巴馬、佛羅里達、肯塔基，甚至遠至奧克拉荷馬與德州。我猜這裡是汽車批發拍賣場——在諾克斯維爾與查塔努加市間的七十五號州際公路旁也有一個類似的拍賣場——但我不懂這個拍賣場爲什麼要設在這麼偏僻的地方。

在停車場的盡頭有一個倉庫大小的鐵皮建築，四周被十多個有花園的小屋和破舊的旅行用居住拖車繞圍，還有一棟兩層樓的新建築，樣子像是沒有窗戶的小型汽車旅館，有許多門可通往四周的人行道和二樓的陽台。韋龍在繞到接近入口處時終於找到停車位，於是我們一路橫越停車場走向鐵皮建築，它似乎是這個複合設施的營運中心。

當我們在一大片鋪滿粗石粒地面的停車場長途跋涉時，我說，「這個地方相當有規模。」

「是啊，打從我有記憶以來，這個地方就存在了，」他說，「但是，一對夫妻在幾年前買下這裡之後，這個地方才擴展成這個規模。」

「你要競標買車嗎？但我在這裡沒有看到任何一輛可以比得上你的車。」

「競標？」韋龍咯咯地笑了起來。「我想你可以這麼說。」

鐵皮建築傳出一陣鼓噪聲，這裡的拍賣會進行得非常熱絡，我心中這麼想。當我們走近建築物的大門時，我瞥見有一雙眼睛從狹窄的門縫向外看，這雙眼睛盯著我看了很久，讓我感到很不自在，眼神中充滿了懷疑與不友善，然後這雙眼睛轉向韋龍。韋龍似乎可以從門縫就認出這是誰的瞳孔與眼珠。「嘿，提雷，你是要讓我們進去呢？還是要讓我們待在這裡聽你們玩？」

一個鼻音很重的聲音從門縫傳過來。「跟你在一起的人是誰？」

「我和吉姆的朋友，從諾克斯維爾來的，他沒問題。」

「最好是這樣。」

韋龍點點他的大頭，我不確定他是在向對方保證我是「沒問題」的，還是在表示他知道對方沒有說出口的那句「否則的話，我就……」。也許兩者皆是，不管怎樣，提雷的眼睛從門縫消失，然後金屬門閂滑開，門打開了。「跟緊一點。」韋龍在我耳邊低語，然後我們走了進去。

我的眼睛花了一點時間才適應室內的光線——不是因爲裡面太暗，而是太亮了，無數根日光燈管發出耀眼的光線，亮度足以照亮整個伊蘭球場。有將近兩百個人擠在建築物裡，有些人站著，有些人則坐在木頭板凳上，這排排的板凳一路朝屋頂的方向向外延伸。裡面大多數是挺著啤酒肚的男子和高高瘦瘦的年輕男孩，但我也看到了幾位女性，甚至還有幾個年輕女孩坐在最頂端那排的板凳上。衆人的膚色從白種人的蒼白到中南美洲人的古銅色都有，他們的衣著從工作服加上棒球帽，到緊身牛仔褲配蛇皮靴和運動衫，再加上乳白色的牛仔帽。

板凳之間的狹窄走道就我們前面，我們順著走道向下走，我看到在建築物的中央有一個圍起來的圓圈。韋龍開始朝這個圈子走去，我想起了他剛才給我的建議以及提雷的不友善眼神，於是趕緊跟了上去。

當我們一步步走近圈子時，我才看清楚原來那是一個直徑十五呎的圓圈，裡面是泥土地面，外面圍了一圈八呎或十呎高的網子。泥土在空氣中飛揚，就好像是濃霧一樣，讓眼前的景象變得更加超現實。在衆人的嘈雜聲中不時聽到：「紅仔押一百塊！」「灰仔押五十！」「紅仔押五百！」這最後一聲是韋龍的洪亮叫聲，幾乎把我的耳膜震破。

圓形場地內有兩個人，一個是留著長鬍鬚的長者，他的樣子很像《舊約聖經》裡的先知穿著鬆垮的工作服，另外一個是年輕的西班牙裔男子，他穿著合身的咖啡色連身衣，上面還繡了「菲利普」的字樣。他們兩人向彼此靠過去，有節奏地迂迴前進同時搖擺著身體，他們似乎在胸前抱著某樣東西，當我想要弄清楚這是怎麼一回事時，只看到他們兩人同時蹲下，然後又向後站，此時已經兩手空空。原有的嘈雜聲突然消失，然後我看到場中一團混亂，翅膀拍動，羽毛齋飛，再加上尖叫聲與吵鬧的歡呼聲。「抓牠！紅仔，抓牠！好極了！」「快點，灰仔，緊抓住牠！」

我看到一個恐怖的景象：兩隻公雞拍動翅膀、飛在空中，不斷地試圖飛到對手的上面，用腳攻擊對方。我發現牠們的腿上有金光閃閃的鐵爪，這時我的心涼了一半，因爲我知道這場鬥雞比賽很快就會結束。就我所知，鬥雞賭博在田納西州是違法的，在其他各州也是，除了奧克拉荷馬、路易斯安納和新墨西哥州以外，但是在貧瘠的庫克郡，在這個將法律視爲挑戰而不是行爲準則的地方，這個活動的存在並不令人意外。

兩隻雞糾纏成血肉模糊的一團，掉落在地上。「抓牠，寶貝，抓牠，寶貝，抓牠，寶貝。」坐在我右邊的金髮女子不斷地叫著，「讓牠死，紅仔。」我左邊的男士大喊。

圍圈中還有另外一個人──顯然鬥雞也有裁判──向兩位主人做個手勢，於是這兩個人馬上衝過去，把糾結在一起的兩隻雞分開，他們再次把雞抱在胸前，整理牠們的羽毛，向牠們的背部吹熱氣，甚至把唇放在雞冠上，好像是在爲雞冠加溫，我不知道這是他們的目的，還僅僅是求得好運的儀式。

在第一回合的爭鬥中，紅黑色相間的公雞看起來體形比較小、但動作比較快且攻擊力也比較強；另外那隻叫做灰仔的公雞（實際上是隻雜色雞，但牠的脖子和頭部是米白色的）看起來則比較大、比較壯。這看起來像是大衛迎戰巨人的經典故事情節，只不過，我記得在《聖經》中，大衛的手中只有彈弓與石頭，而這些雞的腿上卻有利刃。每隻雞的一隻腿後面都綁了一條細皮帶，還裝了兩吋長的利刃。根據兩位主人在抓雞的時候都小心翼翼的樣子看來，這刀一定非常利。「堅持下去，菲利──普。」一位臉上長著雀斑的少女向那位西班牙裔的年輕人大喊，而他正在整理雞的羽毛並對牠吹氣。

兩位主人再度跳起擺動之舞，現在，我知道這個動作其實是在激怒這兩隻雞，讓牠們充滿鬥志。兩位主人不斷繞著圈子搖晃，同時越靠越近，當兩人相距一呎或二呎時，兩隻公雞的頭不斷地向對方攻擊，但並沒有和對方作直接的接觸，直到這兩隻雞被激怒到最高點，兩位主人才把牠們放下來，進行另一回合的戰鬥。兩隻雞一被放開，灰仔就憤怒地衝向紅仔，然後飛到空中準備攻擊，這一次，紅仔並沒有與對手在空中交戰，而是把頭壓低、從對方的下面穿過去，再敏捷地轉過身，飛到灰仔的背上，用腳猛抓對手。群衆一致大叫一聲，然後全場陷入詭異的死寂。灰仔倒在地上，斷斷續續地喘了幾口氣，接著就死在一小灘血水裡。紅仔用力搖著身體，並且鼓起全身的羽毛，趾高氣昂地飛到戰敗的對手身上，用力地啄那個一動也不動的屍體。接下來，牠用一隻腳踩著灰仔的頭，然後鼓起胸部，驕傲地仰天長啼。除了幾個表情沮喪的輸家以外，衆人一致發出熱烈的歡呼聲。一位青少年從我的身邊走過去，手上抱了一盒滿滿的炸雞柳條。

韋龍靠過來大聲對我說，「那隻紅色的雞眞是凶猛，不是嗎？這是牠在今年第十次打贏了。」

我對於眼前所見的動物大屠殺與人性殘忍的一面非常生氣，於是諷刺地向韋龍吼，「是啊，眞可惜我沒來得及在牠身上下注。」

韋龍不是沒注意到我的諷刺語氣、就是假裝沒聽出來。「假如我們早一點到的話，你就可以下注了。我押了一百塊在牠身上，本來想押五百的，但他們不接受。要賺一百塊是很容易的事。」

「把這句話說給死掉的那隻雞聽。」

他轉身認真地看著我臉上的表情，然後點點頭，「我猜，處於實力排行榜上的位置很重要，不是嗎？」

「這就是你必須去處理的財務方面的事情——在鬥雞賭局下注？」他點點頭。

「這不是爲了我自己，博士，也不是爲了好玩。我有一個表弟欠人錢，就我所知，這是最快可以弄一點錢給他的方式。」

「歐賓·奇金斯知道他家的旁邊就有一個鬥雞賭場嗎？」

韋龍啐了一口口水在地面的木屑上，這個玩意兒吸收口水的速度和吸收血液一樣快。「他知道嗎？他根本就是常客，而且還抽成，也賭得很大。假如他贏了，他收錢的手腳很快；假如輸了，他就裝死不認帳。這種無賴行爲，大家都不想讓他賭，但他會向他們施壓，你懂我的意思吧。」我開始慢慢了解這位庫克郡副警長的醜惡嘴臉。「聽著，醫生，我必須和那邊那個傢伙講點話，只要一分鐘的時間。」他把手伸進口袋，拿出一個圓形的小容器，和鮪魚罐頭一般大小。「來，你一面等我、一面試試這個。」他把蓋子打開，我聞到了菸草的溼潤刺激氣味。我朝罐裡看，大感驚訝：待在田納西東部的這些年以來，從來沒有人請過我嚼菸草；現在，我站在非法鬥雞場的旁邊，有一團菸草就在我的眼前。接下來會發生什麼事？我不禁要想——私酒？妓女？人獸雜交？韋龍察覺到我眼中露出的猶豫不決，一副不可思議的樣子。「你從來沒試過？」我搖搖頭，他把盒子拿得更近一些，用微笑鼓勵我，一條嚼過的菸草絲從他的上門牙縫露出來。

一個坐在後面一排板凳的男人顯然對我們的對話充滿興趣。「快點，兄弟，試試看吧。」

韋龍向上看。「哦，嘿，公雞。」

公雞向韋龍點點頭，然後繼續起哄。「快點，這會讓你精神百倍，你的樣子看起來需要提振提振精神。」

管他去的，我心想，將拇指與食指伸進罐子裡，抓出一小搓柔軟的菸草絲，然後慢慢地向嘴邊移近，韋龍大笑。「博士，那樣根本不夠，再多拿一點。」我再伸出手，抓出雙倍的量。「拜託，這樣一點效果也沒有，快，再抓多一點。」我滿臉通紅，第三次伸出手，連中指也用上了，這次我抓出了一團棉花球大小的菸草，韋龍滿意地點點頭，把手拉開下唇（所幸裡面已經空了），指著裡面，示意我該把菸草塞進那裡。我依照他的指示把菸草放進嘴裡，小心地把所有的菸草絲邊緣也塞進去，他開心地看著我。「博士，我們會把你變成一條好漢。」他說，「你哪裡也不要去，我馬上就回來。」我點點頭，很害怕假如我開口說話的話，那一團沾滿了口水的東西會從我那突出的下唇掉出來、也很怕會把話講得口齒不清。韋龍再看了我一眼，並給我最後一句忠告，「試著和大家打成一片。」

說完之後，他就朝向人群走去，動作異常優雅。他走到圓圈的對面，彎下腰和一個乾瘦的小個子商量事情，那個人滿臉皺紋，活像一隻沙皮狗。那個人把手伸進口袋，拿出一卷厚厚的鈔票，把最外面的一張拿下來，然後整卷交給韋龍。韋龍再把頭低下去急切地和他說些什麼，但是那個人絲毫不為所動。

就在此時，另外一組人馬進入鬥雞場，外加一個新的裁判。我注意到每位雞主人的背後都有一個號碼，這兩個人的號碼是二十九和五十七，假如號碼是從一號開始按照順序排的話，那麼這個鬥雞場的血腥歷史就可以追溯到古羅馬時期了。有好幾十個人下注二十元，有幾個人下注四、五十元和一百元，甚至有一個人下注一千元，假如這場鬥雞賭局的下注情況和其他賭局沒有兩樣的話，那麼就有大筆的金錢在這個地方易手。警長有可能對這個情況毫不知情嗎？還是，湯姆．奇金斯和他的副警長全都被賄賂了？我想，後者的可能性似乎比較高。

兩位雞主人在場中開始跳起戰舞，我急忙轉過身，朝著牆邊走去，因為我不想再目睹一場死亡鬥爭。我的嘴裡滿是唾液，而我找不到地方可以把口水吐出來，於是我只好嚥下去，而且差點嗆到。我的腦袋裡開始出現嗡嗡的聲音，這讓我有點驚訝，因為菸草才剛放進我的嘴裡不到一分鐘的時間。

我向牆邊走去，有好幾個人讓開來讓我過去，然後我就知道他們為什麼圍在這裡了。在一個較小的方形圍場裡有一隻傷痕累累、血肉模糊的白雞，牠的一隻眼睛已經不見了，一隻翅膀拖在地上，牠繞著圈子爬，企圖躲過一隻大致完好、只有左腿受傷的公雞，這隻站立的雞單腳跳著追他的對手，但牠不知道該怎麼靠一條腿一邊跳、一邊攻擊對手，只好猛啄對方沒受傷的另一隻眼和像碎布條一樣的雞冠，每當牠咬下一塊雞冠時，他就會因爲用力過猛而跌落在對手的身上。這個景象雖然不像我剛剛看到的有利刃的主場鬥雞那樣血腥，但似乎更殘忍，因爲雞必須痛苦更久。我被嚇得精神恍惚，無法掉過頭去。我看著主人把雞分開三次，撫摸著雞並對牠們吹氣，讓牠們振作起來，重拾生氣與鬥志。最後，那隻單腳跳的雞終於在第四回合找到攻擊對手的方法：牠用完好的那隻腿上的長彎鉤刺入白雞的肚子，白雞發出微弱但淒厲的叫聲，然後垂下翅膀死在那裡。「可惡。」白雞的主人啐了一口口水，伸出手抓住死雞展開的一隻翅膀，然後把雞丟在我身旁的一個固定式垃圾桶裡。另外一個主人也彎下腰，抓住獲勝那隻雞的頭，快速地把牠的頸子扭斷，然後也把死雞丟進垃圾桶裡。那隻雞掉在桶子的邊緣，掛在那裡一會兒，然後再撲通一聲掉在死在自己手下的對手身上。

突然間，建築物開始旋轉，我的意識開始由於尼古丁的作用、噁心的感覺和沾血的羽毛而模糊起來，大屠殺的場面引發了我的暈眩症，讓我開始覺得天旋地轉起來，我搖搖晃晃地後退到鐵牆邊，隨手抓住手邊可及的支撐物：死雞裝到半滿的垃圾桶的邊緣。我彎下腰，鼻子離垃圾桶的邊緣只有幾吋的距離，正當我覺得要暈過去的時候，我開始嘔吐。在半清楚的意識狀態下，我將胃裡的東西全部吐出來，東西吐光之後仍然繼續乾嘔，腹部的強烈抽搐讓我的眼淚直流，鼻涕、膽汁與菸草汁也從我的鼻孔和嘴巴流出來。「試著和大家打成一片。」我很荒謬地提醒著自己，在這個念頭之後，我的腦子陷入一片黑暗，我的身體向前傾，倒栽蔥地一頭栽進死雞屍體堆裡。

19

當我醒過來時，我發現自己坐在韋龍的卡車裡。我隱約記得有一個壯漢背著我穿越鬥雞場，像摩西分開紅海一般地分開圍觀的人群，戴著帽子的人群張著牙齒明顯不整齊的嘴、一臉厭惡的表情，這些臉孔在我眼前變得越來越模糊，很快就消失在噁心與半夢半醒的知覺裡。不知道經過了多久，我感覺到輪胎行進的顛簸，偶爾，我會由於反胃而坐直起來嘔吐，那時，就會有一個由一隻巨掌端著的塑膠狗盆出現在我的下巴，我猜，那一定是韋龍的手。「抱歉，」我口齒不清地說，「謝謝你，我很抱歉。」然後再度跌坐進座椅中，失去知覺。

最後，圍繞著我的意識的那團迷霧終於散去，我坐直起來，望出窗外，發現我們停在交流道附近的加油站，就在我的卡車旁邊。這時我知道我即將重回文明的世界與良好的身體狀況，我小心翼翼地慢慢打開車門，打算爬出車子，然後我回頭問一個打從我在鬥雞場開始感到頭暈時心中就產生的疑問。「韋龍，那個東西裡面到底含有什麼成份？我以為那只是菸草，但是那裡面的某些東西讓我不省人事。」

韋龍豎起一根指頭制止我說話，下車走到我的旁邊，他伸出像樹幹一般粗的手臂，把我像小孩一樣地抱下來，然後開始和我在停車場裡繞著圈子走起來。「那只是菸草，博士，但有時候尼古丁的含量會特別高，我也不知道爲什麼。尼古丁的效果有時候非常驚人，但這種情形並不常見，一團菸草的含量大約相當於十根無濾嘴的駱駝牌香菸，假如你不習慣的話，很可能就會受不了，該死，這點我是知道的，我應該在把那罐菸草拿到你面前之前先想到這點的。」

我搖搖頭。「我已經是個大人了，韋龍，你不必自責。」散步讓我好過了一點，但我仍然覺得頭昏眼花。「當我還小的時候，我阿公總是喜歡抽煙斗，他抽的是亞伯王子牌的菸絲。每次他來的時候，我都會求他讓我吸一口菸，但他總是說，『不行，你抽完會吐。』但我不斷地纏著他、哀求他，直到他答應爲止。當然，我每次抽完都會吐，但是那個和我剛才嚼的東西相差十萬八千里，我很驚訝這個玩意兒是合法的。」

「就算不合法也沒什麼差別，因爲人們已經上癮了，他們會千方百計想盡辦法地弄到手，就像私酒、大麻和鬥雞一樣。恐怖的是，我看過有些十歲或十二歲的孩子已經一天嚼一罐了，等到他們四十歲的時候，舌頭和下唇恐怕都已經爛掉了。」他抓抓下巴。「我開始得晚，而且用量算是中等的，所以我想我大概要到六十五歲的時候嘴巴才會掛掉吧。」

這個影像差點又讓我暈過去，我趕緊將注意力放在另外一個困擾我已久的問題上。「韋龍，你第一次帶我去和吉姆會面時，威廉副警長爲什麼願意幫你綁架我？」

韋龍揉揉下巴，聲音聽起來像是在用砂紙磨石頭。「你要聽長的還是短的解釋？」

「假如你不介意的話，我想聽長的版本。」

「我先告訴你短版的解釋：有錢能使鬼推磨。庫克郡的副警長薪水並不高，威廉一年的薪水大概是二萬美元，比以前少很多。所以他不介意有些其他的收入，只要不犯法就行。」

「那他爲了多少錢把我交給你們？」

「博士，你很便宜，我想大概是幾百塊錢。」

「那倒眞的是很便宜，我是不是該感到被羞辱了？」

「別這樣想，問題不在於你値多少，而是威廉太小家子氣了。假如那天是歐賓載你的話，他大概會開十倍的價錢。」

我不知道該高興還是難過。「那其他的部分呢？」

「威廉的家族、警長的家族和大吉姆之間有一些過節，有些事情是很久以前的事了，大概在五、六十年前，威廉家族和奇金斯家族之間有一些血債。」

「我可能有聽說過一部分的故事，威廉的祖父在一場監獄的槍戰或火災中喪生，是這件事嗎？」

「沒錯，他被湯姆的阿公——也就是當時的警長——逮捕。」威廉並沒有告訴我這個部分。

「所以說，假如有機會可以在警長背後胡搞的話，威廉大概就會去幹。他們之間倒也沒有什麼深仇大恨，他只是對於湯姆自以爲他自己和他的家族比別人優越很不以爲然而已。」

「那大吉姆和他們之間又有什麼關係？」

「他和奇金斯家族也有一點淵源，他到現在都還不太能夠原諒他們阻止他和那個女孩的交往的事，而他們到現在也沒有原諒他，我也不知道是爲什麼，也許是因爲他比他們優秀吧。有時候，有些人即使是好人，但你就是不喜歡他，你懂吧？」我點點頭，我完全懂。「我想，對奇金斯家族的人來說，吉姆就是那種人。」

我的腦袋現在已經比較清楚了，胃也不再作怪。我看看手錶，我在卡車裡昏迷或睡了三個小時，時間已近黃昏，我知道我必須要等到下次才能再去那個洞窟了，我向韋龍道謝，感謝他對我的照顧，並向他道別，然後我開上四十號州際公路，朝著染血般的夕陽餘暉走在回諾克斯維爾的路上，一路上我不斷地想著鬥雞的場景和世仇家族的恩怨。

回到家後，我沖完熱水澡，就癱在床上，不過，我在進入夢鄉之前，打了一通電話給一個人，在湯姆．奇金斯用槍指著我的頭那天，我從我的旋轉式名片架上拿下一張名片，我撥的就是這張名片上的電話號碼。

20

位於諾克斯維爾市中心的約翰．鄧肯聯邦大樓是一棟正立方體的建築，外觀由粉紅色花崗石和黑色玻璃所組成，這裡是諾克斯維爾歷史、權力與知識核心建築群的其中一棟。它的一側是田納西州最高法院的舊建築，另一側則是田納西州最高法院的新建築（裡面還有舊的郵局……）。這個正立方體的一角是市立圖書館，圖書館對面的角落則是入口，就位於兩棟最高法院之間。在這棟閃閃發光的建築裡，有三個令殺人犯、匪徒和欠稅者聞之喪膽的聯邦政府機構入駐，分別是聯邦調查局、秘勤局和國稅局。

史提夫．摩根是田納西調查局的探員，他在聯邦大樓的入口處與我碰面，並熱情地用力與我握手。史提夫曾經是我的學生，他主修的是犯罪司法學，但也修了許多人類學的課程以獲得紮實的人骨結構知識與刑事人類學的基本技巧。大學一畢業，他就在田納西調查局找到工作。「謝謝你願意幫忙，」當他為我開門時，我這樣對他說，「很抱歉在星期天的晚上打電話到你家裡。」

「沒問題的，」他說，「我很高興你打了這通電話。」他在前面帶領我前往大廳內的安全檢查站，我看到他背後的腰際掛了一副手銬，不禁微笑著想起他的學生時代。我在「骨學進階」這門課最喜歡用的教學方法之一，就是把骨頭放進一個「黑盒子」裡，學生看不見骨頭，只能把手放進盒子裡觸摸骨頭。我希望讓學生知道，認識骨頭不僅要靠視覺，靠觸覺了解骨頭也是非常重要的。我還記得某個四月早上的一堂課——一九九四年四月一日——史提夫不曉得是怎麼弄的，居然把一副手銬裝在我的黑盒子裡，而第一個把手伸進盒子裡的人——史提夫很好心地把盒子拿給這個很漂亮的女生首先嘗試——馬上就被手銬給銬住了。爲了要把她的手弄出來，我們必須要把這個木盒四個角落的螺絲鬆開，史提夫藉著爲這個女生鬆開手銬的時機開口約她出去；兩年後，他們就結婚了。每當我在法庭或是犯罪現場遇到史提夫時，他就會告訴我他們的近況——到目前爲止，他們已經有三個小孩，每隔一年生一個。我懷疑那堂骨學課不是他們唯一一次用到手銬的時候，不過我不敢向史提夫證實這個猜測，因爲我很怕他會告訴我實話。

我帶著田納西調查局發給我的顧問證——這張證是他們的最高主管在很多年前給我的，交換條件是我要免費爲他們工作——我問史提夫是否要把這張顧問證秀給檢查站的警衛看。「假如你想要這樣做的話。」是他的回答。我注意到史提夫並不像平常那樣把盾形徽章扣在腰帶上，而是別在襯衫上，此外，他的身上還別了一個塑膠識別證，上面有他的照片和姓名。「田納西調查局的證件對聯邦調查局的人來說並沒有太大的意義，事實上，當我第一次把證件秀給警衛看時，他還當場笑了出來。」當我把口袋裡的東西全都掏出來，走過金屬探測器之後，我把駕照拿給警衛，他將我與照片裡的人仔細比對了很久，當他確定我和照片裡的是同一個人，同時也是史提夫所說的那個人之後，他就揮揮手，要我進去。史提夫帶我到一部電梯前面。

「我們爲什麼要在聯邦大樓碰面？」當電梯門關上時，我問史提夫，「田納西調查局的辦公室就在城北邊。」

「是的。但是，並不只有我們對這件事感興趣。」他似乎不太想繼續說明，於是我也就不再追問。

電梯門在六樓打開，門一打開，我就看到了聯邦調查局的巨大標誌。史提夫帶我到坐在防彈玻璃後面的接待員那裡，這個情景就好像是看到了治安不好的區域裡的某家便利商店的收銀員一樣。她從玻璃下方的小洞傳了一張表格出來，我在表格上簽了名，然後她就帶著我們走到像迷宮般、佔了整層樓的辦公區。我們左彎右拐地轉了好幾個彎，最後終於來到一間會議室，裡面大約有六位執法人員——我是從他們的深色西裝、正式領帶和保守髮型看出來的。他們圍著亞瑟王的圓桌而坐，史提夫很快地向我介紹他們的身分；我曾經見過其中一位聯邦調查局的探員，他名叫柯爾．畢林斯，我們在幾年前的某個刑事案件合作過，其他的人我都不認識，包括來自聯邦調查局的一位男性和一位女性，一位來自緝毒組的人，還有另外一位田納西調查局的探員，不過，我對這位名叫布萊恩．藍金的田納西調查局探員有種似曾相識的感覺。很顯然的，坐在我眼前的是由幾位執法菁英所組成的司法大聯盟。

那位聯邦調查局的女探員——安琪拉．普萊斯——似乎是會議的主導者。「布洛克頓博士，首先，我要謝謝你特意抽空前來；其次，我必須要強調，我們今天所討論的事情絕對不能洩露出去，這點我想大家應該都很清楚，」——我點了點頭——「不過我還是要再強調一次就是了。」我再次點點頭，以表示我有專心聽，而且很合作。

「我已經很久沒有和跨單位任務小組合作了，」我說，「上一次大概是十五年前的事，和在座的畢林斯探員共事——肥山姆綁架謀殺案。」畢林斯的微笑顯示他想起了那段往事，肥山姆是一個三流的僞造者，他遭到一個狡猾的僞造者詐騙，於是想要報仇，但又沒有能力。

普萊斯皺起眉頭，輕輕地搖搖頭，並舉起一隻手指。「布洛克頓博士，這並不是一個任務小組，只是單純的聯合情報調查。假如案情發展到某個程度，也許我們會組成一個任務小組，但那需要更多的事證和更多的公文批示。現在，我們只是想要了解庫克郡發生了什麼事。」

普萊斯將庫克郡的相關歷史加以簡介，在一九八〇年初，有一個聯邦調查局和田納西調查局的聯合任務小組——規模龐大、全員到齊的那種——花了兩年的時間調查田納西州的警長貪污案件，調查的結果牽連甚廣：全州有超過四分之一的警長被起訴並因此入獄。整個田納西州的警局被這件事情弄得灰頭土臉，尤其是庫克郡警局：當時的警長被逮到同時經營妓院和古柯鹼製造工廠（旁邊還設有一個小型機場），他最後被判刑十五年，並且在聯邦監獄服刑。

「那是二十年前的事了，好久沒有大掃除，灰塵似乎又積了不少。」普萊斯用這句話結束那個歷史事件。

「我很震驚，非常震驚。」我用嘲諷的語氣說。

她不理會我的笑話。「我們一直在留意庫克郡最近突然大幅增加的非法活動，」她說，「你們可能知道，掃除大麻任務小組協同田納西公路警察局利用監視直升機找尋種植大麻的地點。過去兩年來，庫克郡裡新增了大量的大麻種植區，比其他的州多很多。我們也有情報顯示，毒品交易、賭博與色情業的活動也越來越猖獗。」

「聽起來像是非法需求一次購足。」我說，那位似曾相識的田納西調查局探員微微地笑出來，突然間，我知道他為什麼那麼眼熟了，我不認識他，但我見過他：就在二十四個小時之前，在庫克郡的鬥雞場。韋龍當時叫他什麼來著？公雞，沒錯，就是這個綽號。我想起亞特那天和我聊到無法分辨出好人與壞人的危險性，我的掌心開始流汗，嘴巴也變得很乾。

普萊斯仍然在講話，我努力把注意力放在她所說的話上頭，但我的眼睛仍然盯著藍金。「當摩根探員提到你打電話給他，表達你對警方針對你正在著手進行調查的謀殺案的反應有些疑慮時，我們覺得也許你可以給我們一些間接線索，幫助我們了解警方是否涉及掩護或涉入剛才所提到的多項犯罪活動。」

藍金的眼睛也死盯著我，我張嘴想說話，但一句話也說不出來。我的腦海裡浮現多種可能：假如貪腐不僅止於警局的話，那該怎麼辦？假如貪腐的魔掌伸入了田納西調查局，甚至是這個任務小組呢？「我……我……」我緊張地用舌頭舔著乾燥的嘴唇。

藍金抬起頭。「博士，你看起來好像有點口渴的樣子，要不要我幫你倒杯水？」我緊張地點點頭。「還是你比較想要一點這個？」他把一個類似曲棍球餅的東西從桌子那頭滑到我面前，我用手止住那個東西，拿到眼前看，那是一罐菸草。「快點，兄弟，試試看吧。」藍金用鄉巴佬的腔調說，就像他在鬥雞場所用的腔調一樣。「快點，這會讓你精神百倍，你的樣子看起來需要提振提振精神。」他重述完這句自己曾經說過的話之後，很開心地對我眨眨眼。

我被這個狀況搞糊塗了，我掃視全桌的人，其他的探員似乎都很認眞地在看他們的筆記，但我覺得我看到有些人的嘴角在抽動，眼裡閃著淚光。突然間，畢林斯被忍著的笑嗆到了，我馬上就搞清楚狀況了：這些傢伙——這些一本正經、一板一眼、西裝革履的探員——在取笑我。一開始我覺得很生氣，但這股怒氣很快就變成鬆了一口氣的感覺，藍金一定是以臥底的身分在鬥雞場辦案，搞不好身上還裝了竊聽器，這是很有可能的，所以，在場的這些探員可能也聽到了我掉進死雞桶的現場實況轉播。一想到那個情景，就覺得很荒謬。我把菸草絲罐滑回去給藍金，我拖長了聲調說，「不必了，公雞，我已經戒掉了，不過，假如你有私酒的話，我倒是不介意喝個一、兩杯。」

司法大聯盟的每個成員都爆笑出來，當他們的笑聲稍減時，我繼續說，「好吧，被你們逮個正著，我是犯了法，請不要對我動粗，我什麼都招。」有幾個探員用手擦眼淚，我決定在此時轉換話題。「說正格的，請告訴我，我能幫你們什麼忙？」我對普萊斯說，「接著也許我們可以想想，你們是否可以幫幫我。」

「由於最近大量增加了大麻種植的土地面積，庫克郡現在是全州大麻產量最高的地方，」她開始用做簡報般的簡捷語言說，「此外，躲藏在地下室與旅行用居住拖車裡的甲基苯丙胺製造工廠，也有大量增加的趨勢。根據可靠消息來源，我們知道警長辦公室有從事掩護毒品交易的行爲，甚至有可能向毒販索取保護費，假如這被證實屬實的話，我們就可以用勒索的罪名來起訴這項罪行。」我點點頭，想起司法部曾經因爲一起案件而將芝加哥警局歸類爲「犯罪集團」。普萊斯又繼續說話，於是我趕緊豎起耳朵聽。「針對你正在著手進行調查的謀殺案，除了你打給摩根探員的電話之外，我們也同樣聽說過警長有可能涉及妨礙司法、密謀犯罪，甚至是謀殺等罪嫌，你對此有什麼看法？」（譯註：甲基苯丙胺又稱甲基安非他命或冰毒，是一種比安非他命更強的興奮劑。）

「那我得從頭說起。」我向他們簡單說明我所知道的事情，從一開始在洞穴尋獲屍體說起，當我說到被吉姆．歐康納綁架的事件時，這群人七嘴八舌地提出一大堆關於歐康納的問題，我猜想，長久以來，歐康納一定設法避開了他們的耳目，他們最感興趣的是他的秘密道路與葛藤隧道。我有看見其他的車輛嗎？那裡是否有高載重卡車的車轍？是否有種植、加工或銷售大麻的跡象？是否有製造甲基苯丙胺的容器或氣味？

我一路用「沒有。」來回答他們所有的問題。「這個人很有趣，而且很特別，」我說，「他也承認在過去曾經做過一些不法的勾當，但他是個越戰英雄，而且我並不認爲他是兇手。」越戰英雄的說法似乎發揮了一點作用。「警長想要把兇手的罪名加在他身上，」我繼續說，「但是，警長與歐康納之間有一些家族舊帳未清，也許這蒙蔽了他的判斷力。」

我最後終於說到普萊斯所提的關於警長的問題。「奇金斯警長所知道的事情絕對比他說出來的還要多，」我說，「當我問他是否知道任何關於失蹤女性人口的事情時，他閃躲、拖延回答問題，甚至還說謊。當我質問他爲什麼隱瞞死者身分，以及她與他家族之間的關係時，他居然拿槍指著我。我想他一定恨不得殺了我。」他們對於那場奪槍衝突問了幾個問題，而我也據實以報。「我不知道他是否故意妨礙司法，」我繼續說，「還是，他只是由於他的家族可能有所牽連而過度反應。這就是我今天來到這裡的原因，我想要知道聯邦調查局和田納西調查局能做些什麼，來找出他是眞的犯案、還只是脾氣暴躁而已。」

她看看其他的聯邦探員。「很遺憾的，布洛克頓博士，我不太確定聯邦調查局能否參與這個案件的調查，不過我們絕對非常感興趣。」

「爲什麼不行？」我問她，「假如他妨礙謀殺案件的調查，那不是觸犯聯邦法律嗎？」

她搖搖頭。「並不一定。你要看原始案件的類型，以這個例子來說，原始案件是一起謀殺案，這違反的是州法律，所以調查的責任屬於州檢察官或是田納西調查局。」

「如果是田納西調查局來調查的話，我沒有意見。畢竟，我一開始找的就是史提夫。」我轉向摩根。「除了在場的布萊恩．藍金之外，現在是誰在負責處理庫克郡的事？這個人我認識嗎？」

史提夫一副坐立不安的樣子。「現在的情況有點青黃不接，我們剛把多年來負責那裡的人調走，我們覺得……他的警覺心似乎不太夠。我們還沒有指派任何人接手，我們想要先從臥底的角度進行調查。」

這讓我很失望。「你們至少有嚴重虐待動物的案子可辦，還有賭博，你們還需要什麼其他的證據來證明警長妨礙司法？」

他面帶難色。「這可能有點困難，博士。雖然我們可以搜證，但刑事案件必須經過庫克郡的檢察官和大陪審團之手，若他確有不當之處，那麼就讓大陪審團來爲他擦屁股。你可能還記得吧，湯姆．奇金斯是以壓倒性的勝利當選警長的，而庫克郡的大陪審團就是由這些選民所組成，他們大概不會讓警長被起訴，就算他被起訴，案件接受陪審團的審判之後，也很可能被判無罪。奇金斯在庫克郡的人緣是非常好的。」

我瞪著他。「你的意思是說，即使他有罪——即使你們知道他有罪——田納西調查局也會視若無睹？」

史提夫在座位上侷促不安地扭動身體，就像是一個不知道正確答案的學生。「問題是，博士，像這樣的案子，你只有一次機會。假如你輸了——假如大陪審團投票決議不起訴，或是在進行訴訟後輸掉——那就會讓警長的權力變得更大，那時他就眞的變成刀槍不入、百毒不侵了，他也很清楚這點。到那個時候，你就沒有任何機會可以讓他伏法了。」

這和我所期待的狀況完全相反。「那你們要我怎麼辦？聳聳肩、接受庫克郡的現狀？」我掃視每個人的臉，但沒有一個人敢正眼看我。

最後，普萊斯開口了。「並非如此，博士，你應該盡力做好你的工作，我們也會盡力做好我們的工作。相信我，我們也和你一樣不想眼睜睜地看著警方知法犯法卻又束手無策。但是，我們必須要在國會制定的法律規章與聯邦調查局的行爲準則規範下行事，有時候，這些法律規章似乎很礙手礙腳，但它卻是美國司法體系的一部分，就我所知，也是最好的司法體系。」

我知道我似乎說得太過分了。「我並不是在暗示——」

她舉起手打斷我。「你不需道歉，博士。我們能理解你的挫折感，我們也有同感，而我們眞的很希望能夠得到你的協助。請你保持警覺，隨時注意任何風吹草動，再將你所察覺到的任何不法或可疑活動知會我們。就像我剛才所說的，針對這個謀殺案，我們無能爲力，但誰知道呢？也許哪天我們會找到什麼東西，讓某個證人願意出庭作證，證實警長確實觸犯聯邦法律。」我點點頭。

普萊斯瞄了手錶一眼。「還有其他的事嗎？」我搖搖頭。「好吧，我們不想佔用你太多的時間，布洛克頓博士，我知道你一定很忙。」我是很忙，但並沒有忙到沒有察覺到她在下逐客令。

「如果有任何新發現，請務必知會我們。」

「當然，」我說，「雖然我現在實在想不出來還有什麼其他違法的事情能蹦出來。」

「人生中充滿了意外。」她向史提夫很快地點了個頭。

「我帶你到樓下。」史提夫說，然後很快地從圓桌旁站起來。

在出去的路上，我們很尷尬地聊著天：他最大的女兒艾許莉已經開始學跳芭蕾舞了；第二個孩子賈斯汀去年夏天在練兒童簡易棒球，他擅長打擊、但不善於守外野；最小的克莉斯汀還在學步階段，有一天不小心從前廊跌下去，摔出了兩個黑眼圈，在接下來的好幾個星期，每當他和太太帶著女兒出門時，都會得到路人的異樣眼光，似乎懷疑這個小孩遭到虐待，直到那兩顆黑眼圈消失爲止。我們在大廳握手道別，我也向門口的警衛道再見，他勉強對我微微點了個頭。當我走到大門口時，我看看手錶上的時間，再轉身與電梯上的時鐘對照，兩者的時間都是九點五十五分。就如同我所懷疑的，史提夫還站在我們道別的地方，並沒有離開。

我撥弄了一下手錶，向史提夫揮揮手，然後踏出充滿秋天涼意的戶外。我走到下一個轉角——在史提夫的視線範圍之外——然後穿過街道，彎腰躲到最高法院舊建築的停車場，停車場的四周種了一圈稀疏的灌木圍籬，其間的縫隙剛好可以讓我看出去，而從聯邦大樓的門口看過來，卻又看不到我躲在那裡。

九點五十九分的時候，有一個人從容地走到聯邦大樓門口，史提夫則走出來迎接他。普萊斯探員最後所說的那句話立刻應驗了：眼前的景象讓我非常驚訝，甚至是震驚，因爲和史提夫一同走入聯邦大樓的人是庫克郡的副警長：我的老朋友威廉。

21

「難不成我現在變成了靈媒？我不知道那代表什麼意思。」亞特說，一邊吃三明治、一邊喝甜茶。我驚恐地在聯邦大樓旁邊打電話給亞特，他答應和我在凱爾豪河邊餐廳碰面，然後一起吃午餐，凱爾豪有全城最好吃的烤肉。

「就算你不知道，也可以幫我想想一些可能的解釋。」我仍不放棄。

「好吧，你告訴我有哪些可能的情況，」他說，「我再告訴你我的看法。」

「情節A，」我開始說。

他打斷我。「我們已經從可能性直接跳到情節了？」

我生氣地瞪著他。「情節A：威廉接觸聯邦調查局的人是因爲他知道警長在掩護鬥雞、賭博與毒品交易的活動，就像普萊斯所說的。」亞特若有所思地嚼著豬肉。「情節B：威廉和他們接觸是因爲他認爲警長在那起謀殺案中隱藏了某些事情、或是在保護某個人。」亞特想出更多的可能性。「情節C：聯邦調查局的人把威廉叫去，是因爲他們認爲他涉入某些不法情事，希望藉此讓他與他們合作。」亞特慢慢地嚼著食物，我本想等他主動開口繼續說，但又等不及。「所以到底是哪一個情形？」

「你把所有的可能情節再說一遍好嗎？」他又咬了一口。

「拜託，亞特，我都快擔心死了。」

「我不太相信A或是B，」他滿嘴食物地說，「威廉幫助韋龍綁架你的事讓我開始懷疑威廉到底是在爲誰工作。我想，C有可能成立，但我不確定聯邦調查局的人是否會讓他們的證人大老遠來到諾克斯維爾——威廉要怎麼解釋自己大半天不見人影的事？況且，我們還得考慮D和E。」

「D和E是什麼？」我問他。

「D：威廉認爲你妨礙司法，所以去向他們密告。」

「我？我怎麼可能會妨礙司法？」

「因爲你在保護吉姆・歐康納。」

「什麼？我並沒有保護吉姆・歐康納。我只是指出一些可以證明他無辜的事實，那些他們不想看見的事情，也許是因爲他們和他有過節，或者由於他是一個順理成章的替罪羔羊。保護歐康納？我眞不敢相信你會這麼說。」

「嘿，不要惱羞成怒，」亞特說，「又不是我去告的密。」

「你眞的認爲威廉對他們這麼說？」

「也不完全是，我只是不想遺漏任何的可能性。」

「好極了，多謝了。那E呢？我想聽聽E？」

「E就是『以上皆非』。也許威廉是從我們沒想到的角度來辦案；也許他想當警長，因爲當奇金斯琅璫入獄之後，他就比較容易贏得警長的選舉了。我想說的是，我們完全無法得知他到底對他們說了些什麼，以及他爲什麼要這樣做。所以，你就繼續做你原本在做的事：盡可能地發掘事實，並說出眞相，小心謹愼，誰也不要相信。」

「包括你？」

「特別是我。」他低下頭、讓下巴靠近胸口處，然後把襯衫的前面拉出來，用很大的聲音說話，好像要確保藏在胸前的廉價麥克風能夠收到音。「沒錯，比爾・布洛克頓博士，特別是我。」

22

在輾轉反側了好幾個小時之後，我終於睡著了，而且睡得很沉。我知道自己睡得很沉，是因爲我覺得自己好像是在蜜糖做成的海洋裡從海底向上游，朝一個來自遠方的聲音游去，當我醒來時，才發現那個聲音原來是床頭的電話鈴聲。

「哈——囉，」我口齒不清地說。

「博士？」電話那頭的聲音同樣口齒不清。「是我。」

我猜電話裡的那個「我」是喝醉了的湯姆．奇金斯。「警長？現在幾點了？」

「不知道，很晚了，可能眞的很晚了，抱歉。」

「你有什麼急事嗎？警長。」我揉揉眼睛，轉頭看時鐘，綠色的數字顯示著3:17。

「不算是。」

「你喝酒了嗎？警長。」

「是，而且現在還在喝。本來是想找個方法讓自己的心情變好一點，結果就發現自己在『南方安逸』裡了，你懂我的意思嗎？博士。」

我懂。我並不喝酒——酒醉頭暈的感覺太像我的暈眩症了，不可能會吸引我——但經過長時間和學生相處，我知道「南方安逸」這個販賣廉價甜酒的地方，常會出現喝酒鬧事的人。「你是爲了什麼到現在還不睡，而跑去喝酒？警長。」

「我只是想不通這個案子，博士，太撲朔迷離了，你懂吧？」

「大多數的案子一開始都是這樣，」我說，「所以我們才會需要警長、警探和刑事專家。」

「啊，我不是這個意思，我指的是歷死的謎談，我的意思是，歷史的謎團。家族歷史。三十年來，我一直以爲莉娜和人跑掉了，三十年來，別人都是這麼對我說的。她跑掉了，沒有人知道她跑去哪兒。我們從來不談這件事——這是家族裡的禁忌。」他停了一會兒，我聽到他喝下一口酒的聲音。「你有家人嗎？博士。」

我告訴他我有一個兒子——他是田納西大學美式足球隊的死忠粉絲，非常希望能成爲美式足球明星球員，就像奇金斯一樣——而我的太太在兩年前過世了。

「該死，博士，我很遺憾聽到這消息，眞的很遺憾。」

「謝謝，我現在仍然很想念她，非常想念她。但除了繼續過日子之外，我也不知道還能做些什麼。」我停了一下。「警長，你結過婚嗎？」

「沒有，訂過一次婚，當時我還是美式足球界的大明星。她是啦啦隊員，也是姊妹會的成員，還是曼菲斯的社交名媛，對我這個鄉下大老粗來說，我算是高攀人家。在我膝蓋受傷後，她就和我分手了。她希望我找個庫克郡女孩結婚，你懂我的意思吧？」這眞令人遺憾，我說；沒有妻子作伴，人生太寂寞了。他似乎沉思了一會兒，當他再次開口時，我不太確定他繼續在談論愛情，還是換了個話題。「庫克郡的人擁有的東西並不多，博士。」他說，「只有少數幾個人可以謀得勉強糊口的工作，大多數的人都是胼手胝足地過日子。從我有記憶以來，奇金斯家族也一直過著胼手胝足的日子。也許這就是家人爲什麼對我們這麼重要的原因，即使你走投無路——特別是當你走投無路的時候——你的家人也一定會挺你，絕無二話。」

「不論是非對錯？」

「不論是非對錯。這是家規，他們是你的血親。」

我思考著他的話，我的兒子傑夫是否會不論是非對錯地挺我？假如我讓他蒙羞——假如我因爲對未成年女學生踰矩而被學校開除——傑夫，我的血脈，是否依然會遵循這個家規？那我最好的朋友亞特呢？他今天確實爲了我赴湯蹈火，但假如他有難，我會爲他做相同的事情嗎？

「這種有家人可以倚靠的感覺一定很好。」

「大多數的時候，」他停了一會兒。「但有時候例外。」

「這個情形有時候反而會讓警長很難做事，我可以理解。」

我聽到他又喝了一口酒。「似乎每件事都糾纏在一起了，博士。莉娜——她也是家人，她也是血親。應該要有人挺她才對，如果你懂我的意思的話。」

「沒錯。還有她的寶寶——那個寶寶也需要有人爲他討回公道。」

液體再次流進警長的嘴裡。「博士，你是否有過這種經驗——舉目四望，不知道周遭發生了什麼事情。」

「你指的是什麼？」

「不知道自己爲什麼會陷入這樣的處境，必須面對這些狗屁倒灶的事，抱歉說了粗話。」我等著他繼續說，「這並不是我想要的人生，你知道嗎？當我還在打球的時候，自以爲拿到了遠離這裡的車票，可以就此把庫克郡拋在腦後。」即使我對庫克郡了解不多，但我可以想像那個美夢有多麼迷人。「然後我被他們抬回家鄉、爬著回家鄉。」他用力地呼吸。「可惡的是，我一直都很努力要做好工作，這並不容易，把事情搞砸反而比較容易，你懂嗎？現在，我連做好工作是什麼意思都不知道了。」

「不要放棄，也許不久之後事情就會變得明朗。就像你的教練告訴你的：找尋光亮、全力衝刺。」

「他眞的這麼說嗎？」他思索著。「光亮，是啊，也許。」他又深吸了一口氣，好像已經下定決心要去做某件事情了。「博士，我信任你，我不常這樣對別人說。我那時用槍指著你的確是太過分了，我向你道歉。」

「謝謝。」

「你只要把自己的工作做好就行了，聽到了嗎？」

「我會的，你也是，警長。」

「好吧，我們日後再見，博士。你最好再回去補眠。」

很神奇的是，我後來的確又睡著了。

23

我走進骨頭實驗室時，米蘭達正把比利雷・賴貝特的最後一根肋骨放入托盤。賴貝特的屍體已經在蒸氣鍋裡整整煮了一天半的時間，這是我們實驗室裡最大的鍋子，有個蒸氣套管，體積幾乎有拓荒時期的澡盆那麼大。看到米蘭達的臉，我想這個實驗室裡正翻騰不已的不只是那隻蒸氣鍋而已。她避開了我的注視。我在心裡告訴自己，只要大事化小，小事化無，一切便可雲淡風輕。「有什麼有趣的狀況嗎？」

她臉紅了。「你自己看。」她將托盤從檯子上推到我面前，然後轉身往門口走去。這可真是雲淡風輕啊。

「等等，米蘭達。」她停下腳步，一隻手正按在門的把手上。「拜託，跟我談談吧。」

「你根本不需要我告訴你任何狀況，你也不需要病理學家。你需要的是一個大學生，一個狗屁大學生，她就能告訴你這些肋骨的故事。」

面對她眞是不太容易。「我不是要跟你談這些肋骨，我想知道我跟你之間是不是出了什麼問題。」

她轉過身來。「你跟我？布洛克頓博士，我們之間根本沒有什麼好說的。」她轉開手把，用力推開門。

「米蘭達，等一下，聽著，我做錯事了，我很抱歉，也很難過讓你看到了我的錯誤舉動。」

「是啊，我也是。」她很生氣地撞開門。門突然撞到外面的門擋，反彈回來，正好打到她的額頭，她痛得叫出聲來。「喔，王八蛋！喔，痛死了！喔，去你的！喔，喔，喔！」我向她走去，但她看見我，卻又用肩膀頂開門，速速離去。那扇厚重的不鏽鋼門就在她身後砰地關上了。

做得好啊，你眞會自作聰明。我在心裡嘲笑自己，眞是越弄越糟。我跌坐在一把老舊的凳子上，將額頭貼在檯子上，閉上雙眼，深深地吸了三大口氣，不管內在多麼動盪不安，我試著聆聽周遭的聲音，讓自己冷靜下來。在這棟建築物深處，空調系統規律地發出響聲。在鋼筋水泥的屏障之外，割草機持續不斷地發出嗡嗡聲，接著，這個聲音在轉變成奇怪的聲音之後便嘎然而止。又過了一陣子，空調系統的聲音也安靜下來，就在這突如其來的安靜時刻裡，我聽到了深沉的呻吟聲，那是動物在疼痛中發出的聲音。我看向實驗室外，試圖找到聲音來源。

米蘭達撲倒在體育館外的水泥台階上，她的錢包跟背包掉在她下方的台階。她整個人弓起身子，將右手臂抓在胸前，深深地啜泣著。我衝出實驗室去找她，當我靠近她時，發現她的尺骨，也就是從手肘到腕關節的前臂骨頭，有塊突起。在這約兩分鐘的時間裡，她的骨頭斷了。眞是屋漏偏逢連夜雨。

「米蘭達，你受傷了，讓我先看看。」我伸出手碰觸她的肩膀。

她甩開我的手。「不要碰我，走開。」

「不，除非找到醫生，我不會離開你的。」

「聽著，我已經成人了，你懂嗎，你沒有必要照顧我，而且，我也不想耽誤你的時間，免得你趕不及去照顧別人。」

「米蘭達，我錯了，我從來沒做過這種事，我不會再錯了。我眞的很抱歉，我不過是個普通人啊。」

「可是……爲什麼是她？」她又再度啜泣起來。

潔絲說的沒錯，我眞的對別人視而不見，毫不關心。「喔，米蘭達，聽我說，你知道嗎，跟你在一起時的我是最好的我，如果我們貪求更多，最後可能只有一場空。」

她抬起頭，用極度痛苦的眼神望著我。「不會這樣的，你爲什麼要這麼說？」

「米蘭達，我喜歡跟你在一起工作。這段日子以來，我的生活裡唯一令人還能忍受的部分就是工作，而跟你一起在實驗室裡，是我在工作時最享受的時光，一點也不覺得自己年長你三十歲，我感覺自己年輕睿智，並且跟自己喜歡、又非常佩服的人有連結。可是如果我們不是在這種場合相見，譬如我們有了性關係，這三十年的年齡差距就會像一噸重的磚塊打在我們身上。然後，你會覺得被我誤了一生，開始瞧不起我。這會讓我痛不欲生，我眞的會因此而不想活了。」

她的臉部表情有些軟化了。「喔，這眞是狗屁不通，我怎麼可能會瞧不起你呢？我連你走過的每一步路都如此崇拜。」

「沒那麼誇張，至少最近沒有。」

「別傻了，當然有。我只是……只是……對你竟然跟一個黃毛丫頭混在一起，氣得衝昏了頭。」

「暫時失去理智。我知道了。我不會再犯這樣的錯了。但是，她只不過小你五歲。而且，眞要說起來，在法律上，她已經是個成年人了。」米蘭達的喉嚨發出低低的吼聲。在我看來，這是個好跡象，她還這麼活力十足，不可能會去自殺的。「以大學生的程度來說，她算是非常聰明了。」她的低吼拉高了好幾分貝。「而且她也很……」她的一隻手肘，左手肘，朝我的肋骨撞下去。「喔，她當然沒有你那麼聰明迷人，不過話說回來，誰又比得上你呢？」

「你眞討厭，爲什麼不讓我繼續瘋瘋癲癲下去呢？」

「對了，你的手臂看起來狀況不太好呢。」

「喔，這個啊，我是故意的，這樣我才可以提出勞工保險理賠，我不想再爲你做牛做馬，弄東弄西了。」

「所以你的意思是說你需要……休息（譯註：break，也指她弄斷手臂一事）？」她因爲我用雙關語說俏皮話，又低吼了一聲。「而且，如果你眞的想讓自己看起來專業一點，就應該用德文術語『diener』來稱呼自己。」她轉著眼珠思索著。「站起來吧，我們去學生健康中心把你的尺骨固定起來。」

「好吧。不，再等一下，我先告訴你剛才那些肋骨的狀況。」我扶著她從台階上站起來，拾起她散落在地上的個人物品，幫她開門，小心翼翼，避免她再度受傷。一進到實驗室，她立刻走向裝著骨頭的托盤，用左手拿起一根肋骨。「你看這裡，」她用右手食指指著那根骨頭。「哎喲！」，她用左手將那根乳白色的彎曲肋骨放到檯面上，再用左手指著肋骨。從她拿出的那根肋骨，可以明顯地看出她爲何如此激動。

那根形狀彷彿逗號的骨頭約有十英吋長，由這個大小來判斷，那應該是第七或第八根肋骨。這根肋骨的彎曲弧度不太對稱，這並不奇怪：肋骨在靠近脊柱附近會彎曲得很厲害，但是在靠近胸骨處卻相當平坦。此外，肋骨還會翹起來，所以無法平躺在桌子或檢驗台上。除非從橫截面來看，否則學生往往難以從肋骨的彎曲弧度判斷哪一邊才是肋骨的上方。肋骨的橫截面看起來像是上下顚倒的淚珠，換句話說，比較圓的那一邊是上面。下方比較尖的地方有點不太對稱，事實上是有點凹進去，這樣每根肋骨的下方才能有空間容納動脈、靜脈及神經。人體的結構跟組成方式，總是讓我驚嘆不已。

讓米蘭達興奮到足以忘記斷臂之痛的地方，是在肋骨的中間部位有一圈寬約半英吋、厚約八分之一英吋的突起，托盤裡還有好幾根肋骨也有相同的情形，「這是最近才斷裂的，」她驕傲地說，「已經痊癒了，但絕對不會是死亡之前才形成的。」

她說得對；這不可能是死亡當時才形成的斷裂痕跡。「猜猜看大約是在死亡之前多久形成的？」

她拿起裝有放大鏡的燈，將燈光形狀調成環形之後照向骨頭，「嗯，骨頭斷裂處要痊癒結痂，大約需要七到十天的時間，所以我想這些骨頭大概是在死亡前好幾個禮拜就斷掉了。這些結痂處有點軟，還需要一段時間才會骨化成硬骨，因此我猜這可能是在死前兩三個禮拜斷掉的，確切的時間，我必須查過文獻才能確定。」

「妳覺得這個傷口會不會跟他死前十八天時發生的那場酒吧鬥毆有關？」

她轉過頭來看著我。「啊，是啊。你的意思是說這位朋友在他死前十八天去了酒吧跟人打了一架？」

「根據被告的陳述，他被人踹得屁滾尿流的，當時他們都喝得醉茫茫的。摩根郡那些連窗戶都沒有的煤渣磚啤酒吧，看起來就不是什麼好地方，一進去就彷彿入了死蔭之地。有幾個當地人也證實了被告的說法。很顯然賴貝特先生被幾個穿著戰鬥靴的凶狠傢伙給踹了好幾腳。」

她放下手上的肋骨，拿起另外一根。「這根肋骨才是最有意思的，你看到這上面結痂的地方嗎？我從來沒看過這種形狀的結痂，歪七扭八的，而且不是環繞著骨頭形成的。」我也沒看過，這根肋骨上的新骨頭接縫處又長又不規則，大約好幾英吋處都有如波浪起伏，跟一般在接縫處形成一圈的結痂大不相同，「很奇怪吧？」我點點頭。「一定是粉碎性骨折，而且斷成好幾塊。」她繼續往下說，「還不止如此，看看斷裂處末端，有一小塊不見了。」

我靠近放大鏡，底下這根肋骨結痂處末端清楚可見有個半圓形的凹槽。「真該死，」我說，「看起來有塊骨頭裂開來了。」

米蘭達興奮地點點頭。「那塊消失的骨頭跑哪兒去了？」

「也許掉在右肺某個地方。」我說。

「我也是這麼想，」她咧嘴一笑，「我們來找看看吧。」

「不，我來找就好，你趕快去把手臂固定起來吧。」

她做了個鬼臉，神情一亮。「可是這是一個很棒的案例耶！」

「我知道，我很高興有你幫忙，你做得很棒，米蘭達，謝謝你。」我們倆互相對望，她的眼睛裡閃著亮光。天啊，她該不會又要哭了吧？還好，她笑了出來，輕快地點了點頭。老天爺，多謝了。我心裡想著，也向她點點頭。

我帶她到健康中心的服務處外，我們是這裡的常客，當我們不想開車到河對岸的停屍間使用X光機時，就會就近到這裡借用。米蘭達用屁股關上卡車的門，再用健康的手臂向我揮手道別。

渡河之後，我穿過醫院後方，朝停屍間旁的裝卸貨專用區前去。有個同事曾開玩笑說這條河是冥河，但這麼一來，我就成了爲亡者擺渡的船夫，我可不喜歡這個比喻。按下開門的密碼之後，我急忙入內，第一站要先到X光間。我找到賴貝特的檔案資料，把他的X光片夾到燈箱上。他的肋骨眞是亂成一團：右邊的六根肋骨全都斷了，其中有三根還斷成兩段以上。他的第七根肋骨，也就是最後一根「眞肋」（第一到第七根肋骨因爲直接連至胸骨，稱爲「眞肋」，第八根以下則稱爲「假肋」，與胸骨之間沒有任何連接），粉碎性骨折的慘狀是我見過最誇張的，好像被放到食物調理機裡絞碎之後再用修補膠粘起來。我眞不敢相信漢彌頓醫生的驗屍報告中竟然沒有提及此事；我也不敢相信幾個禮拜前，我竟然沒有先檢查X光片。X光片上看到的多處骨折，比較濃密灰白，我仔細查看其中是不是有任何一段因爲斷得太過離譜而刺穿了肺葉。可是這麼做，根本是徒勞無功。除非斷裂的部分剛好就出現在肋骨之間的空隙，否則肋骨本身就可能會擋住任何不規則的斷裂處，讓攝影機的鏡頭無法拍到。

我用力推開冷藏間厚重的門，打開燈，賴貝特殘餘的軀體跟其他兩具屍體堆置在冷藏間內部角落的輪床上。其中一具體積龐大的屍體是個年輕的白人女性，幾乎占據了大部分的輪床表面，她的臀部跟大腿一圈圈的肉溢出床的邊緣垂了下來。另外一具屍體恰巧成爲對比，是個年近古稀、骨瘦如柴的黑人。

黑人屍體的右邊就是賴貝特被切割下來的頭，用折疊起來的便條墊板支撐著，頭下面還連結著約三英吋長左右的脖子，在這下方，寬度約十八英吋的不銹鋼帶輪伸展器將脖子與骨盆、雙腿分隔開來。

裝器官的袋子不在輪床上。

我撥開那兩具屍體，看得更仔細點。

再怎麼仔細找，還是沒看到，不在輪床上，也不在輪床下，整個冷藏間裡都沒有。

媽的。我匆忙走出冷藏室大門，沿著走廊往前去，一路上只要看到有門，就把臉湊上去瞧瞧裡面。其中一間驗屍間，有個病理部住院醫師正將燈具的鵝頸管拉得很低，彎著腰檢視一具屍體，從他的外貌，我分不出他是男是女。當我衝進去時，他猛然一抬頭，撞到燈管。「王八蛋，」他壓低聲音咒罵了一聲，還是聽不出他的性別。

「對不起。」我向他道歉之後快速退出。

沿著長長的走廊，走向平常我很少去的櫃檯，接待人員坐在防彈玻璃做成的窗子後面，另一邊則是狹小的等候室，這裡只能由醫院地下室的通道進出，通常提供給前來認屍的家屬成員使用。這些悲傷的人們來這裡辨認自己的兒子、女兒、配偶或親手足，眞是令人不忍。停屍間的位置總是盡量遠離平日人們活動的動線，所以往往必須花上點時間才能找到這裡，一旦找到這裡之後，他們要面對的是更加艱鉅的任務。會來這裡的人不只是家屬，防彈玻璃便是爲這類人士設計的：因爲自己的兄弟被警察槍殺而火大不已的人；身陷三角關係中的男友來此確定醫事檢察官驗屍時，妻子皮包裡的手槍子彈沒有出現在她亡夫的屍體中。就我所知，這道防彈玻璃根本沒有經過測試，不過，已經足夠唬住某些失控的瘋子了。

當我從停屍間的內部通道走向櫃檯時，不斷地搜索枯腸，想知道坐在櫃檯的那個新來的年輕女子叫什麼名字？蒂芬妮？金芭莉？還是塔瑪拉？這些接待人員都待不久，來來去去的人早已數不清。當我越走越近，發現眼前這一位接待員我甚至從未與她見過面，這表示她的前一任連一個月都沒做滿。

「早安，小姑娘，我想我沒見過妳。」我伸出右手向她問好，頓時，我們都注意到了我的手上還戴著紫色橡膠手套。「現在，妳不會想跟我握手的，我是布洛克頓博士。」

她搖搖頭，嘆了一口氣。「嗨，布博士，我叫凱娣，我們已經見過兩次面了，不過，你今天看起來精神還不錯。」

好吧，也許我眞的見過她。到底是我的記憶有問題，還是從我上回見過她之後，我就有點不對勁了？我沒時間、也沒心思去了解這到底是怎麼回事。我問她是否見過我想找的那位技術人員，希望還來得及。「喬依？我想他正在燒東西吧。」不好了，我想。我加快腳步，奮力衝向位於醫院偏僻一角的醫療廢棄物焚化爐。

停屍間位階最低的助理喬依·魏克斯，正站在焚化爐口旁，身邊停著一架輪床。我看到他將一袋東西丟進爐子裡，又從床上抓下另一袋，我大聲吼道，「等一下！」

「嗨，博士，」我滑行過去，止住腳步，他正好跟我打招呼。「有什麼事嗎？」

「喬依，我在找前幾天屍體解剖之後摘除的一些器官組織。」

「屍體解剖？喔，你是說從查塔努加市來的卡特醫生解剖的那具屍體嗎？在頭跟腰之間什麼都沒有的那具屍體嗎？老天，那眞是詭異。」

「是的，就是那一具。你知道任何跟它有關的事情嗎？冷藏間裡應該有一個裝有屍體組織的高溫滅菌袋跟那具屍體放在一起。」

「有啊。漢彌頓醫生跟我說那是垃圾，要我拿去焚化。現在可能已經化成灰燼了。」

漢彌頓？「眞是該死。」

「怎麼了？」

「我本來希望能看上最後一眼，看能不能找到某樣東西。」

他走向輪床。「我看看，這裡還剩幾個袋子，我們來找找看，也許還來得及？你記得袋子的編號嗎？」

我苦苦思索。「上頭有兩個驗屍編號——原始的編號是去年的，但是我不記得『A-2004』之後的數字。不過，卡特醫生前幾天打開袋子之後，又加了一個編號，很可能是『A-2005-125』。」

「只有兩個編號，不會太多的，如果還在這裡，我們一定找得到。」

我們翻查了輪床上所有袋子，還是沒看到，我的心往下一沉。突然間，我發現喬依的右手提著的正是我要找的袋子，我只要晚到幾秒鐘，這個袋子就會灰飛煙滅了。

這個袋子已經破了個洞，裡頭的水一直往下滴，我用雙手捧著它，像是捧著盛在紫色絲絨墊上的皇冠。這樣的姿勢與其說是恭敬，不如說是小心翼翼。走進分解室後，我將戰利品放到櫃檯桌面上，劃開袋子頂端，袋中的內容物唰地流到有吸水性的手術墊上。

我先從其中找出心臟、胃及腸子，接下來，我翻出來的應該是肝臟，還有其他難以辨識的器官，就是沒看到肺臟。最後我總算找到一堆肺臟組織，看起來就像是做壞了的巧克力布丁。

接下來最有效的做法，也是最麻煩的做法。我拿起最靠近的一團肺臟組織，用手開始慢慢壓擠。沒有東西。我又用這樣的方式大約壓擠了半打像肺臟的組織，還是沒看到任何其他東西。我撈起最後一團，不抱任何希望地用力擠下去……突然間，有樣尖銳的東西抵住我的手掌根部。那是一根長約一英吋、寬約四分之一英吋的骨頭碎片，尖的那一端割破了我的手套，我希望我的皮膚還沒被割傷。我仔細沖洗了那根骨頭之後，將它放入一個小鍋中煮沸，然後開始清洗並消毒自己的雙手，皮膚沒被割破，但是我還是用優碘將兩隻手徹頭徹尾擦拭一遍。

正當我擦乾雙手之際，門打開了，走進來的是米蘭達，手上打著亮橘色的石膏。她踮著腳尖轉了一圈，向四面八方展示她的石膏。「田納西大學的專屬橘色，」我說，「真是充滿運動氣息。」

「你說下星期的美式足球比賽時，ESPN會不會給我一個特寫鏡頭？」她說，「運氣不錯吧，收穫如何呢？」

「眞是好險啊，完全是靠運氣，在最後一秒鐘搶救回來。」我用鉗子將骨頭碎片從鍋裡夾出來，她深表讚賞，吹了一聲口哨。「刺穿他的肺葉，令他流血過多而死的不是刀子——而是他自己的肋骨。」

「而這件事是發生在他虛脫倒下的十八天前？」

「他可能是在酒吧鬥毆事件中被人踹倒在地時，肋骨碎片刺穿了肺葉。」

「那你幫的那個傢伙……」

「……他還幫助自己的兄弟打退那些踹人的幫派份子，卻那麼倒楣，剛好在比利雷終於倒下時被當成現行犯。我相信迪維斯如果要請卡特醫生爲此上台做證，不會有任何問題的。」

當我提到潔絲・卡特時，我想她皺了一下眉頭，但我不想多問。「你，卡特醫生，還有那個滑頭，」米蘭達說，「很奇怪的盟友。」

「是很奇怪。」我點點頭。我不禁想她用盟友（譯註：bedfellow，另有同床人之意）來形容，除了指我們在法庭上共事之外，是不是還話中有話，但我沒有追究，我完全不想碰觸這個話題，一點也不想。

24

「你確定我們要在這裡轉彎？」

亞特轉了個彎，並且用警察臉上最冷淡的死魚眼瞪我。「韋龍不是要你跟著前往教堂的標示走嗎？」

「我沒看到啊。」我說。

亞特指向一株鵝掌楸，再把手指往地面移動，就在一叢野草堆裡，躺著一塊生鏽的標示牌，上面還盡是子彈轟出來的窟窿。牌子上的文字正是：「穴泉原始浸信會」。

「喔，我怎麼會沒看到呢？我想如果我們得依賴標示才找得到那裡，就表示那裡的人並不歡迎你。」

亞特咕噥了一聲。「我還以爲，如果我們跟著標示（譯註：sign這個字也有神蹟的意思，作者在這裡交替使用這兩個意思，讓角色互相鬥嘴）去到那裡，他們會要我們把手伸進箱子裡把響尾蛇抓出來。」

「我不認爲原始浸信會的教徒是弄蛇人。」我說，「我想那是相信要跟隨神蹟的五旬節聖潔會的做法。」

「跟隨神蹟，這是什麼意思？再說，我們現在不正跟隨著標示前進嗎？」

「這個典故出自《聖經》，真正虔誠的基督徒能治療病者，即使喝下毒物、手拿毒蛇，也不會出事。難道你們在聖公會沒做這些事嗎？」（譯註：這個典故出自〈馬可福音〉第十六章：「信的人必有神蹟隨著他們，就是奉我的名趕鬼；說新方言；手能拿蛇；若喝了什麼毒物，也必不受害；手按病人，病人就必好了。主耶穌和他們說完了話，後來被接到天上，坐在神的右邊。門徒出去，到處宣傳福音。主和他們同工，用神蹟隨著，證實所傳的道。阿門！」）

亞特搖搖頭。「我們沒做那麼多，我們只是與神保持連結，喝喝酒，打打高爾夫。」

「好，現在告訴我那個八十多歲、還在研究洞窟的老人跟你說了些什麼？」

「你現在想聽我說了？」

「我上一次就有在聽，只是忘了而已。」

「神啊，請讓我有點耐心，」他嘆了口氣。「好吧，他說他上回去那個洞穴已經是很久以前的事了，大概有四十多年前那麼久，不過，你知道，洞穴的變化不會那麼快。我告訴他，有個當地人說那個洞穴叫『羅素窟』，然後我就把你對那個洞穴的描述轉述給他聽。他說他很確定那跟他很久以前繪製過地圖的洞穴是同一個，而且他說你的夥伴韋龍說的沒錯：是還有另一個入口，就在教堂旁邊，而且比警長帶你進去的那個入口容易找，他說你們去的是洞穴的後門。」

「那前門究竟在哪裡？」

「我想他最後一句話說的是『你不會錯過的』。」

「這句話我不知聽過多少遍，最後我總算明白了這句話其實是說，『笨蛋，你沒救了，你一定會迷路。』」

當我們轉過一個下坡彎道後，看到峭壁底部出現了一個小教堂，旁邊還有一間破舊窄小的農舍，我想那很可能是牧師的住宅。我們快速開向砂礫鋪成的停車場，踩下煞車停住之後，教堂赫然就在眼前，我們立刻下車查看。

我們差點撞上了另一個標示牌。這個標示牌緊靠路邊，氣勢逼人，彷彿在向異教徒宣示若有人膽敢任意破壞、或忽視它的存在，就會陷入萬劫不復的危險中。這塊標示牌是塊老舊的木板，以灰漿砌合在一塊平坦的溪岩上，形狀就像是希臘的山形牆，上面鐫刻著：「穴泉原始浸信會」。

教堂的建築與標示牌風格一致，組合了深淺不一的褐色溪岩用灰漿砌成，巧奪天工，不像出自人類之手。入口的兩扇大門是厚重結實的木頭，看來年代久遠，門五金是黑色鑄鐵，槨頭的敲擊痕跡猶仍歷歷可見。兩扇大門上各釘著一塊金屬板子，其中一塊問著：「耶穌即將再臨，你準備好了嗎？」另一塊則寫著：「天堂或地獄——你打算在哪裡度過永生？」

「友善的人們。」我觀察道，我試著推了推鐵製的門閂，但門好像是從裡面反鎖的。

「看啊，我站在門邊敲門，」面無表情的亞特擺出耶穌基督的姿勢，敲了敲木門。「喔，看起來像是橡樹，摸起來卻像鐵木。我們從窗戶看能不能看到些什麼？」

這間教堂的窗戶少得可憐，而且很小，位置很高，我想，這是爲了不讓人們在聆聽佈道時，因爲外面的樹景分心吧。幸運的是，教堂建築所用的石頭讓爬牆不是件難事。我跟亞特往上攀爬了幾吋，透過一個骯髒的窗框往裡面窺探。教堂裡面沒什麼好看的，十來張無背長椅，幾本散落的讚美詩集，老舊的直立式鋼琴，傾斜的木製講台。「現在我知道爲什麼這裡是『原始』浸信會了，」我說。我們又費了一番工夫爬下來之後，繞著這幢小型建築物走了一圈。

教堂旁邊有一條磨損嚴重的大路，通往峭壁底部，道路盡頭有個天然的石頭水坑，水深及腰，清澈見底。泉水依舊自中央底部的縫隙汩汩湧出，水面中央輕輕泛著漣漪。水流從水坑後方邊緣向外泛出，流入峭壁的通道裡。「現在我明白教會的名字爲何會有『穴泉』二字了，」亞特說，「這個水坑對浸信會來說，眞是便利，不是嗎？」

「的確，好吧，你那位探勘洞穴的朋友說得沒錯，眞的是很難不看到這個地方。」石壁上有個約八呎高、四呎寬的洞，擋住入口的鐵柵欄已經生鏽，由深陷入岩石內部的鐵絞鏈連結著，一個結實的掛鎖垂在搭扣上。「噹噹，」我說，「現在怎麼辦？」

「禱告，」亞特回答，他走向前去檢視掛鎖，我只聽到鑰匙相撞的噹啷聲，跟著掛鎖就砰的一聲打開了。

「嘿，你怎麼做到的？」

「神提供的，」他看向天空低聲說道，然後將萬用鑰匙收入一大串鑰匙鍊中，放回口袋。

我們快速趕回卡車，拿了手電筒、夾克、我的照相機，還有亞特的頭燈跟證據採集箱。雖然鐵柵欄生鏽了，鐵絞鏈卻是很輕易就轉動起來，一點聲響也沒有，我注意到鐵絞鏈上頭有層油脂。「要是能知道是誰擁有這裡的鑰匙，還給絞鏈上油，那就太好了。」我說。

我們一走進通道入口，就有一陣涼風拂面而來。我嗅了嗅風的味道，心想不知這陣風裡是否帶著一絲腐爛味或屍臘味。不過我也心知肚明，要是我眞的聞到了，純粹是出自於自己的想像，而不是來自洞穴深處。越往洞裡面走，明亮的日光越加黯淡，亞特跪了下去，將手電筒的光線低低照著髒亂的地面。「看來眼熟嗎？」

我也低下身子，突然打了一陣冷顫，這不是因爲洞穴的溫度所致。「看見這些沒？跟幻燈片上的工作靴印一模一樣。」他將手電筒的光來回照著，我抓住他的手臂。「你看那裡——那是警長的鞋印，或者跟他的鞋印很像。」這裡的地面跟我在發現屍體的石室裡拍的照片很像，新舊足印交互重疊。至少，眼前這一批是這樣。當亞特將燈光照向洞穴更遠的地面時，他低低吹了一聲口哨。

「來這裡的人比運動俱樂部浴室裡往來的人還多。」他說，「看來不只是你那位友善的警長鄰居來過這裡，不管穿這雙老舊靴子的人是誰，他來這裡的次數不止一次。」沒錯，很清楚地，最上面的鞋印就是那雙已經磨損的靴印，幾乎快將下方其他的鞋印壓平了。

「所以無論這個人是誰，他知道內情。」

「也許，很有可能。但不只如此。」亞特將手電筒的光線輕輕轉向層層疊疊的鞋印右方。「還有另外一個人也來過這裡。」

我仔細瞧了瞧燈光照向的地面，卻看不出什麼端倪。我再靠近一些，卻只看到模糊的污跡，我面露疑惑地看著亞特。

「這個人非常聰明，懂得抹平足跡。」亞特說，「他可能是拿了木板之類的東西，抹去身後的鞋印。大費周章。」

亞特打開他的證據採集箱，拿出他放置妥當的小型頭燈，再取出一個大型的密封塑膠袋。裝得半滿的袋子裡有我認得的牙醫印模用石膏，這種石膏比一般的石膏硬度更強，更不易變形。

「我們來採集一些鞋印，如何？」亞特說，「就當成是讓自己開心吧。」

「你是鞋印專家，」我說，「我也來拍些照片吧。」

亞特從一個可擠壓的塑膠瓶中擠出一道水柱噴入塑膠袋中，密封之後，將塑膠袋內的東西揉成一團。「比爾，這回我們好像攪進一團混亂中，」他說，他這話可不帶一絲玩笑意味。

「我知道。你想打包走人，不再管這檔事了？」

「沒，現在說這個已經太晚——眞不想浪費這些石膏。」塑膠袋裡的糊狀物看起來眞像鬆餅糊，只不過，等它硬了之後，我可不會想咬上一口。「而且，你已經引起我的好奇心了。你想放手嗎？」

「應該不會，我還是放心不下那個女孩跟她的小孩。」

「那就好。」他將那團糊狀物滴入兩雙不同鞋子的四個腳印中，以及那一小段被抹平的足跡裡。「這可是我頭一遭遇到比對木板塊的印痕。」他說，「這些足印大約需要三十分鐘才會變硬，在這段時間裡，你想跟著這些足跡看看會通往哪裡嗎？」

「我心裡已經有答案了，讓我們看看我想得對不對？」

我們沿路貼著牆壁前進，以免影響到其他足跡。這些足跡並沒有走得很遠，大約離洞口兩百碼左右，足跡就轉向左方，走進一個很狹窄的通道。那條通道窄到亞特跟我只能叉開兩腳放在兩邊的牆上往前推進，以免破壞通道上的腳印。當通道豁然開朗時，我發現我們所到之處正是我先前推測的地方：石英結晶狀石室較窄的那端，我們眼前所見的正是當初躺著莉娜屍體的石凳底部。「王八蛋，」我說，「每一次我認為警長是清白的之後，就會發現他又在耍我。明明就可以帶我從前門進去，卻偏偏要我從難走的山路那邊進來。」我還記得騎那輛越野車顛簸不已，讓我肌肉痠痛了好多天。「很顯然他要我以為她置身在一個荒郊僻野。」

亞特的頭燈上下晃動。「似乎是這樣，猜得到為什麼他要這麼做嗎？」

「也許洞穴前面的入口有些他不想讓我知道的訊息。」

亞特再度點頭。「我也這麼想。」他將燈光投向我們跟石凳之間的地板上。「跟你上回看到的一模一樣嗎？」眼前所見的足跡十分混亂，我從中辨認出自己由另一端進入的腳印，旁邊還有湯姆．奇金斯跟威廉副警長的足跡。我也看到他們離去的足跡。只不過，現在我們的足跡不再是在最上層，那雙工作靴壓在所有腳印上頭，從我跟亞特現在站立的地方進入石室之後，走向現在已空無一物的石板，再轉身前往石室另一端，走回我們跟教堂的這個方向。

「你知道這代表什麼意思嗎？」

「知道，」我說，感覺一陣反胃。「過去這一個禮拜，他來過這裡。」

「是啊，所以他知道有人發現莉娜的屍體了，而且發現的人不只一個。像這種地方，不用怎麼打聽，也查得出來誰來過這裡。」

突然間，我們聽到一個低沉的響聲，跟著就是石頭嘩啦嘩啦落下的聲音，裂縫裡散出一陣沙塵，整個石室煙霧瀰漫，我們不禁咳了起來。我舉起手蒙住臉，試圖透過襯衫的袖子呼吸；亞特則翻起高領套頭衫的領子罩到臉上。我們都停留在原地不動，慢慢的，聲音跟塵霧漸漸退去，當一切安靜下來時，沉寂的氣氛非常恐怖，像是死亡來臨前夕。

落下的石頭一路堆到石室牆壁縫隙外頭。

「我想有人知道我們在裡面，」亞特說，「不過，這只是猜想。」

我不必是個鑑識天才，也知道我們要從這一堆石頭挖出通道，回到從教堂進來的入口，希望有多麼渺茫。「我想，還好我還知道後門該怎麼走。」我說。我們朝石室另一個方向走去，沒走幾步，我停下來爲地板上新的足印拍照。「現在我眞覺得將來這些在法庭都會派上用場了，」我低聲抱怨，「我眞是氣炸了。」

「是啊，我也被惹毛了，」亞特說，「那些可是我採集過最好的石膏印之一，還有那個木板印，我還期望帶著那個模印出席鑑識會議。」

「得來容易，去的也容易。」我說，「所以，好消息是我知道怎麼離開這裡，壞消息是這段大約三四哩長的路很難走，而且沒辦法走到我們的卡車那裡。那可能會——」

一陣亮光刺破黑暗，伴隨而來的是刺耳的爆裂聲，天搖地動，石頭湧了進來。亞特一把抓住我的夾克，把我往後拉，就在此時，一隻鐘乳石掉了下來，正好砸到我先前站的位置上。我跳了起來，不停地咒罵。

「比爾，還好嗎？」

我搖搖頭，身體不住抖動。「你呢？」

「還在查看狀況，目前爲止，我的頭腫了一個包，還有幾塊瘀青，還好骨頭都沒斷。」他停頓下來。「嘿，比爾，你剛才還說那四哩路是壞消息？跟現在比起來，我想那還算是好消息咧。」

我們一路挖開石頭，勉強往洞穴的後門——或者說可能是那個方向——推進。石頭越堆越高，才走了沒幾碼路，石頭堆已經高達洞穴頂端，完全封住我們的去路。

我感到一股恐慌從體內升起，不管我怎麼深呼吸，就是吸不到空氣，比爾的聲音好像從遙遠的地方傳來。「比爾，比爾，聽著，比爾，你要冷靜下來。」他的聲音正常得離譜，一點也不像掙扎著需要氧氣的人。「比爾，你太用力呼吸了，你要慢下來，不然你會昏過去的。」我試著對抗這麼急促的呼吸速度，想找到個空檔喘氣，但是那個力量實在太強了。「試試看透過你的夾克袖子來呼吸——也許這會有幫助。」我感覺他抓起我的手臂，用我的袖子遮到我的臉上，衣服讓氣流慢了下來，我努力控制自己的呼吸，慢慢的，我的呼吸慢下來，腦筋也開始清楚了。終於，我的呼吸恢復正常，我放下手臂。

「抱歉，」我說，「那一刻我還以爲空氣就要耗盡了。」

「還不至於，空氣還很夠我們呼吸，也許我們會先餓死。」

「該死，亞特，現在不是開玩笑的時候。我們被困在一個堆滿了上噸石頭的通道裡，我可不覺得我們挖得出逃生通路，即使我們做到了，外頭也很可能有人等著把我們幹掉。」

「有可能，」他同意道，「但是這不一定會發生，除非我們走得出去，而他又能等到那時候。我們還是來想想現在能做些什麼。」

「你有任何建議都好。」

「好，來看我們有些什麼資源。我們有兩支手電筒，一個頭燈，一台相機，一枝槍，一個現在派不上用場的證據採集箱。你有食物或飲水嗎？」

「有一包口香糖，」我說，「無糖的，所以無法提供能量。不過，這洞穴裡有水流。」我將燈照往地下水流的方向，現在我們知道這道水流來自於教堂後方的水坑。但是，現在水流已經不在了，只看得到泥巴河床。一定是第一次洞穴坍塌時堵住了水流。

「我有一包巧克力，還有一瓶水。」亞特說，「假如我能變出像聖經上寫的用五餅二魚餵飽幾千人的奇蹟，我們就不用擔心食物了。喔，這可能派得上用場，墓穴老人傳真給我的地圖。」

「那能有什麼用？我們已經找到洞穴了，眞是可惜。」

「老兄，你眞是自作聰明，這張地圖畫的不是通往洞穴的道路，而是洞穴內部的狀況。我們現在就像困在洞穴裡的老鼠或蝙蝠。」

「可是這兩次洞穴坍塌把我們困在這裡動彈不得，前後能走的空間不過五十碼跟這個該死的石穴而已。」亞特還在研究地圖。「亞特，面對現實，」我說，「我們被封在這裡，無路可走了。」

亞特將他的頭燈對準我照過來，亮到我睜不開眼睛。「你打算這樣坐以待斃嗎？」他說，「我還不想棄械投降。」才說完，他就在石礫堆跟石室裡四處踱步查看。

「等等，亞特。慢下來。」

「你才應該快一點。」他還是來回走著，拿著手電筒掃射天花板跟地板的每一吋角落。但是，他的步伐有放慢的跡象。

我在石室裡跟上他，剛好看到手電筒的光線照進石室天花板上的一個圓洞，洞的直徑約有海灘球大。「啊哈！」他說。

「你之前就知道這裡有洞嗎？」

「不知，一直到我查過地圖之後才知道，就是你在那裡唉聲嘆氣的時候。」

「抱歉，這個洞有通往外面嗎？」

「不清楚。」

「地圖上怎麼寫？」

「寫著『有待勘查』。畫這份地圖的人挺粗枝大葉的，我看他的地圖上到處都是『有待勘查』。」

「所以也許這個洞會通往其他出口——也許走進那個洞之後，只會在山裡面繞圈子，消耗精力而已？」

「都有可能。倒是你，我是得一直聽你的滿腹牢騷，還是你願意保持樂觀的心情跟我一起走？」

「我們走吧。」

說比做容易。那個洞口約在我們頭頂上方十呎高，即使我站到亞特的肩膀上，也不見得搆得著。我本想建議從通道裡搬些石頭堆高往上站，畢竟這裡多的是石頭，亞特卻爬上了石櫃，從不同角度打光，查看那邊的牆壁。「比爾，把那個證據箱遞給我，好嗎？」

我目瞪口呆地望著他，「你在那裡找到證據了？」

「不是，你眞是天兵，我只是需要有東西站上去。」

我將箱子遞上去，他站到那個長方形箱子上，那眞是個棒透了的工具箱。他伸出左手往上略往一旁攀住一塊突出的石頭，右手則伸直，將兩根指頭插入牆上垂直的石縫中，他低哼了一聲，登山鞋往上踏到我看不到的突出處，整個人的雙腳離開了證據採集箱。然後，他又從石縫中拔出右手手指，繼續往上找到另一個石縫，將整隻手伸進去。一次一隻腳往上爬，尋找牆上可以攀附的地方，突然間我看到他的左手沒抓好，滑了一下，身體撞到牆上，右手牢牢卡在石縫裡，整個身子憑空懸吊著。他痛得叫出聲來，兩腳慌張地在牆上蹬著。我本能地爬上石凳，用雙手承住他的靴子，使出全身力量將他往上抬，先是抬到胸口，接著是肩膀，雖然過程很慢很不舒服，但最後，我還是伸直了雙臂，兩腳不住打顫地撐著他。正當我要出聲警告他，我快沒力氣時，突然發現整個重擔減輕了，他的雙腳已經離開我的手，上半身進入石室頂端的洞口裡。

我巴望著能再看到他現身，但就是不見人影，我感覺自己又陷入恐慌中。終於，他的頭伸了出來。「該死，這眞麻煩，還好有你幫忙，眞是多謝你了，有那麼一刻，我還以爲自己的手就要廢了。」

我還氣喘吁吁地，一部份是因爲剛才太用力了，一部份則是出於恐懼。「應該的，上頭有什麼好消息？」

「你自己上來看。」

我看了看眼前的石牆。「去你的，亞特，我爬不上去，我也不相信你做得到。」

「去年聖誕節，我老婆帶我去健身房上攀岩課程。我想她大概希望我會在攀岩時被鉤住，然後在某個地方掉落懸崖。」

「嗯，除非你能從上面送梯子給我，或者換你下來推我上去，否則你還是自己先走吧。」

「然後，我們這支勝利隊伍就拆夥了？不行。你的腰圍多大？」

「三十四腰，不，這陣子好像變成三十六腰了。都是——」我開始有點了解他想做什麼了，「你的呢？比我苗條？」

「你管太多了。把你的腰帶丟上來，看我們夠不夠胖。」我脫下皮帶，再扣成一個圈之後往上丟。亞特抓到之後，又消失不見。當他再度出現時，他已經將兩條皮帶扣在一起。他將其中一端垂下來給我，我打量那長度應該有六呎長。「希望皮帶環撐得住，」他說，「鉚釘看起來相當牢靠，但是，你也不輕。」

亞特坐在圓洞邊緣，叉開兩腳撐住兩邊，將皮帶在手腕上繞了一圈後，用兩手抓住皮帶，「你要站好，」他說，「我不確定自己是否能挺到底。」我點點頭，站到證據箱上，踮起腳尖，我可以搆得著皮帶，並且像亞特一樣，也在手腕上繞了一圈，他點點頭。「準備好了？」

「好了，不，等等，我們應該把工具箱也帶著吧？」

他考慮了一下。「我們現在遇到的問題比蒐集證據更嚴重，更何況，我不認爲我們能辦得到——你需要用雙手抓住才上得來。」

「你說的沒錯，但我們可能會需要再用它來墊腳，還好你是跟個博士一起困在這裡。」走下工具箱，我彎腰解開登山靴上的鞋帶，再將兩條鞋帶綁在一起，這樣我就有一條約十呎長的帶子了。我將一端綁在工具箱的把手上，再將另一端綁在腳踝上。我再度站上工具箱，將手電筒放入口袋之後，便緊緊抓住上端垂吊下來的皮帶。「上去囉。」我說，他開始拉。

跟著，我又叫又爬的，我感到亞特的雙手終於抓到我的腕關節，然後又抓住我的另一個手腕。他將我從圓洞像拖隻大魚一樣拖進去，我扭動著身體，上氣不接下氣。我從已經發青的手腕上鬆開皮帶，拿出手電筒，放在身旁往前照。我一邊將證據採集箱拉上來，一邊環視這個新環境。我們所在的地方眞是小得令人失望，不僅狹窄，洞頂也很矮。我看著亞特，「你確定我們這樣算是有進展？」

他還是一貫的撲克臉，但我覺得我在他嘴角看到一絲微笑。「你看看四周，看你看到什麼。」

沒多久，我就知道他的微笑是因爲什麼。「好吧，我是有看到轉彎靠牆處有腳印，但那裡不會只是死路一條吧？」

「你覺得呢？福爾摩斯，看看那些足跡吧。」

我仔細查看。「好吧，我是有看到足印來來回回。但是最上面的足跡是遠離這個方向的。」

「這代表著……？」

「這條路一定通往某處。」

「賓果。除非我們發現前面眞的是個死胡同，而且印地安喬（譯註：《湯姆歷險記》中的惡棍，湯姆曾跟他一起困在洞穴中）的乾屍就躺在那裡。」

「或者萊斯特．貝拉德正等在那裡要殺我們。」

「萊斯特？我還以爲他只對女人有興趣。」

「這個年頭，」我說，「什麼事都有可能。做鑑識工作，一天到晚遇到怪事。」

25

我們沒看到印地安喬的屍體，也沒遇上萊斯特，但是走沒多久，我們就發現這是個死胡同，或者該說，眼前的裂縫是我們不可能穿過去的。我們一路跟著足跡走到這裡，所以這段路的中途不可能還有別的轉彎或叉路。我們不可能錯過任何可能性的，我們其中一個人看著地上的足跡，另一個人則注意通道的頂端跟牆壁。從石英洞穴頂端的洞口一直到這裡，沒有別的分岔點。而且方向一直往上，這也帶給我們某種希望，好像我們正走向地表。我們僅知道，此刻我們可能只距離某個出口一百碼，也有可能還有一百哩遠。

「嗯，至少有一件事是確定的，」亞特悶悶不樂地說，「我們知道這不是警長的腳印，除非他走過這裡的時候，體重還不到八十磅。」

「所以現在該怎麼辦？我們是要回去下面，挖開石礫堆回到教堂，還是往後門方向推進，或者乾脆在這裡耗下去，等到我們變瘦些，擠過那道裂縫？」

「我不知道，比爾，我完全沒有想法了。」

我進一步查看那道裂縫。問題其實不在於我們太胖了，畢竟光是肥肉，只要使對力氣，還是擠得過任何洞口，就像我們到石室探勘屍體的那一天，奇金斯警長的啤酒肚就是一個好證明。我們的問題不是肉太多，而是骨頭，骨架多大就是多大，如果空間不夠大，過不去，就根本沒輒了。

我研究裂縫的大小，最寬的部分是在腰的高度，大約十英吋寬，在這之上跟之下，裂縫愈來愈細，從我的胸部到膝蓋之間，裂縫的寬度大約六英吋，也許，只是個猜想，我們可以側著身子從中間的地方穿過去。

我彎下腰，讓胸部與地板平行。然後轉動身軀，直到肩膀與地板垂直，就像那道裂縫一樣。我緩慢笨拙地往前進，將頭伸入裂縫裡，雖然空間小得有點不舒服，但還是過得去。我有幽閉恐懼症的傾向，一想到要擠入這樣狹窄的通道，進入未知的黑暗中，我還寧可被困在原來的地方。動動腦筋，老兄，好好想想，我這麼告訴自己。

我清楚自己的頭蓋骨尺寸，在大學部的課堂上，爲了展示如何使用卡鉗，我不曉得量過多少回了，從兩眉骨中央到頭骨正後方，我的頭圍量起來有一百八十七公釐，或是七又四分之一英吋；寬度則是約一百六十五公釐，或是六又二分之一英吋。也因此，我知道無論如何，我的頭都不會卡住。眞正的問題在於更下面一點，我的胸部。我必須轉動肩膀，才能讓雙肩通過垂直的裂縫，但我無法百分之百肯定我的胸廓也過得去。「我想胎兒在通過產道時不必這麼傷腦筋，」我低聲抱怨，「也許他們只需要很多很多潤滑液跟子宮收縮就能被擠出來。」

不管我是不是眞的有幽閉恐懼症，總之，不能一直耽擱下去了。彎下身子，我的頭很輕易就穿了過去，跟著，我將身子轉動了九十度，我的肩膀跟雙手也輕鬆過關。「好了，亞特，你可能需要過來幫我忙。」我一邊扭動身子一邊嘀咕，我的鎖骨很難擠過去，讓我不得不停下來，疼痛襲擊胸腔，就像有石頭夾緊胸膛一般。「我想我還是過不去，」我說，將身子蠕動出來。

「你試著盡量把氣全部吐光，」亞特提議，「那可以幫助縮小胸廓。」

「那也會讓我窒息。」我說。

「不會，我會把你推過去的。」

「要是你推不過去呢？」

「嗯，如果你確定真的過不去時，你可以將兩腳跟互叩三下，然後說，『回家真好』（譯註：這個方法的典故出自《綠野仙蹤》〔*Wizard of Oz*〕，這個故事也是發生在美國南方，故事中的小女孩住在堪薩斯市），我就會立刻將你拉出來。」

「要是你拉不動我呢？如果我卡得很緊，沒法呼吸，我可撐不了一兩分鐘。」

「我會把你弄出來的，相信我。」

我試著想像接下來會發生的狀況，可是我在心裡卻看到另外一番景象：亞特雖然又推又拉，我卻文風不動，所以我的頭、肩膀跟身體在裂縫裡面瘋狂地抖動，我的雙腳卻留在裂縫外頭絕望地踢著。這個身體分成兩半的景象，就像是卡通一般，也像是老式電視機的垂直同步信號有半個畫面出現問題一樣。我奮力消除這樣的景象，試著讓顫抖的聲音冷靜下來。「亞特，你判斷這是我們逃生的最佳機會？」

跟著就是好長一段沉默。「是的，比爾，沒錯。」

「好吧，等我將頭跟肩膀穿過去之後，數到三，讓我將肺部的空氣全部吐出來，你就可以抬起我的腳，使出吃奶的力氣把我推進去吧。」

我脫下夾克，丟到裂縫裡，這至少可以讓我身軀的周身厚度減少十分之一英吋，我知道過不過得去，成敗之間有如一線之隔。我考慮過也將襯衫脫掉，但是我又想到，如果我光著身子，很可能會在跟岩壁摩擦時留下一大塊皮膚。我深深地吸了好大一口氣，屏息凝氣好幾秒鐘，讓胸部跟腹部的肌肉繃得緊緊的，盡最大的力氣讓肺部漲大，並且不至於失去意識。我就像潛入水中尋找珍珠的潛水伕，盡可能讓血液攜帶最大量的氧氣，這麼一來，我就可以很久都不需要換氣。

至少這是我期望的。

憋住氣四、五秒鐘之後，我從嘴巴用力吐氣，直到肺部完全淨空。然後我閉上嘴巴，像風箱一般鼓動腮幫子跟下巴，試圖將更多空氣由胸部引動到嘴裡之後，再快速將空氣由雙唇之間逼出。我重複這個做法三次，現在，我感覺自己快要往內爆開了，我趕緊擠到裂縫裡，想像自己一直在縮小，亞特使勁抓住我的腳往前推，我也用力扭動身子。

我感覺自己往前推進了一英吋、二英吋……然後，就停住了，我被卡住了，我的胸腔就像是被老虎鉗緊咬不放。我絕望地打算互敲我的腳跟，讓亞特知道要把我拉回去，可是不知是岩石還是亞特，讓我的雙腳動彈不得。喔，神啊，這是哪一種死法啊。我想我快要窒息了。

突然間，我的雙膝感覺像是被火車頭撞上了，我不由自主地張開口想要大喊，可是因爲沒有空氣，我喊不出聲音。我的胸部跟脊椎都被推擠向前，跟著我聽到一聲爆裂聲，然後我就發現自己已經掉到地面上，我的襯衫已經裂開，鈕扣全都破裂粉碎。我像是被人擊垮在地，也許有些地方受了傷，但至少我已經到了另一頭。我閉上雙眼，貪婪地吸進好大一口氣，胸部一陣劇痛，但空氣竟是如此甜美，讓我舒暢地放聲大吼。

當我張開眼睛，就在幾英吋外，一陣強光直接照到我臉上，讓我睜不開眼睛，不禁往後退。這道亮光是在我這邊，而不是亞特那邊。「哈囉，醫生，」一個熟悉的低沉聲音，「看來，我到的正是時候。」

我擋住眼前的強光保護眼睛，然後瞪向眼前這個往我逼近的彪形大漢。他會在這裡出現，絕不是巧合。我發現，我實在是太過於相信韋龍跟他那鄉土味很重的行徑。他一定是一直跟蹤我，耐心地等待最佳時機，好給我致命的一擊。我不知道這是他自己的主意，還是吉姆・歐康納示意他這麼做，只知道我們的好運用完了。

「你好，韋龍。」我的聲音非常冷淡，感覺很受挫，連聲親切的問候都不想。「呵，我想你是來照料我們的。」

「嗯，你可以這麼說，但我其實只是盡忠職守而已。」

「是喔，」我說，「純屬公事，跟你無關，對吧？」

「這個就別說了，醫生，讓我趕緊帶你跟亞特到舒服一點的地方吧。」

「舒服一點的地方？你是說天堂嗎？韋龍，你省省吧，如果你打定主意要殺了我們，就別來這套主日學的婉轉說辭吧。」

「什麼？打定主意殺你們？醫生，你在說什麼啊？你是不是在洞裡撞昏頭了？」

「你來這裡不就是來殺我們的嗎？要不然你來這裡幹嘛？剛才發生的爆炸跟洞穴坍塌又是怎麼一回事？」

他將燈放在一塊突出的岩石上照向自己，一如往常，他從頭到腳都是迷彩裝，他伸出雙手，手掌向上。我猜他的意思是要證明自己沒有攜帶任何武器，但是我知道他那身裝扮有那麼多口袋，到處都可能藏有武器。「大吉姆要我照顧你，確定你不會捲入任何無法處理的麻煩中。我聽說你要到穴泉教堂，所以就趕緊趕過來，一到洞穴入口，我就發現被堵住了。我不知道你們曉不曉得這裡還有一個出口，媽的，我連你們是不是還活著都不知道，只知道要盡快趕來這裡，試著大聲呼叫你們，看看會不會有人回應。我想這裡是離你們最近的地方，不管怎樣，我總會想得出辦法把你們救出來。」

我爲自己感到羞愧，之前我還覺得自己太過信任他們，沒想到其實是我疑心病太重。「嗯，我是脫困了，可是亞特可能沒辦法像我這樣擠過來，你有沒有什麼好辦法可以救他出來？」

「我的卡車後頭有些起爆雷管，可是這有點冒險，這個洞穴頂端不太穩定。」

起爆雷管？也許我不是疑心病過重。「韋龍，」我說，「這裡的爆炸已經多到讓我們困在這裡了。」

亞特的聲音迴盪在裂縫另一端。「什麼，那你們打算等我餓到不成人形嗎？那可能要等上六個月。」

韋龍笑了出來。「不，不需要那麼久，我們會快一點，讓你早點回去工作。」他從寬大的褲子後臀部口袋撈出一隻鐵錘和一把堅固的鑿子。這個人活像是一把人肉瑞士刀。「用這些好好用力敲個幾下，應該會有幫助的。你們最好往後退一點，免得我失了準頭，傷到你們。」亞特跟我退得遠遠的，讓他好辦事。

韋龍在頭上快速綁上彈性布帶，戴上一盞沉重的頭燈，傾身靠近裂縫一端。我聽見一個低沉的哼吟聲，跟著，令人吃驚的是，韋龍竟然就這樣唱起歌來了。他那醇厚的男中音迴繞在洞穴中，令人陶醉：「在東肯塔基遠遠的黑暗山丘上／那是我的血脈緣出之處／山上有塊墓碑寫著／『與哈倫不離不棄』」。

伴隨著這哀傷歌聲的是錘頭重擊山岩，不時迸出的火花，他每敲個六七下，就會有一大塊石頭被敲落到地板上。「當太陽升起」——喀瑯——「早上十點」——喀瑯——「當太陽西沉」——喀瑯——「下午三點」——喀瑯——「裝滿你的杯子」——喀瑯——「無論那酒有多苦」——喀瑯——「人的一生不過都在」——喀瑯——「挖掘自己的墳墓」。

韋龍停了下來，換到另一邊繼續敲，他已經汗如雨下了。「還好我們要敲開的寬度不會太大，」他氣喘吁吁地說，「要是得再敲寬一點，我可能就會鞠躬盡瘁了。」

對此，我甚感懷疑。

又過了十分鐘，他再唱完兩首歌之後，韋龍往後退了幾步，打量剛剛努力的成果。「亞特，你可以走上前試看看擠不擠得過來。我在最窄的地方打掉了些石頭，如果這樣還不夠寬，就需要再多費點工夫。小心點，現在有些地方變得有點尖銳。」

亞特歪歪扭扭地穿過裂縫，在經過數次嘗試，做了好幾回調整之後，終於抵達另一端。他縮腹彎身的程度，比起奇金斯警長進入石英石室時縮緊腹部的誇張程度不遑多讓。韋龍咧嘴而笑，「你們平常就常做這類練習嗎？鑑識工作會讓人身手靈活，是不？」

「是啊，」我說，「有時候還有眞的爆破演習呢。」

韋龍笑得哽住，亞特則不住呻吟。我則默聲祝禱，感謝老天爺讓我們重返這塊愛耍嘴皮子的土地。

韋龍引我們走過一段略微傾斜的坑道，後半段行程，不規則的橢圓形光亮愈來愈大，愈來愈明亮。「呀呼。」亞特在我身後發出聲音。

「怎麼了，我們就快要走出去了。」

「我們正朝上走向明亮的白色光芒，這種事若再發生一次，他們可能得在我身上接上心臟起搏器。也許第二次洞穴坍塌時，我們並未如自己以爲的那麼不幸。」

「如果我們死了，我們現在爬的就是大理石台階了。」

「大理石？我們可是在庫克郡的山裡，即使是天堂之梯，也不會用那麼好的材質吧。」

在我還沒想出用什麼話反擊他時，眼睛就不禁瞇了起來，九月的午後陽光已經照到我們身上。高高在上的天空藍得出奇，遍布四周的山茱萸跟鵝掌楸，紅黃相間的樹葉閃耀著燦爛的光芒。我們爬出小小的坑口後，順著山坡往上走了大約四分之一哩路後，又爬下一個峭壁，正好就是穴泉原始浸信會教堂後方。教堂看起來和我們離開它時一模一樣，這半世紀以來，它一直都是這樣矗立著。只不過，我停靠在教堂旁邊的卡車，已經蒙上了一層石灰岩的灰塵。

韋龍的卡車就停在我的車子旁邊，看起來像是剛洗過。除非他在爆炸之後還來得及擦洗，否則韋龍說的話應該半點不假：當他抵達教堂時，洞穴入口早已被封住，爆炸引起的塵埃也早已落定。

「我們就快點開車離開這個鬼地方吧。」亞特說。

「等等，我有個主意，你還有鑑識工具嗎？」

「你開什麼玩笑？你那麼大費周章用鞋帶把它吊上去之後，我就知道一旦我將它留下，你就會跟我沒完沒了。你要幹嘛？」

「跟我來。」

我帶亞特走向洞穴入口，正如我所料，泉水旁邊的泥地上有一雙嶄新的靴印，通往洞穴入口，消失在方才落下的石頭堆後。

「大發現。」亞特跪下查看道，並盤算著該怎麼採集其中最清晰的幾枚靴印。「眼熟嗎？」

沒看過這雙靴印，但很可能是進過洞裡的同一雙腳穿上不一樣的靴子。

我勘查附近的地形，發現這道足印進洞之後沒有再從原路走出來。「你想他會不會還在附近？也許被自己引發的爆炸給困住了？」

亞特聳聳肩。「有可能，還眞希望如此。但是，也許他在引發第二次爆炸之前就從後面溜走了。或者他正打從我們剛剛逃出去的那條路走出來。」

我搖搖頭。「我不這麼認爲。如果他跟我們同在洞裡，他應該會想置我們於死地，任何設下這種爆炸機關的人一定會隨身攜帶槍械，他會在我們爬出石室之前開槍斃了我們。我想不通的地方是，他爲什麼不一開始射殺我們就好？」

「他太狡猾了。洞穴坍塌可以假裝成意外。要是屍體有子彈彈孔，就很難解釋了，可能會招來一群氣憤不已的田納西大學教授來此尋仇。而且，如果洞穴坍塌的計畫能夠成功，我們的屍體就會被掩埋在上百噸的石頭下面，那我們就會成爲『失蹤人口，推定死亡』。」我開始有點理解在我那些執法同僚口中，庫克郡爲何會如此聲名狼藉了，「嘿，你還要不要你的鞋帶？還是你喜歡把你的鞋子改當成拖鞋？」

我完全忘記了腳上的鞋帶，從亞特的手裡拿回鞋帶後，我把腳跨到卡車後方的保險槓重新綁上鞋帶。就在此時，我又瞄了一眼教堂的岩石標示牌，然後我注意到先前沒看到的文字。在教堂的名稱下面，有排漆色已褪的字跡，幾乎無法辨認。我叫亞特過來，指給他看。他從我身後，傳來一聲驚呼。

「我會下地獄。」我說。

「有可能，」他同意道，「但我想你不會是唯一一個，至少還會有一至兩個奇金斯家的人陪你一道進煉獄。」

那行褪色的文字是：「本堂牧師湯瑪斯・奇金斯」。

26

我每走一步，都可以感覺到手中捧著的頭骨前後滾動。我用甜甜圈形狀的減震墊襯著枕骨，再將盒子四周塞滿了氣泡棉包裝片，這麼一來，我就只需專心走路，不必擔心頭骨會受到損害。我發現自己小心翼翼地數著每一次輕微、有韻律的碰撞，就像聽著某種死亡計步器的喀嗒聲。我的腦裡閃過一個賺錢的主意。「布洛克頓頭顱計步器——給刑事人類學家的絕佳禮物」。接著，我的腦袋蹦出更多可笑的廣告宣傳詞。「兩顆頭好過一顆」、「送出永不間斷的祝福——驗屍階段依舊相伴」、「別停下來——我就快逼進你了！」

通常，在案子還沒結案之前，我不會將骨骼物證帶到課堂上。但是今天不同，我才剛從埋葬莉娜的洞穴中逃過一劫，全副的心思都纏繞在這名庫克郡女子身上。在計數著碰撞次數的同時，我也期待著在課堂上講述這個案件，能讓我靈光乍現，有新的發現。

我走進講堂時，距離上課時間還有好幾分鐘，座位卻已幾近全滿，只不過，今天早上，有個學生不在她平時慣坐的位置上，那就是莎拉．卡米柯。我的心往下一沉，不禁希望能夠假裝在不久前的那個夜晚，什麼事都沒發生過。事實上，我眞正希望的是，那只是我的夢境而已。雖然我很清楚那不是在作夢，但是我還是告訴自己，要是我們能夠放手，也許那個晚上終會變成如夢一般的回憶。然而，眼前的空位告訴我，沒那麼容易。

我將盒子放在前面的講台上，小心地移出裡面的頭骨，讓頭骨在襯墊上依舊保持平衡狀態，並且將舌骨及胸骨放在下頷骨前方。「今天我有好消息，也有壞消息，」我宣布道，「好消息是，你們要扮演骨頭偵探。這副頭骨是最近挖掘出來的一位謀殺案被害人所有，案件編號○五－一四，目前我們還在追查凶手是誰。」教室裡照例出現了一陣騷動及喃喃低語聲。我吸引到他們的注意力了。

一個謹愼的聲音從教室後方飄過來。「那壞消息是什麼？」

「壞消息是，這位謀殺案的被害人是隨堂測驗的主題。請上前來，將你的名字寫在紙上。」喃喃低語聲退去，取而代之的是抱怨聲四起，還有幾聲咒罵聲。「別太興奮，」我繼續說，「只不過是三道題目，而且是額外加分題。如果你能答對這副頭骨的性別跟種族，就可在期中考平均分數上多得一點。如果你能說出死因，換句話說，你能看出這個人是如何被謀殺的，就可以再得一點。如果你上個禮拜沒有缺課，也讀過關於頭骨的那一章，應該會覺得駕輕就熟。」從眼前人山人海的臉部表情來判斷，有些人有認眞聽課，並且事先預習，其他人則露出一副早知如此何必當初的神情。有幾個學生傾身向前，大老遠地開始研究起這副頭骨，還有些翻閱教科書，囫圇吞棗，臨時惡補。在教室後方，我想我看到門開了一條縫。

「我對這個班期望很高，」我繼續往下說，「不是我要刁難你們，或讓你們忙到沒時間狂歡，而是因爲掌握了這些知識，有一天便可能在性命交關時派上用場。就以眼前這位逝去的朋友來說吧，我不知道是誰在什麼時候犯下這個案子，又爲什麼要這麼作，除非我們能找出答案，否則凶手就會逍遙法外。」

教室裡的氣氛變得超級嚴肅。「我不能將這副頭骨傳下去，也不能讓你們碰觸它，」我說，「這是鑑試證據，所以得好好保護，不能受到損害或污染。不過，你們可以排成一列觀看，你們要回答的三個問題，答案都在眼前。請快速寫下你的答案。第一個問題，只需寫下『男性』或『女性』；第二個問題，根據你的判斷，看這副頭骨的種族分類是高加索人種、尼格羅人種，還是蒙古人種，寫下『高』、『尼』、『蒙』即可。第三個問題，只要簡短寫出你認爲的死因。在你回到座位之前，請將答案紙交給我。」

教室一角有個男孩舉手發問，我在那個方向聽到好幾次打呼的聲音。「請問你剛才是說『蒙古人種』嗎？」我點點頭，「老天，這眞是殘酷，誰會要殺一個智障呢？」教室迸出一陣抱怨聲，我查了一下座位表。「莫道先生，你有念書嗎！」我大聲譴責，「在體質人類學上，『蒙古人種』指的是有蒙古人種血統的人，也就是亞洲人及美洲原住民。」他重重跌坐在椅子上。（譯註：Mongoloid，亦指蒙古症患者。）

我請第一排的學生開始往前移動。他們在講台旁邊排成一列，一個個專注地研究著台上的頭骨，我看著他們的臉上出現好奇、驚訝的表情，有時候還有悲傷、甚至敬畏的神情。我太過注意他們的反應，以至於沒留意到隊伍的移動，等我回過神來，才驚訝地發現已經輪到最後一個學生了，更加讓我大吃一驚的是，眼前出現的竟然是莎拉。她一定是在大家都排好隊之後，才從後門溜進來的。

當她走上前觀看時，並未與我的眼神有任何接觸，這讓我不知該憂心，還是可以鬆一口氣。然而事實是，沒有一個學生曾經與我的眼神有任何接觸，他們全都專心一致地看著頭骨。唯一的差別是，我沒和任何其他學生在課外有過激情的、不當的親吻。

莎拉快速寫下她的答案，紙上寫的字看來不只是「女」、「高」以及致死原因。當她將答案紙交給我，我看到上面還多了好幾行字，但我不敢當著兩百七十個學生面前讀這些文字，我可不想再在他們面前恍神失態。

「好，有多少人的答案是男性？」有幾隻手舉了起來，莫道先生就是其中一位。他看起來鬼頭鬼腦的。「臉部特徵較小，眼窩上方彎曲角度較大，頭骨底部沒有枕外隆凸，同學們，這說明了什麼？」其餘的學生異口同聲回答「女性」。「嘴部結構垂直，牙齒與下巴沒有往前突出，這是哪一個種族的特徵？」台下齊聲說道「高加索人種」，只是聲音沒先前宏亮，還夾雜著一兩聲「尼格羅人種」（譯註：高加索人種、尼格羅人種及蒙古人種，即是一般俗稱的白種人、黑種人及黃種人）。「是高加索人種。」我說，「還記得鉛筆測試嗎？拿一支鉛筆或尺，如果能夠同時碰觸到鼻孔底部及下巴，就是高加索人種；如果牙齒太過突出，無法同時碰觸，就可能是尼格羅人種；蒙古人種則有較爲平坦的顴骨及鏟形門牙，莫道先生。」他不是唯一一個面露苦惱的學生。

「現在，最困難的一道題：死亡方式。」我舉起胸骨，指向上頭的小型圓洞。「哪些人認爲是槍擊致死？」教室裡幾乎每個學生都驕傲地舉起手，我搖搖頭，擺擺手指，微笑說道，「這是個有意思的題目，我最好的一位研究生也差點被胸骨上的小型圓洞給騙過去。」我向學生解釋如何分辨彈孔及骨頭上的圓孔，然後我指向舌骨上的斷裂痕跡。「有人認爲是勒死嗎？」

教室後排有人舉手，正是莎拉。「太棒了，卡米柯小姐。」我說，「你有當優秀刑事人類學家的天分，我希望你能繼續下去。」她雖然臉紅得低下頭去，卻點了點頭。這堂課結束之後，她從後門溜出去，像隻被燙傷的貓。

下課之後，我將盒子夾到腋下，打開莎拉的答案紙，除了那三行答案，她還寫了兩件事情。我停在辦公室外最上層的階梯讀她的字跡。「註一，」第一行寫著，「她沒有上排的側門牙，這是天生的嗎？」老天，她可眞是敏銳！我繼續看第二件事，「註二，你的故事及悲傷讓我深爲感動。」後頭還寫著，「我對當時發生的事情感到不好意思，卻不後悔。」

我大聲笑了出來。「好，既然如此，我也不後悔。」我說。兩個路過的學生斜睨了我一眼，立即轉開頭。我知道他們心裡在想「神經病教授」，我才不在乎。我幾乎是手舞足蹈地走在通往體育館底部的道路及台階上，快到我的辦公室之前，我更是一次跨兩階。但是，看到辦公室門的那一刹那，我的好心情全部破滅了。

鐵製門框往外倒向走廊的彎道，金屬門卻朝內彎曲，在門把上下，各有一塊豌豆綠的漆被磨成銀色，侵入者應該就是從這兩塊地方撬開辦公室的門。

心痛至極。我踏入辦公室，檔案櫃的抽屜全都打開著，上鎖的抽屜也被撬開，刑事檔案資料夾散落一地，檢驗報告、現場勘查的筆記還有簡報資料亂成一團，簡直有如謀殺案調查現場屍橫遍野的慘況。要將這些檔案全部整理歸位，眞是費時耗日。有份檔案躺在檔案櫃上頭，不用看，我也知道檔案編號即是：○五—一四，莉娜．邦茲。

當我將頭骨、胸骨及舌骨裝入小帽盒帶到課堂上時，我就把其他的骨頭放在桌上的大箱子裡。這個箱子跟隔壁房間架子上的其他箱子一樣，一呎寬、一呎高、三呎長，這樣的大小不可能看漏，我繞著房間看了一圈，就是沒看到這個箱子。「王八蛋，」我罵道，將學生的答案紙及帽盒放到桌上後，我又罵了一聲，「王八蛋。」當我領悟到還好不是所有的骨頭都被偷走時，眞是鬆了好大一口氣。莉娜的頭骨，還有能證明她死因的舌骨都還安全地躺在帽盒裡。不管是誰闖入這裡，雖然不是空手離開，卻是鎩羽而歸了。莉娜的其他骨頭被偷，的確令人傷心，但如果這個案子進入審判，至少我的手上還握有王牌。感謝上天，讓我帶她一起去上課。

我拿出手帕握住辦公室電話的話筒，打給校園警衛。「我是人類學系的布洛克頓博士。」我告訴指揮中心，「我的辦公室有人破門而入，偷走檔案資料，還有骨頭證據。」指揮中心回應會立刻派員警過來。「請他從東邊入口進來，」我告訴她，「那邊有樓梯直接通到我辦公室。」她重複我說的話，確認她聽到的資訊正確。「被偷的骨頭是偵辦謀殺案的證據，」我補充道，「我會通知校外人士支援，先跟你們說一聲。」她答應會先告訴前來處理的員警。

下一通電話，我隨即打給亞特。我將接下來的打算告訴他，他贊成我的做法。我掛斷電話後，又按了「8」，從皮夾裡找出名片，再打一通外線電話。「FBI，」一個嚴肅的男聲俐落地回答，我報出自己的姓名之後，請他轉接普萊斯探員。「請等一下，我看看她在不在。」他說，並迅速按下保留鍵，讓我在線上等候。

兩秒鐘之後，安琪拉．普萊斯拿起電話。「布洛克頓博士，你好嗎？」普萊斯的聲音清脆熱誠。「我希望你不是從另一個鬥雞場打電話來報案？」

「不，我在田納西大學的辦公室，有人剛剛闖入這裡，偷走了頭骨以下的其他骨頭，跟庫克郡的案子有關。」

「頭骨以下？」

「是的，除了頭骨以外，幾乎都遭竊了。還好我將頭骨跟能證明莉娜是被勒死的舌骨，帶到教室去，所以目前這些骨頭還算安全。」

「你需要我幫些什麼忙呢，布洛克頓博士？」

「嗯，你說過如果有任何事發生，要告訴你，而現在這可不是小事一樁。請問這值得讓你們派個老練的犯罪現場調查員過來瞧瞧？當然是私底下過來。我還在想，你們是否願意暫時幫我保管頭骨跟舌骨？要闖進教授辦公室容易，要進入FBI的證據保管庫，可比登天還難。」

「請等一會。」她也是很快就按下保留鍵，匡堤科這點教得可真好。我在線上等候了好幾分鐘，正想掛掉重撥時，她拿起電話了。「布洛克頓博士，我不是不幫你忙，而是你之前的學生史提夫．摩根，他不只對你們那迷宮般的校園很熟，而且他已經上路了，田納西調查局的證據技術人員也帶著犯罪實驗室行動設備一道前往。」她也許感覺到電話另一端的我有些失望。「我們對這件事沒有管轄權，也剛好支不開人手，田納西調查局卻幫得上忙，你能理解嗎？」

「我想我也必須理解，」我一說出口，就後悔自己的脾氣這麼暴躁。「抱歉，我當然可以理解。」

「你覺得那裡安全嗎？」

我倒是沒想過這點。「是的，我想沒問題，謝謝你的關心。田納西大學的校警很快就會到，事實上，我想我聽到他的車聲了。」

「很好，那我們保持聯絡，別忘了找我們。」她沒再多說，就掛了電話，我在門口遇見校園警衛。他看起來年紀很輕，還像個學生樣，他已經把槍拿在手上，手還在發抖。當我告訴他田納西調查局的探員就快趕到時，他原本已經夠大的眼睛睜得更大了。老天保佑，他把槍放回皮套中，匆忙趕回巡邏車，拿出一捲封鎖線。十分鐘之後，史提夫．摩根抵達，瞧見封鎖線，上下打量了這位熱心的年輕警察。「除了布洛克頓博士，還有人來過這裡嗎？」

「沒有，長官。」年輕的巡警畢恭畢敬地回答。

「做得好。」摩根微笑道，「現在由我們接手，謝謝你。」

那年輕警察一臉失望。「你不需要我了？」這個問題顯然讓摩根有點驚訝，或許還覺得挺有意思的。我替校警感到難過，但他似乎還沒打算這樣就走。「我，嗯，有點希望能在旁邊觀摩，看田納西調查局怎麼處理犯罪現場。」

摩根笑了起來，上回他到我辦公室，是爲了教室惡作劇來道歉，那才是不久前的事而已。「對了，我想到了，警官，如果你有時間能留下來，幫我們控制現場，田納西調查局會非常感謝的。」

當那小伙子掏出無線電時，他的手其實是興奮得發抖。「單位三回報指揮中心，」他衝口而出，當指揮中心有回應時，他大聲答話，像是對方就在他眼前。「田納西調查局請求我在現場支援。」

「收到，」對方慢聲慢氣的，不如他預料中那麼起勁。「結束之後請回報，我們快餓死了，需要有人跑腿買外帶。」

沒多久，田納西調查局的技術人員抵達現場，帶著光源跟證據箱，開始有條理地勘查現場。摩根跟我退到走廊上，不過我還是靠在門口，看那兩位技術人員工作。當他們打開紫外線燈，指紋歷歷可見。我知道絕大多數都是我的，其他則可能是研究生的。「先生，抱歉，」其中一位技術人員開口道，「可以告訴我，這扇門通往哪裡嗎？」

「可以，門後面就是骨頭收集室。」他轉了轉門把，我知道那是鎖上的，因爲我已經檢查過了。他又查看是否有強行進入的痕跡，沒有任何收穫之後，他將注意力轉向我的桌面。

摩根清了清喉嚨，吸引我轉頭看他。他開始問我一長串的問題——我何時離開辦公室，離開多久，有誰知道我的上課時間，竊賊可能使用的出口有幾個，我有沒有看到任何可疑的人事物等等。當他終於無話可問時，他提出了早就懸在空中的問題：「所以你想，做這件事的人可能有誰？」

「這個嗎？我第一個想到的人當然是警長，我還是認爲他很擔心命案調查的方向。」

「他來過這裡嗎？」

「沒有，但是要找到這裡並不難。」

「話是這麼說，」摩根說，「但是眞的要走到這裡，還需要花些工夫才找得到。你故意讓辦公室遠離人類學系，只差沒在人工草皮底下挖地道。」

「這樣我才好躲起來專心工作。」我爲自己辯護。

「我只是直說，沒有批評的意思，來過這裡的人，有誰可能會想偷走那些骨頭？」

「有，副警長里昂・威廉。」

「副警長？」摩根半信半疑的。

「是你問的。他來過這裡，而且他很可能會幫警長做出這種事。」突然間，我想起亞特曾經提出的情節E。「也許他有什麼我們不曾想過的動機，或許他想要陷害警長？」我愈想，愈肯定這是威廉做的。

「對不起，我們離開一下。」摩根向校警說道，然後就拉著我的手肘走向樓梯，他先上上下下查看一番，確定沒人，選定地方站好後，身子湊近我非常小聲地說，「聽著，以下的話你不是從我這裡聽來的，如果普萊斯警探知道是我告訴你的，我會吃不完兜著走。可是，我向你保證，威廉不是闖入你辦公室拿走骨頭的人。」

「你無法保證的。」

「我可以。」他發出噓聲。

「怎麼保證？」

「因爲過去兩個小時裡，他都跟聯邦調查局及田納西調查局的探員待在同一個房間裡，所以我可以保證。」

我必須承認，這眞的是個完美的不在場證明。

「那就一定是警長做的，或是他弟弟。可是歐賓不像是那種偷偷摸摸進來拿點東西就走的人。你們難道不能做點好事，派人監視他們倆的行蹤？」

他又探頭看了看樓梯上下。「就在我們說話的時候，公文已經在核准階段了，一個禮拜以內，他們的辦公室、家裡跟車子都會在我們的監視之下。」他很機警地握了我的手。「記得，我沒跟你說過這些事。」

我點點頭，很高興當成這檔子事沒發生過。

27

在田納西調查局人員離開之後，我還是深感不安。我打電話告訴吉姆・歐康納骨頭被竊一事，他聽起來甚爲震怒。「聽著，」我說，「你是否可以透露一些奇金斯家族的背景給我，我眞的覺得他們家一定有人在背後操縱這整件事，可是我不知道是哪一個，又爲什麼要這麼做。」

「我想我們不應該在電話上討論這件事，」他說，「這幾年毒品盛行，錢潮湧入，也引進了各式各樣的先進設備，」我坐過高檔的越野車，也看過直升機停在法院後方，所以我知道他在說什麼。「還有電子設備，」他說，「我不會在電話裡談論不想讓這個郡的人聽到的話。」

「好的，」我說，「現在是一點十五分，我得在路上去一趟得來速，不過，我可以在兩點半時到你那裡。」

「讓我派韋龍去出口接你。」

「我不知道這麼做好不好，」我說，「上一回韋龍來接我，結果我難堪地倒在一堆死雞裡，全身都是血液、嘔吐物跟菸草汁。」

他大笑起來。「還落得讓人們說笑，不是嗎？」我不得不承認這是事實。「可是他也救你脫離洞穴。」他提醒我。儘管心中疑慮難除，我還是同意再給韋龍一次機會。

當我正狼吞虎嚥下最後一口午餐時，韋龍的車子隆隆地駛入加油站一旁的礫石地停車場。我坐進他的車子，他向我咧嘴一笑。「還好嗎，博士？你從洞穴歷險歸來之後，看起來還不錯啊，還好我們沒讓你葬身在庫克郡。」

「我再坐一次你的車，但是這一回，不要再去鬥雞——也不要再喝哥本哈根調酒了。」

我聽到韋龍的位置那邊傳出氣喘聲，跟著那聲音愈來愈清楚地轉爲竊笑聲，然後，他終於忍不住爆發開來，笑到整台車都在晃動。他那毛茸茸的手一手握拳擊打方向盤，另一手則用迷彩裝的袖子拭淚。「博士，我眞希望你能看到自己倒在那一堆垃圾裡的樣子，那眞是我這輩子看過最好笑的畫面了，圍在你身邊的人全都笑翻了，如果我當時有錄下來，那段畫面一定會贏得電視爆笑短片競賽的一萬美元獎金。」

先是田納西調查局，接著是歐康納，現在又是韋龍，很顯然從此以後這個遭遇就是如影隨形地跟定我了。我唯一的安慰就是田納西大學的教職員跟學生沒親眼看到這糗死人的樣子。「唉，如果你知道有人錄了下來，我大概會自己出這一萬美金買下錄影帶，免得這樣的糗態傳了出去。」韋龍看起來若有所思，肯定是在記憶庫裡搜尋哪兒能挖出這樣的錄影畫面。

在往歐康納的住處半途，韋龍轉離河畔道路，開進一條泥濘小路。「韋——龍，」我說，「不是走這條路。」

「我只是繞一下路，順道去看我表哥韋恩，我去賭鬥雞就是爲了他。我會很快的，不會耽擱太久，博士。」

「喔，你會的，」我說，「我以前跟你走過這條路。」

「沒有，你沒走過這條路。」他說，「鬥雞是在奇那提支線，這邊則是羅洛支線。」

「你知道我的意思，不要去別的地方！」

「別這樣，博士，我已經覺得夠糟了，你不要再讓我更不舒服。這件事眞的很重要，如果我沒去找韋恩，他就會火燒屁股。這不是開玩笑的，我的親戚眞的有急事。更何況，我們都已經轉進來了。」我們踉蹌地駛入一塊停車的地方，韋龍關掉強有力的柴油引擎。

我由擋風玻璃往外看，這裡根本稱不上一個地方，只不過是個坑坑洞洞的迴轉車道，有腳印通往森林裡，如此而已。韋龍下車，逕自跟著足跡走去。「嘿，等一下。」我叫住他。遠方約五十碼左右，我驚訝地看到樹上釘著「閒人莫入」及「禁止擅自闖入」的標誌，下方還有一綑綑帶刺的鐵絲網，韋龍往鐵絲網頂端壓下去，跨過藩籬，跟著就揮手要我過去。

「韋龍，我想不管是誰設下這些鐵絲網，釘上這些標誌，他都是認真的。」

他大笑起來。「喔，他是認真的，不過，我們不算在內。我們是一家人。」

那條小徑通往一排枯死的松樹，那是三年前遭松樹甲蟲侵擾所致，這景象更加令人感到不安。我面帶疑惑，看著韋龍，他依舊露齒而笑，朝我揮手。正當我逐漸靠近松林時，韋龍慢了下來，跟著他就停住腳步。「博士，注意你的腳下，小心不要踩到線。」

「線？哪裡有線？」

我往他手指的地方看過去，小徑上方約膝蓋高度，有一條僞裝的很好、綳緊的線，除非剛好有陽光照下來形成反射，否則根本看不出那裡有一條線往左綁在一根枯萎松樹的枝幹上，往右則纏在一落交錯倒下的樹木堆。仔細觀察那堆樹木，我發現兩個看不太出來的小圈圈，有帶點藍色的黑色金屬邊。「韋龍，那就是我心裡想的嗎？」

他點點頭。「兩管十二口徑的雷明頓槍，給那些看不懂標示硬闖進來的人一點警告。」

韋龍已經在小徑上走得更遠，我得非常小心地快速跨過那條線，才能趕上他。「我們來這裡幹嘛？韋龍？爲什麼你表哥會這麼遠離人群？」

「他留了張字條給我，要我幫他個忙。他是個小農，不喜歡有人糟蹋他的莊稼，搞壞他的生意。」

「但是他不介意我們來？或者說不介意我來？」

「不會。我跟他是親戚，而你跟我是一道的，沒問題。事實上，他聽過你的大名，很高興看到你。低頭，博士，快點低頭。眞是的！」

我迅速低下頭，剛好躲過一長串三個一組的魚鉤，這些魚鉤一條條地從好幾個方向拉過來，大約在眼睛的高度。我想這麼做其中的道理是如果你看不懂之前的標誌，你的眼睛大概也不用再留著了。我在心裡再次發誓，即使我得走回諾克斯維爾，也不要再跟韋龍同車了。

小徑隨著山丘的輪廓線彎曲，來到一個小山谷，谷裡四下散落著大小不等的卵石，從約電視機般大小到拖車般大的都有。當我們快走到一條兩旁堆滿石頭的小路，韋龍再度停下來。「瞧見遠遠那邊比較低一點的草叢沒？」我點點頭，「你要跳過去，別碰到它們，懂嗎？」

「懂，但是爲什麼要這麼做呢？」

「這樣你才不會被那邊的絞蝮蛇給咬到。」

仔細一看，我才勉強辨認出那邊有三隻花色斑駁的巨大絞蝮蛇盤繞在草堆裡。「你怎麼知道蛇會在那邊？」

「他們的尾巴上有魚鉤，這樣才可以讓他們待在家附近，你知道吧？」

「魚鉤？你是說半路上的魚鉤就跟他們有關？我的老天，韋龍，要到你的韋恩表哥家，還要經過幾個陷阱？萬一他又搞出些你不知道的新把戲，該怎麼辦？」

「這是最後一個了。來，走這邊。韋恩不會搞我們，這些不是他弄的。」他說這話時，臉上的神情既誠懇又謙虛，還帶有一種藝術家展示自己作品的驕傲。我早該知道這些全都是他的傑作。

我們走過蜿蜒的山谷，景色愈來愈寬廣，眼前出現了一個小盆地，盆地中央看似有塊充滿了陽光的空地，但愈往前走，我才發現那裡盡是約十到十二呎高的樹木。在空地一角有棟小屋子，事實上，那看起來像是臨時搭建的，生鏽的煙囪冒出一縷輕煙。突然間，我看出來了：這塊空地並非被灌木叢圍繞，那是一大片大麻作物，有些葉柄已有我的手腕粗。怪不得——要不然幹嘛大費周章，一路上布置那麼多陷阱，又是獵槍又是絞腹蛇呢？這些鬱鬱蒼蒼在微風中擺動的青綠色樹葉，就是庫克郡地下經濟的關鍵。

我們雖然離小屋還有一百碼距離，韋龍就吹了聲響徹雲霄的口哨。小屋裡傳出低沉的吠叫聲，搖搖晃晃的紗門發出刺耳的聲音打了開來，隨即啪地關上。一頭巨大的獵犬慢條斯理地朝我們走來，牠的腳長幾乎約與我相當，耳朵下垂，模樣近似迪士尼卡通裡的高飛狗。那頭猛獸往韋龍直衝過去，像匹馬般用後腳站立起來，接著就把巨大的腳掌放在韋龍肩膀上，與韋龍四目並視，還伸出舌頭舔韋龍的嘴。韋龍笑了開來，一點也沒迴避那隻狗溼答答的舌頭。

那隻狗親個過癮之後，四腳著地，走過來聞我的褲襠，還好那味道沒讓牠也想給我來一次火熱的親吻。「你最好別讓牠跟你女朋友同時在場，」我說，「其中定有一個會吃醋的。」

韋龍用力拍著那隻狗的胸廓。「這是我的好兄弟，很難相信一年前，牠才不過我的掌心大。牠一點也不蠢，還是隻可愛的狗，是不是啊，公爵？」公爵快樂地滴著口水，弄溼了韋龍的手掌，像是牠的回答。

那扇紗門又嘎吱嘎吱地開了，有個人向我們走過來。他瘦得只剩皮包骨，個兒矮小，長相卻活脫是韋龍的翻版。「嗨，韋恩，」韋龍叫他，「我帶博士一起過來，他就是我跟你說過的那位骨頭神探。」

韋恩向我點頭招呼，我也依樣回應。「你們該不會是打從鬥雞場那邊過來的吧？」韋恩為自己的幽默竊笑，我則狠狠地瞪了韋龍一眼。

韋龍不知從哪兒摸出一個皮夾。「這裡有兩百塊美金，我本來以為可以給你多一點，但上星期六的斬獲沒我想的多。」

我明白了，這是我害的，要不是我在鬥雞場昏倒了，韋龍本可再多待一段時間，賭到更多錢的。

韋恩接過錢來，跟韋龍握手。「眞是感謝你，我眞不想跟你開口拿錢，可是洛夫的狀況還是不好。他是我唯一的兒子，」韋恩向我解釋，「他的臉色蒼白得像鬼一樣，不肯吃東西，屙屎拉尿都有血——抱歉跟你講這些，博士。韋龍，他看起來是好不了了，我們都擔心他會撐不過去。」

令人同情，那孩子聽起來可能是得了血癌，但我不敢提起這個話題，也許晚點再跟韋龍討論。

韋龍拍拍他的肩膀，又緊緊擁抱住他，幾乎快將這個小號韋龍完全吞沒了。一聲含糊低沉的嗚咽聲從大號韋龍的胸口附近傳出來。「情況一定會好起來，」韋龍說，「你們只要待在這裡，一切都會沒問題的。聽著，我得帶博士去吉姆那裡。」

遠遠地，我聽見有直升機轟隆隆的聲音斷斷續續傳過來，韋龍斷然轉頭。「屁啦，我們走，博士，」他說，「我們得在直升機降落之前離開這裡。」

他一躍而起，跳離小徑，跑到一堆落下的松木後方，我盡力快速跟上他，希望不要再闖進另一個陷阱充斥的地方。我聽見後方有沙沙作響的聲音，回頭一看，原來是那隻獵犬公爵尾隨著我們。

等我們找好藏身之地，韋龍便將手放在公爵的項圈上，我們大膽地回頭看韋恩的小屋。在一陣捲起樹葉與沙塵的旋風中，有架黑色金邊的豪華直升機降落在空地邊緣，直升機的側身漆著五角星星跟「庫克郡警長」字樣。當渦輪引擎逐漸停下來，歐賓．奇金斯從駕駛員座艙現身，大搖大擺走向韋恩，毫不在意頭頂的旋轉翼還兀自旋轉著。

我從眼角餘光看見韋龍正悄聲地不知在摸些什麼，原本我不以為意，直到我聞到一股熟悉的恐怖氣味：他開了一罐哥本哈根酒。我正好處於順風處，那氣味讓我噁心想吐，為了克制這股衝動，我將全副精神放在眼前兩人的爭執場面上。當螺旋槳停止，引擎不再發出噪音時，我才聽清楚他們在吵什麼。「可是我有的就是這些了，」韋恩說，他的聲音緊張地拉高起來。「我沒有要你，我現在手上有的每一分錢都在這裡，我的孩子生病了，在這些作物收成賣掉之前，我一點錢都沒有了。你那時候再來吧。」

歐賓啐了一口痰。「狗屁，韋恩，為了你，不值得我多加油再跑一趟。我告訴過你，我要五百美金。」去他的，真希望田納西調查局已經在直升機上裝了竊聽器。也許在他下一次出發之前，他們會來得及裝上去。

「我知道，歐賓，我盡力了，但是這些作物沒賣掉之前，我真的沒有收入。天氣一直很好，再過一個禮拜，我才能收割。這樣會多個一兩千塊的，你得放我一馬啊。」

一陣安靜。「你剛剛跟我說什麼？」

「你……你得幫幫我啊，歐賓。」韋恩的聲音顫抖起來，那隻狗感覺到他的痛苦，扭動了起來，但是韋龍緊緊抓住他的項圈。

我看到副警長反手揮打韋恩，但那聲音遲了一會才傳到我們這裡。「你給我聽著，你這個小賤農，我沒必要幫你做些什麼，我不需要同情你，或是你家那個流鼻涕的小鬼、殘廢的老媽，還是你又編出什麼心酸的故事，你想說什麼儘管說，對我來說一點都沒差，我的要求都是一樣的，這樣清楚了嗎？」我看見韋恩的頭輕輕點了一下。「給我大聲點，清楚了嗎？」

「是的，清楚了。」

「很好，兩個禮拜後我會再回來，你最好是豐收，因為我要你給我雙手奉上一千美金。」

「我……我剛剛給了你兩百，歐賓，這樣我下回只要給你八百就好了。」

「你給我閉嘴。誰叫你延遲付款，這是罰金。一千美金就是一千美金，你還得感謝我沒把你提報到緝毒署，要不然，我就自己放把火把這裡全燒了。」

我聽見身旁的韋龍憤怒地深深吸進一口氣，再慢慢從口中將氣吐出來。他的氣息充滿了菸草味，直接飄到我的臉上。我一直咬著下巴強忍著想吐的衝動，這下子我再也忍不住了，將一個小時前在八十哩外吃的東西全吐了出來，先是肯德基炸雞，再是薯泥、比司吉。公爵掙脫韋龍的手，開始啜食我的午餐。就在我持續嘔吐咳嗽的時候，歐賓猛然轉頭朝我們這邊看過來。「那是什麼聲音？」歐賓厲聲說道，「韋恩，你安排什麼人打算偷襲我？」韋龍趕緊摀住我的嘴，韋恩發出絕望的否認聲音，「我發誓我會殺了你們兩個，你這龜兒子。」我聽到生氣的腳步聲走向我們。

「等等，」韋恩喊叫道，「那只是我的狗。他今天早上吃了一隻死浣熊之後，一整天都不舒服。公爵，過來，好狗狗，公爵！過來這裡！」韋恩的聲音不只是在叫公爵，也是在幫我們解圍。韋龍低著身子爬過去，將公爵拉離開我吐出來的午餐，揮手要牠離開我們。公爵踉踉蹌蹌地走出松木堆，晃入空地，「看，公爵，我就知道是你。」韋恩的聲音聽起來沒那麼害怕了。「乖狗狗，你還是不舒服？我希望你學到了教訓，以後不要再亂吃東西了。」

蹲伏在松木堆後，我聽見歐賓大吼大叫。「嘿！笨狗，死狗！去死啦！」

「喔，牠又不會傷害你，」韋恩說，「牠只是想要……」

「笨狗！」我聽見低沉的重擊聲，像是有人用靴子踢血肉之軀的聲音，痛苦跟騷亂的吠叫聲刺破空氣，我從樹幹之間的縫隙偷看發生了什麼事。

「去你的，歐賓．奇金斯，你沒理由踢我的狗。」

我看見副警長又揮拳毆打韋恩，這回還把他打倒在地。當歐賓攻擊韋恩時，那隻溫和又遲鈍的狗，好像突然開竅了，開始咆哮吼叫，並且衝向副警長咬他。歐賓對狗踢了好幾腳，卻都遭到那隻狗飽以利齒，突然間那隻大狗向後飛了起來，在空中翻轉，這時我們才聽見了槍聲。公爵跌落地上，韋恩先是驚嚇到不知如何反應，跟著他爬到那隻狗身邊，整個人趴到狗身上嗚咽地哭了起來。副警長站到他身邊，現在那隻槍換成按壓到韋恩的頭上了。

我感覺到身邊的韋龍不安地想要起身，他的臉已經氣得發紫。我抓住他的手臂，他卻甩開我站了起來，從迷彩褲裡掏出手槍。我匆忙起身，在他耳畔低語，「不可以，韋龍，他會先殺了韋恩，然後再開槍射我們。」

韋龍眼露凶光看著我。「他一定得死，」他壓低聲音說道，「我一定要殺了這個黑心肝、沒良心的混蛋。」

「不可以！」

「博士，你在旁邊看著。」

「等等，」我低聲說道，「難道你希望韋恩送命？即使你可以從這裡開槍打他，也無法確定他不會扣下扳機。」

韋龍咬緊牙關，怒火中燒，來回看著我跟副警長。他終於蹲了下去，將手槍架在松木堆上，小心地瞄準歐賓。他的手握得那麼緊，我都不確定他是否還繼續在呼吸。副警長走離韋恩，但還是拿槍對著地上的韋恩。「韋恩，你給我待在那裡，一聲也不准吭，兩個禮拜後我再來，你要把一千塊美金準備好，要不然我就像對那條狗一樣殺死你。」他轉身走開，爬上直升機的駕駛座，那隻槍還是朝向打開的門外頭，一直到引擎發動之後，他才關上門，收回槍枝。幾秒鐘之後，他升空離去，留下乾樹葉形成的漩渦，還有才剛發生的一片哀傷。

28

歐康納又爲韋龍斟上一杯威士忌——這是第三杯了，我很仔細地算著，因爲我還得靠韋龍載我回去。「我知道你很想斃了他，」歐康納已經說第一百遍了。「可是殺了他沒什麼好處，只會毀了你自己，韋恩也活不了。」韋龍只是吸吸鼻子，搖晃他巨大如熊的腦袋。

「怎樣的遭遇會讓一個人變成這樣？」我問歐康納，「這麼殘暴凶狠。」

歐康納聳聳肩，彷彿毫無頭緒，但是我確定他知道一些內情，所以我等他自己說出來。終於，他開口了。「嗯，光是生活在庫克郡，就會讓人變得麻木。勉強餬口的生活讓人們不是得違法度日，就是得做牛做馬才能活下去。」他說，「至少，先天環境就很不好。」

「可是他的行徑不是麻木而已。」我說。

「這個嘛，就跟奇金斯家族有關了，他們可以說是典型的庫克郡家族。」

「怎麼說？」

「嗯，你還沒機會拜見這裡的長輩，」他說，「不過他們慈善和藹的程度大概跟你到韋恩家的路上看到的絞腹蛇相當。絞腹蛇通常不喜歡理人，牠也不會惹你，但是，你要是刺激到牠，牠的毒液就會置你於死地。」

「可是奇金斯家的父親是位牧師，不是嗎？」

「沒錯，但你要弄清楚他是哪個教會的牧師。原始浸信會，人們也稱他們是『最頑固的浸信會』，在我所知道的基督教會裡，他們的信仰是最堅定不移的，是強調以血洗淨、遭受如火與硫磺般的地獄磨難也堅信不已的信仰，而不是感人熱淚、熱心傳播要愛你的鄰居的那種福音。通常，他們戒律甚嚴，不容許喝酒、跳舞或是玩牌，甚至連看電影跟電視都不行，也不接受女子可以剪短頭髮、穿褲子及化妝。雖然如此，有趣的是，這群極爲拘謹、什麼都不可做的人們在星期天時，卻會變得極端狂熱。」

我點點頭，文化人類學家針對宗教狂喜的研究有如汗牛充棟，這種宗教體驗不管在哪一個國家及文化中都可見到，就算是最保守的團體也別無例外，即使是基督教信仰光譜上最爲極端的五旬節派，相信虔信者能說新方言、手能拿蛇，也是陷入狂喜出神的狀態。

「我年輕時聽過幾回奇金斯牧師講道。」歐康納繼續說，「當時我還在追求莉娜，想要讓她家族裡的人對我有好感。坐在那棟冰冷的石頭建築裡，我對這位平日嘴唇緊閉、舉止嚴肅的人竟然這麼具有煽動力，感到無比驚奇。他講道的節奏像是在催眠，幾乎是在唸咒，而不是佈道，每一個句子結束時，他都會加上一句『感謝神！』或『哈利路亞』，沒有停頓，一直快速往下講，直到喘不過氣來。然後，他會倒抽一口氣，發出像鴨子嘎嘎叫一般的聲音後，再深深地吸進一口氣，又開始唸個不停。我想現在他應該還在講道，你應該去現場聽聽看。我想你應該會覺得很有趣。」

「我很可能會去一趟。」我同意，「那奇金斯家的母親呢？你會如何描述他們家的互動狀況？」

「這個嘛，我只能說那位牧師是聖保羅的信徒，他相信如『你們作妻子的，當順服自己的丈夫』這類說法。我不認爲她跟這個男人一起生活，有過舒適快樂的時光，小孩也都過得很不如意。」

「怎麼說？」

「這麼說吧，這位牧師可以說像是讓他的小孩活在剃刀邊緣那般刻苦地磨練著他們，要他們心無旁騖，走在通往救贖的狹窄道路上。這位牧師只是在盡他認爲的基督徒本分。」他說這話時，臉上陰鬱的表情讓我覺得他可能曾親眼目睹奇金斯兄弟遭到鞭打的經過。

「但是爲什麼湯姆跟歐賓兩人會有這麼大的差別？」我問，「如果他們同樣受教於這樣嚴厲的環境？我不是要幫湯姆說話，畢竟我很確定他在誤導我調查謀殺案的方向，只是他似乎本性不壞，不像歐賓，彷彿壞到骨子裡。」

「你說得眞對，」韋龍咆哮起來，「地球上最可惡無比的混蛋。」

歐康納輕輕笑了一下。「博士，我得說你很會看人，他是壞到骨子裡，不知爲何。我的意思是，同樣是受虐兒童，有些就變成連續殺人犯，有些長大後卻成爲仁慈的醫生、老師及社工。」

啊，又是「惡的問題」，我曾經花費無數時間在思考這個難題卻不得其解（譯註：這個神學上的問題主要在探討上帝若是全能全善，又怎麼會讓世間的惡發生？），「我猜當湯姆的弟弟，一定很不好受。」我大膽提出這個想法。

「確實很不好受。」歐康納說，「現在依舊如此。雖然湯姆．奇金斯的光環已稍有褪色，卻不減他是庫克郡金童的事實，他在家裡雖然沒有受到那麼多關懷及肯定，但是對庫克郡的其他人而言，簡直就像神一樣。不管是高中時代，還是進入田納西大學，都曾帶領校隊兩度贏得州冠軍，又長得一表人才，聰明優雅。歐賓，那就差多了。」根據我前兩次對歐賓的印象，歐康納這話說得太客氣了，「如果一個人一輩子都被拿來跟別人比較，又不甘心如此，很容易就會變得充滿怨恨。可憐的是，即使到了現在，歐賓都還在擔任湯姆的副手。這有點像是該隱和亞伯的翻版（譯註：《舊約聖經．創世紀》中，該隱忌妒弟弟亞伯，並憤而殺了他），老掉牙的故事一再重演，不是嗎？歐賓也許會像該隱，乾脆砸爛他哥哥的腦袋，也可能找個像韋恩這樣的弱者，當成出氣對象，用他從小被對待的方式毒打對方。」

歐康納這一番像是安樂椅神探的分析很有道理。「所以，你覺得當歐賓欺壓種大麻的農民跟賭鬥雞的人時，他是單憑一己之意，還是湯姆也有可能與他同謀？」

他皺起眉來。「不清楚。在湯姆更年輕的時候，是不可能墮落至此，但話說回來，那是因爲當時他還有很多其他的選擇。現在我猜他一定經歷過幾次很大的挫折，你無法知道他在走過這樣的生命低潮之後，是變得更好還是更差。」

我發現當我在聽他說這些話時，不禁在心裡想著，要是拿現在的歐康納和當時追求莉娜的他相較，是更好還是更差。跟著，我又發現自己還想著他眼中的比爾．布洛克頓，和失去凱瑟琳之前的比爾．布洛克頓相較，是更好還是更差。我想起上回傑夫打電話給我的情景，我發誓要回電話給他，向他道歉。

「好了，我這不成熟的心理學分析今天就說到這裡。」歐康納說，並喝乾最後一滴威士忌。「我就讓韋龍載你回你的卡車那邊吧。」

「你確定韋龍可以開車？」

「別這樣，博士，我閉著眼睛都能開完整條路。」韋龍說。

「他不是開玩笑——我看過他這麼做過，」歐康納笑道，「韋龍要再多喝三杯，酒精才會在他身上發揮效力，而且即使他開始醉了，還是比你或我這些清醒的人開得好。」

我心懷疑慮地跟韋龍一起上車，又搖下窗戶叫住歐康納。「可以請你讓他保證不再帶我去其他不明場所了嗎？」

他笑出來。「韋龍，你聽到了？直接開到加油站，一路直達，好嗎？」

韋龍點點頭。「一路直達，」他說。

我一點也沒想到，應該還要讓他再承諾這一路上要打開頭燈的。沿著河濱道路開到半途，韋龍啪地一聲關掉車燈，讓我們在一片漆黑中搖晃前進。

「韋龍，停車！」我大聲叫喊。

「不行，」他說，「我答應過──要一路直達。」

「那你得把燈打開！」

「你現在相信了？」

「相信什麼？」難道我們的談話裡那些有關宗教的討論，讓韋龍頭殼壞去了？

「相信我閉著眼睛都能在這條路上開車。」

「我信，看在老天爺的份上，你就把頭燈打開吧。」

他照辦了。當光線在黑暗中射出，我看到這輛大卡車正走在右線道路的正中央，而且是在S形彎道上，好像開在火車鐵軌上。

「韋龍，你要不是讓我變成信徒，就是變成死人。」

他大笑。「喔，不管你變成什麼，都不會感到害怕了。」

29

約翰．鄧肯聯邦大樓看守大廳的警衛跟我上回來時是同一個人，還是那張撲克臉。這一次，我下定決心一定要讓他笑出來。我先看了他的名牌，「早安，薛普利先生，」我愉悅地說，「我是比爾．布洛克頓，來自田納西大學，我要再去聯邦調查局的辦公室。」他點頭的程度幾乎難以察覺。「你今天過得好嗎？」他似乎嚇了一跳。

「喔，還好。」他僵硬地回答，但至少有反應了。

「眞高興聽到你這麼說。對了，你今天看過報紙了嗎？」他小心翼翼地點頭。「你有看到關於中情局最近有樁案件剛解密的報導嗎？」

「呃，沒有，先生，我想我沒看到。」

「你跟這些聯邦調查員這麼熟，我想你會喜歡這則新聞的，」我說，「你還記得卡特總統被一隻野兔攻擊的事情嗎？」他一臉疑惑，所以我想還是來點前情提要。「當時卡特總統正在喬治亞州的某個池塘裡釣魚，有隻大野兔齜牙咧嘴凶猛地朝他游過來。你還記得這件事嗎？」他點點頭，我看得出來他很好奇接下來還會聽到什麼。「這個嘛，根據今天的新聞報導，當時中情局派出雙面間諜——臥底的松鼠跟花栗鼠——在整座森林裡上上下下，蒐集各個可能的情報，調查這隻搗亂的兔子前來謀殺總統背後的陰謀。在耗費鉅資、花了好幾個月的時間調查之後，他們還是抓不到這頭殺手兔。現在，他們終於知道為何緝捕任務會失敗了，因為中情局本身早就被鼴鼠滲透了。」（譯註：這是個雙關語冷笑話。在英文中，鼴鼠是臥底的雙面間諜的代稱。卡特遭兔子「攻擊」，則是真實事件，發生在一九七九年四月二十日，這個意外被報導出來後，許多美國人認為卡特很軟弱，讓他競選連任失利。）他面無表情地看著我。「你有聽懂嗎——鼴鼠？」我露齒而笑，點點頭鼓勵他。

他眼裡露出同情之意。「是的，先生，我想我懂。」他難過地搖搖頭。「這個，」他說，「是我聽過最差勁的笑話了。」他還在玩味那個笑話的笑點，終於，他臉上露出一絲笑容。

「你瞧，」我甚感驕傲地說，「你是個很難取悅的聽眾，但我知道我還是可以讓你笑出來。」

「你可別拿說笑話當職業。」他說，揮揮手，要我往電梯走去。

到了六樓辦公室，我又把這個中情局的笑話說給安琪拉．普萊斯跟其他聯邦及地方執法人員聽。他們對這笑話的喜歡程度跟薛普利不相上下，於是我決定還是先保留本來要拿來當安可的聯邦調查局笑話。「好，上回我們談過之後，又發生了不少事。」我說。首先，我告訴他們才不過二十四小時之前在大麻田裡的遭遇。接著，我描述在洞穴裡的發生經過，最後，我才繞回警長酒醉之後打來的電話。「我不明白，」我說，「也許那是酒後胡言亂語，但是聽起來，他像是想把事情做對。」

普萊斯面露疑惑。「嗯，那些話若是能說服我就好，但光是這樣還不夠，我倒想多了解骨頭遭竊跟洞穴爆炸這兩樁事件。」

「是啊，後來我也覺得那通電話不太眞實，」我承認，「雖然我們不知道警長是否有嫌疑，或者有無參與他弟弟的勒索行爲。」

那位緝毒署的官員，我一直記不得他的名字，隨即追問有關大麻田的相關問題：種的人是誰，位於何處，面積多大等等。我知道的全都回答了，但是關於韋恩的全名、地點在哪、種植數量，這些我確實不清楚。「很抱歉，這些問題我幫不上忙。」我說，「那地方我完全不熟，我又病得像條狗，還嚇到腦袋一片空白，幾乎喪失了平常的觀察力。」我停了一下。「接下來這些話我不知道該不該說，但是我想爲韋恩求情。他的生活過得很艱苦，小孩生病，歐賓又惡意殺死他的狗。韋恩看起來心都碎了，我不知道像這樣的案子，你們能法外開恩的權限有多少，但是如果有可能放他一馬，也算是作了件好事。」

我替韋恩求情之後，現場陷入一陣尷尬的沉默中。終於，普萊斯打破僵局，「這個嘛，布洛克頓先生，還好你是個科學家，不是執法人員或檢察官，如果每個情有可原的當事人，我們都放他一馬，那可以逮捕歸案的人就不多了。不過，爲了讓你感覺舒服一些，我得說這個非正式的調查，重點不在以種大麻勉強餬口的農民，而是在追查瀆職腐敗的執法人員。如果小魚能幫我們釣到大魚，我們也會酌情考量的。除此之外，我們無法承諾些什麼。」

我點點頭。「很公平，感謝你。我也會鼓勵他們盡量跟你們合作。要提醒的是，我至今尚未看到任何證據指出湯姆．奇金斯跟勒索行爲有關。但即使我又生病又害怕，還遠遠地躲在大麻田裡，我所看到的，已經足夠指證湯姆的弟弟，也就是他的副警長，行爲舉止極不正派。」

「他是收賄，還是勒索？」發問的人是在我開始說話之後才溜進房間的人，普萊斯介紹他的名字是大衛．魏爾敦，聯邦調查局在東田納西州地方辦公室的內部律師。

「嗯，他拿槍指著對方的頭，要對方兩個禮拜後交出一千美金，不然就要殺了他。我確定這是勒索。」

魏爾敦記下筆記。「當時他有無身穿制服？」

「拜託，連他搭的直升機都有穿制服。」

那位律師看著普萊斯。「聽起來我們逮到他違反霍布斯法及濫用職權罪。」他說，她點點頭。

我來回看著他們倆，不清楚他們在說什麼。魏爾敦解釋，「霍布斯法是在一九四六年通過的，禁止利用搶劫或勒索等暴力行爲妨礙通商，當時立法是爲了防止貨車駕駛工會接管整個貨車運輸業。」我很感謝他給我上了一堂歷史課，但我不確定這是否已經幫我解惑。「種植大麻不是個合法行業，」他繼續解釋，「但是我想我們可以讓庫克郡這個案例成立，這是個既有行業，事實上，是地下經濟的一支。」我開始了解他的論據，但歐賓的罪行眞的就只是妨礙毒品的非法交易？「對了，」他又補充，「說到大麻田，你的朋友韋恩有沒有像一些住在偏遠蠻荒林區的人一樣設下陷阱，」——我因韋龍的所作所爲感到一陣恐慌，但我試著表現鎭定——「光是這一項，他就有可能因爲觸犯聯邦罪行而坐牢十年。」我在心裡暗暗記下，一定要趕緊警告韋龍。

「那濫用職權罪呢？」我問，「可以多說一些嗎？」

「你說什麼？喔，濫用職權，這道法令在我們起訴瀆職執法人員時非常有用。基本上，這是指公務人員不法行使他們的職權，致使人民權利受損，這是一項聯邦罪行。駕著直升機俯衝，犯下攻擊、勒索的罪行——甚至連射殺那隻狗，在技術層面上，都算是奪取，這位首席副警長已經觸犯法網了。」

普萊斯點點頭。「所以我們可以將他送交當局審處，關他個十年，或是要他當汙點證人，指控他大哥？」

「這是一種做法，」律師謹愼地說，「但是要小心，過程必須一切合法，他是個執法人員，任何行動都相當敏感。而且你在採取行動之前，要先通知總部。這意味著也許你要先組成一個合法的調查團隊。」普萊斯皺起眉頭，我想起她先前曾提過跑公文的程序十分繁瑣。

「不好意思，」我插話，「我可以問幾個問題嗎？」普萊斯雖然皺著眉頭，還是同意，我轉頭看向摩根，「史提夫，田納西調查局的技術人員有在我辦公室裡發現任何可用的證據嗎？指紋？有任何可以指向警長、或是排除他嫌疑的證據嗎？」

摩根搖搖頭，「如我們所預期，絕大部分都是你的指紋，有一些還未辨認出來，可能是學生的，但絕不是警長或副警長的。你留在門把上的指紋被抹得模糊了，這點指出無論是誰闖進你的辦公室，他都有戴手套。」

「你不能申請搜索票，去調查有關骨頭的下落？」

「去哪兒查？」他說，「警長辦公室？他家？他弟弟家？另外一位副警長家？鬥雞場？」他搖搖頭，他雖然之前是我的學生，現在卻教訓起老師。「我們不能翻遍整個庫克郡把它找出來，即使我們想，也不能這麼做。如果我要這州裡任何一位法官簽發這麼多張搜索票，只怕他會要我提頭來見。」

我心中琢磨著這也不是我樂見的狀況，但我還是得再問個問題。「我心裡還想知道一件事，也是我很關心的事，」我答應過摩根，不透露他在樓梯間對我說的話，但是我可以說出第一次到這裡來時瞧見的事。我看著普萊斯，「上一回我來這裡，在我離開時，我看到了庫克郡警長的副手正要走進大樓。」普萊斯怒目瞪向摩根，摩根臉紅紅地看著他的筆記本。「我假設威廉副警長是你們另外一個調查來源，如果是這樣，我可以將他視爲是好人嗎？如果你們能解答這個問題，就再好不過了。」

普萊斯的聲音像是鋼鐵一般冷硬。「布洛克頓博士，這項調查工作是在滴水不露的嚴密情況下進行的——或者說應該是要這樣，」她又瞪了摩根一眼。「不管在任何情況下，你都不能對任何人透露這個房間裡討論的任何細節，我想我們第一次碰面時，這點我就已經清楚地告訴過你了。」

「你是說過，我只是在想——」

「想都別想，」她打斷我的話，「什麼事、什麼人都別想。你猜想任何事情，都會危害到整個調查工作的進行，也會危害到自身安全，甚至其他人也可能性命不保。這一次，你百分之百清楚了嗎，布洛克頓博士？」

「是的，女士，」這是我僅能想到的話，她快速走出房間，這麼一來，這場會議似乎就中止了。當我走出去時，有幾個人尷尬地看著我，朝我點點頭，一語不發。摩根安靜地陪著我穿過玻璃圍成的接待室，還送我到電梯口，連再見也沒說就離開了。

到了樓下大廳，一跨出電梯，薛普利警衛向我揮手微笑。「嘿，博士，你聽過中情局面試殺手的笑話嗎？」我舉起手向他揮了揮，低著頭，快步走出聯邦大樓。

30

光是看到穴泉原始浸信會教堂，那令人毛骨悚然的感覺就全部回來了，即使是石頭縫裡的灰泥，都散發出一種恐怖氣息。

我在停車場上開著卡車迴轉了一大圈，好瞄上洞穴入口一眼，厚重的鐵柵欄還在，只是加上了嶄新的掛鎖。既然洞穴已經坍塌，無法進入，又何必多此一舉。雖然現在仍是日正當中，我還是打亮頭燈，並且使用遠光燈，在洞穴入口黑暗處，車燈光線掃到差點埋葬我跟亞特的粗石堆一角。

轉回停車場另一邊，我將卡車停放在與教堂毗鄰的房子附近，亞特與我都猜想這裡就是奇金斯牧師跟夫人的牧師公館。這些年來，諾克斯維爾大部分的牧師都住得離教區很遠，而且不著痕跡地融入醫生、律師及會計師所住的高級地段。但是穴泉教會似乎還保留著十九世紀的諾克斯維爾之風，牧師就像這個字的原義「牧羊人」一般，就駐守在他所牧的羊群附近。我無法確定此時牧師或是奇金斯太太會在家，如果沒遇到他們，就等於白跑一趟了；但事先打電話向這對夫婦或是那兩個激動的兄弟，預告我會來訪，似乎更加冒險。

這棟房子讓我想起祖父母的家，建於一九二〇年代的樸素木造農莊，屋子前方有跟房子等寬的寬敞前廊。前廊上方的鍍錫鐵皮開展出來，緩和了屋頂的傾斜度。屋頂上開了一個天窗，讓光線能照進樓上的臥室，這裡的閣樓或許也跟我祖父母家一樣，堆滿了發霉的家具跟褪色的紀念物品，不知道這些物品裡是否有屬於莉娜的東西。

木頭台階的灰色油漆色彩猶仍可見，卻因長期的刷洗，變得陰鬱暗沉。前廊的地板比下方支撐的托樑突出約一英吋，每一片木板尾端因日曬雨淋，各自彎曲變形，讓前廊邊緣像是長著一口亂翹怪牙的大嘴。

前門兩側各有一張搖椅，高的那張有梯狀椅背，兩根弧形搖桿的前後頂端磨損得很厲害，顯見它經歷過長年累月的前後搖擺。較矮的那張是紡錘型椅背，弧形搖桿磨損的地方是在正中央，跟高的那張恰好相反。

略為掀開的紗門有點下垂，這些年來開來開去，刮得地板的油漆都已脫落，刻出一道四分之一圓的蒼白痕跡。我想像著這家人的樣子：每個星期天，一家人出門上教堂，湯姆跟歐賓從搖搖晃晃的學步兒，長成蹦蹦跳跳的男孩子，後來又進入鬱悶的青春期。一長串的教區居民：鬥嘴的配偶、有問題的酗酒者、犯了罪的年輕人。烤肉、燉肉、砂鍋菜、蛋糕跟派、美味的流動饗宴，足以抵銷鄉村牧師工時長、薪水低的生活。

我用力拉開紗門，在地板的刻痕加上了我的棉薄之力。紗門生鏽的彈簧，發出刺耳的聲音，讓人毛髮直豎，那尖銳的音調和我祖母家的紗門如出一轍。我敲了敲前門，門上窗框裡接合玻璃用的油灰受到振動，裂了開來。

沒人應門，我再敲了一次，然後就關上紗門，以免顯得我來勢洶洶。過一會兒，我聽見有人緩慢行進的腳步聲，蕾絲窗簾被往後拉開約一英吋的空間之後又放下，跟著就有人將老式門鎖轉開的聲音，一位老婦人站在滿是灰塵的紗門後皺著眉頭看著我。

「找誰？」

「請問你是奇金斯太太嗎？」

「我是。」

「太太，很抱歉，打擾你幾分鐘，我是比爾・布洛克頓博士，到這裡來幫你兒子湯姆調查一個案子。」

「什麼樣的案子？」

「這是一樁舊案子，卻到最近才曝光，這位死亡——或說被謀殺——的女子據說是你的侄女。」

「喔，對了，是莉娜，湯姆跟我說過找到莉娜了，被人勒死，都過了這麼多年，眞是遺憾。」

「是的，太太，我可以進來跟你談談這件是嗎？」

「這個嘛，我得想一想，湯姆是警長，我已經把每一件我知道的事情告訴過他，她就是某一天突然不見了。那時，我們一直不知道原因。但是湯姆說你查出她懷孕了，我想這就是原因吧。我們一直沒再見過她，我能說的就是這麼多了。」

「奇金斯太太，我知道都過了這麼多年，要回憶過去的細節很難，可是如果你不介意我多問你一些問題，也許你想起來的某件事會對我們有所幫助。」這層薄紗門擋在我跟她之間，像是難以穿透的磁場。「我可以進來跟你談幾分鐘嗎？」

她搖搖頭。「博士，我不是對你不敬，可是我先生不在家，我不能讓陌生男子跟我單獨在家裡。」

「我不是像你以爲的那樣陌生，而且，我保證我不會咬你，」她一點也不覺得這話有趣。「這樣子吧——今天天氣眞好，不然我們就在前廊上的搖椅坐一會吧？」

她皺了皺眉頭，但還是推開紗門，走到前廊上。我先走向梯形椅背那張搖椅，把小的那張留給她，但是她伸出瘦骨嶙峋的手擋住我。「那是我坐的，」她說，「你可以坐湯瑪斯的椅子。」她在大椅子裡坐穩之後，開始大力前後搖擺。

「你一定很享受搖椅的樂趣。」我說。

她還是那副表情。「我媽媽經常這麼說，搖一搖，搖掉你的煩惱。」

「有用嗎？」

「不知道，沒試過不搖的話會怎樣。至少，煩惱的時候有事可做，也讓你的腳更加強壯。」

我笑了出來。「我想我回諾克斯維爾之後，最好也給自己買張搖椅。」我試著在紡錘型椅背搖椅上搖出韻律，但是我每往一個方向搖，一碰到地板又回來之後就停了下來。「我想這張椅子需要調整一下，這樣我似乎無法放鬆。」

「都是湯瑪斯，他不是很喜歡搖椅，他會做做樣子，但是都沒把心擺在上面。」

「那他心煩時怎麼排解？」

「禱告，講道，每個人都有自己的方法。」

「說說莉娜吧。」

她的白髮隨著搖椅擺動而晃動著。「莉娜是我妹妹蘇菲的女兒，她雖然姓邦茲，不是姓奇金斯，但還是我的血親。她父親是克來彭郡邦茲家族的人。」她似乎完全陶醉在搖椅的韻律中。「在她雙親都過世之後，莉娜搬來跟我們一起住，那時，我們家的兩個男孩歐賓跟湯姆分別是三歲跟五歲。有時候她對他們很好，有時候卻又不是那樣。莉娜是那種有點驕傲、甚至可以說固執的人，但是她長得很漂亮，就像她媽媽一樣。這我承認。」

「談談她媽媽蘇菲吧，她的名字是蘇菲沒錯吧？」老太太大力點點頭。「蘇菲是你的妹妹？」她又用力點頭。

「她比我小三歲，不，四歲。」她低頭看抓住搖椅扶手、布滿老人斑的手。「蘇菲一直就是我們兩個當中最漂亮的那一個，我想湯瑪斯眞正喜歡的人是她，可是她卻挑了小邦茲，湯瑪斯只好轉而追求我。」我想起歐康納形容過牧師的嚴厲，我爲她竟是牧師的第二選擇感到難過。

「莉娜的雙親是怎麼死的？」

「家裡發生大火。一天晚上大家都在睡覺的時候，她們家的煙囪失火了。莉娜從窗戶跳出來，只有她獲救，蘇菲跟小邦茲就沒那麼幸運了。」

「當時莉娜多大？」

「十三或十四歲。莉娜算是發育比較晚的，但是一旦女大十八變後，她眞是個美女。如果教堂有聚會、婚禮，甚至葬禮，男孩子總是圍繞在她的身邊。」

「其中一個就是吉姆·歐康納。」

她快速瞟了我一眼。「是的，當然。他不是追求最勤的人，但是他長得帥，又活力四射，像是曬穀場上趾高氣揚的公雞，可是你不會介意的。」她帶著悲傷淡淡地微笑了一下。「他那時眞是很討人喜歡，可是後來變得有點冷酷，我不是在責怪他，在經歷過這世界帶給我們的一些磨難之後，也許我們都會這樣。」

她停頓下來，沒再說話，也沒有任何動作，我等了一會，才繼續發問。「奇金斯太太，莉娜跟歐康納兩人很要好嗎？是眞心在交往嗎？」

她又開始搖動搖椅，點點頭。「是的，是的，她們是在交往。她們還曾談到在吉姆從越南回來之後就要結婚。」

「你對這件事的看法如何？」

「喔，我滿同意的。我喜歡吉姆，也看得出來她有多愛吉姆。在這附近的山區裡，很少有女孩能夠嫁到像吉姆這麼好的對象。這裡的選擇很少，遇到誰就是誰了，不然就只得安心地當個老處女。」聽起來，她好像在說自己。「我希望莉娜過得好，嫁個好丈夫。」

「所以你跟你先生都祝福她們。」

她的搖椅突然發生問題，但她很快地就又重新找回韻律感。「嗯，我們當然會祝福她們。我不敢說湯瑪斯有我那麼欣賞歐康納，湯瑪斯對那女孩就像爸爸疼女兒一樣，所以對他來說，沒有人配得上她。」

我知道我要問什麼，可是不知道該怎麼問比較恰當。「他有試圖勸莉娜或歐康納打消心意嗎？」

她加快了搖動的速度。「他們可能討論過一兩次。湯瑪斯是那種想什麼就說什麼、一點也不會拐彎抹角的人。他有時候說話很尖銳，有一回他在莉娜面前批評歐康納，把話講得很難聽。」

「那莉娜有何反應？」

「那女孩對他就像——」她停下搖動，用懷疑的眼光看我。「你爲什麼要問這些事情，這都是三十年前的事了，而且我們從沒再見過她，從她有了麻煩跑掉之後，就沒再見過她。再也沒有她的任何消息，她沒跟我們道別，說再見，甚至連句感謝的話都沒有。那女孩都是自己鋪床的，我也不知道她跟誰睡過，跟我們無關。我只能說，還好她走了。」

房子裡面有電話響起，是那種尖銳的金屬鈴聲，我已經好多年沒聽過這種電話鈴聲了。我本來以爲會有答錄機接起電話，結果鈴聲卻響個不停。鈴聲響得愈久，我心裡愈加緊張，怕是哪個人打來找奇金斯太太，結果她會說她正在跟我談話。她開始嘮叨自己身上衣服的質料，我看得出來她想起身接電話。我可不能冒險等她說完電話，所以我站起身，「好像有人急著找你，我想我應該讓你去接電話。」

她似乎對我這麼快就要離去感到驚訝，在美國南方，說個再見，通常都會花上半個小時，甚至更久。我把這種習俗稱爲「南方再見」，我從來都沒習慣過這種再見方式，我感謝她花時間跟我聊天，然後就匆匆走下樓梯。

她在紗門前又站了一下，好像要確定我是否眞的就此離去。當我揮手告別時，我注意到先前忽略的事情。房子的後方，那裡可能有廚房、電器設備跟一道後門，有條不甚清晰的道路沿著山丘下方的樹林，直接通往被放置炸藥的洞穴入口。

31

地方檢察官鮑伯．洛伯看起來像是三天沒睡了，但是伯特．迪維斯看起來卻像是剛贏得樂透彩。我們聚集在巴爾法官的辦公室，一起討論開棺驗屍之後的結果。「各位，我們開始吧，」法官說，「我們聚在這裡開會，是非常罕見的狀況，但既然洛伯先生要求，迪維斯先生也同意，我很願意跟你們就這樁案件作非正式的討論。十分鐘之後，我要去出席一場聽證會，所以我們就打開天窗說亮話吧。」

迪維斯很樂意遵從。「庭上，我想開棺驗屍的結果已經說明了一切。」他率先發言。

「那你爲何還開口，迪維斯先生？請安靜。」我忍著不笑出來，雖然不怎麼成功。「布洛克頓先生，我讀過你跟卡特小姐的報告，謝謝你們迅速且詳細的檢驗結果。」我點點頭，思量著如果法官沒問話，我就不要擅自發言了。「洛伯先生，你讀過報告了嗎？」洛伯可憐地點點頭。「你的感想如何？你那邊的刑事人類學家同意布洛克頓先生的結論嗎？」

洛伯沒有直接回答問題。「庭上，儘管我們很尊敬布洛克頓博士與卡特博士，但是在這個案子裡還有其他證據可以支持檢方的論點。」

法官猛然看著他。「譬如說？」洛伯深深吸了一口氣，像要潛水長泳一般，但是法官沒讓他有機會說話。「看在老天的份上，鮑伯你就別再丟人現眼了。醫事檢察官搞砸了驗屍結果，這你心知肚明。除非漢彌頓博士手上握有你的把柄，會毀了你的事業，破壞你美滿的婚姻，否則你就咬著牙吞下這場敗訴吧。我可以向你打包票，你打不贏這個案子的，而且還可能會吃上誣告罪的官司。如果你願意撤銷告訴，並且向被告道歉，那你還算是好漢一條。你要說出真相，讓正義得以伸張，並且慶幸無辜的被告證明無罪。這是你走出這裡時所能得到最好的結果。」

洛伯很困難地嚥下口水，剛才這番話挺重的。「庭上，有鑑於新證據出現，檢方謹此撤銷告訴，並向法庭及被告致歉，也感謝布洛克頓博士及卡特博士為此案帶來重要的無罪證據。」

法官微笑道，「你看，沒那麼難過，不是嗎？你提出文件申請之後，我就會下令釋放被告。此外，我也會下令刪除他的紀錄，除非被告律師對此有反對意見？」

迪維斯沾沾自喜地笑道，「這個嘛，庭上，被告非常期待能進行陪審團審判……。」

「你這個滑頭，閉嘴。」法官突然打斷他的話，起身走向法庭。「在我改變心意之前適可而止吧。」迪維斯臉紅了起來，洛伯展露歡顏，我則兀自微笑。

法官離去之後，我們也從另一個門離開到外面的辦公室，洛伯帶著悲傷的笑容與我握手。

「比爾，你做了件對的事，可惜我不是。」

我用左手拍了拍他的肩膀。「鮑伯，別把這事放在心上，你的案子是建立在驗屍報告上，那份報告有錯，不是你的問題。要面對這個錯誤的人是醫事檢察官，要是他的執照會被撤銷，我一點也不驚訝。他不是第一次搞砸了，這你知道。」

「我知道，但我不會再讓他搞砸我的案子了，我已經在安排將我的案子驗屍程序外包給在查塔努加市的卡特博士跟她的助手。」這件事我已經從潔絲那裡略知一二，但是我表現得像是第一次知道這個消息，一個來自地方檢察官口中令人雀躍的消息。「比爾，如果我們打算撤銷漢彌頓博士的執照，我希望你能像在納許維爾做證時那樣的坦誠。」

我點點頭。「雖然我不喜歡這樣，但我還是會實話實說的。」

「謝了，」他說，「他應該被勒令退職，如果這個案子有助於通過這項處分，我想丟個臉也還算值得。」我眞高興聽到他能往好處想。「比爾，謝謝你做的一切，雖然讓我很不好過，但我眞的很感謝。」

迪維斯靠了過來，「嘿，分享一些愛給我吧？我可是促成這件事的人呢。」

「去你的，伯特，」洛伯說，「比爾，期待能再與你共事，跟你一起奮戰，好嗎？」

「好的，」我微笑著說，「後會有期。」他點點頭，往大理石走廊走去。「喔，鮑伯，」他回過頭來。「謝謝你那天提起凱瑟琳。那很不好過，我也不習慣跟別人談這個話題，但是聽到朋友的關心，還是對我有所幫助。」他露出微笑，然後離去。

「王八蛋，」迪維斯低聲咕噥，「布洛克頓博士，有個人很想見你一面。」我還有課要上，向他推辭，他卻十分堅持。「只要花你幾分鐘的時間，我想你會很高興看到他的。」我沒再拒絕，他帶我從法官辦公室走到法院大樓的另一頭，這裡我從未來過。我們通過一個安全門，門口還有穿制服的警衛用金屬探測器掃描我們。迪維斯打開一個貼有「被告」字樣的房門，引我進入一個全白的房間。一個骨瘦如柴的男子，穿著褪色的牛仔褲跟白色T恤，從塑膠椅子上站了起來。「艾迪，我希望你能見見布洛克頓博士。博士，這就是艾迪・密肯，你剛剛就是幫他洗清了罪名。他就是剛獲得新生的那名被告。」

密肯看著我像是看見某種怪物，然後就撲身過來，給我一個硬梆梆的擁抱。我在他背上拍了幾下，然後掙脫開來，讓自己可以再度好好呼吸。密肯好幾次想說話，最後終於低聲說出，「謝謝你，謝謝你。」這是他所有能說出口的話。這樣就夠了，我點點頭，往房間外頭移動我的腳步。

迪維斯說得對——我很高興見到他。眞高興我有見到他的當事人，眞高興我有接下這個滑頭那天在午餐時說服我接下的案子。過去，他是個不惜一切歪曲法律的渾蛋。米蘭達說得對，「他是個奇怪的傢伙」，我一邊喃喃自語，一邊推開法院大門，迎向十月初的溫暖陽光。

32

當我還陶醉在溫暖的陽光跟密肯的感謝中時，有個男子在人行道上向我湊過來。「你以爲自己絕頂聰明，是嗎？」我停下腳步，轉身看來者是誰，沒想到是葛藍．漢彌頓。「你以爲自己現在是大紅人了，是嗎？」

「哈囉，葛藍。」我向這位醫事檢察官打招呼，我剛剛才毀了他的專業名聲。「很抱歉事情會這樣發展，但這不是針對你個人，你知道？」

「不是針對我？不是針對我？你這自以爲高尙的狗雜種。這當然全都是衝著我來的，你要不要試看看聲名跟事業全毀，然後再告訴我這是不是跟你個人有關？」他講出每一字每一句，都用手指頭戳我的胸膛。「你剛剛毀了我的人生，我覺得這完全是衝著我來的。」

我握住他的手指，他憤怒地抽回去。我想要揍他一拳，但我知道這絕對於事無補，而且會惹來一堆麻煩。可怕的頭條新聞標題，還有衆所矚目的官司。「聽著，葛藍，是你自己搞砸了那場驗屍，不是我，如果我沒指出你的錯誤，也會有人這麼做的。」

「狗屎，」他說，「你跟潔絲．卡特一起策劃出這場完美的布局來鬥垮我。很諷刺，不是嗎

——結果在這樁案子裡真的被捅了一刀的人是我。」我只能搖搖頭，再跟他吵下去也沒有用了。

「潔絲從她離婚之後，就一直想要接管鑑識中心。」他繼續說道，「比爾，她跟你搞過嗎？她是不是跟你上過床，你才會幫她鬥垮我？」

「不是這樣的，葛藍，卡特博士跟我只在工作上有往來。」

「卡特博士跟我，」他模仿我的聲音，「眞是令我想吐。」

「坦白說，葛藍，我一點也不在乎，」我說，「潔絲跟我從來沒怎樣，從來沒有，以後也不會有。如果你還不清楚狀況，我可以告訴你，她是個快樂的女同志。」

他嗤之以鼻。「那上禮拜她在查塔努加市的希爾頓飯店酒吧裡又摟又抱的男人是誰啊？」

我試著不露出驚訝的表情。「再見，漢彌頓博士。」我轉身就走。

「你別想就這樣甩開我，」他喊叫道，「我跟你沒完沒了！」我還是繼續走我的路。「你聽到沒有？我不會放過你的！」

33

在刺耳的電話聲響起來之前，我正陶醉在跟米蘭達、莎拉，以及潔絲．卡特有關的美夢中，雖然，偶爾還穿插了一個瘋狂醫事檢查官決意報復的恐怖影像。電話一響，把我從白日夢中驚醒。

「布洛克頓博士？」

「是的。」

「我是大衛・魏爾敦。」我試圖想起這人是誰。「我是聯邦調查局地方辦公室的律師。」

「喔，是的，抱歉。」

「沒關係。聽著，我要告訴你幾個好消息。」

「我很樂意聽。」

「安琪拉・普萊斯跟我討論過你那件庫克郡的謀殺案。你知道我們遇到了一些可能會牽涉到妨礙司法的問題，這些問題有點荒謬，也令人沮喪。」

「是會讓我、還是讓聯邦調查局感到沮喪呢？」

「都會。不管你心裡怎麼想，普萊斯是一個很用心的探員，但是她必須遵守相當嚴格的規定，執法人員時常得周旋在許多政治運作中，這跟一般人的想像不太一樣，在庫克郡尤其如此。那裡幾乎每個人彼此之間都有或深或淺的關聯，他們對正義有自己的看法，我想你也發現了，那不是太舒服的經驗。」

「沒錯。這麼聽起來，似乎連田納西調查局也動不了他們？」

「這個嘛，的確有點諷刺，但是如果整個調查過程發生了構成妨礙司法的情形，檢察官很難打贏官司。」

「這聽起來不像是你說的好消息。」

「不好意思，我就要講到了，」他說，「情形沒那麼絕望，其實還有別的做法。我試著想出一些有創意的方法，好讓這個案子可以變成聯邦案件。我記得幾年前聯邦調查局就曾經想出一個非常有創意的方法起訴一個探員，」他引起我的注意力了。「你有聽過史杰斯這個人嗎？」

「很抱歉，恐怕沒有。我應該聽過嗎？」

「如果你爲聯邦調查局工作，就應該有聽過，史杰斯是駐洛杉磯的聯邦調查局探員，負責指揮中國間諜。」

「他管的是爲中方、還是爲美方工作的間諜？」

「正是這點，這就是關鍵所在，」他說，「在史杰斯所指揮的間諜中，有一位女間諜，代號『客廳女侍』（譯註：這是發生在二〇〇三年四月的真人實事），史杰斯給了她某些特殊待遇。他們之間發展出床第關係，她利用這些約會時間，趁機從他的公事包中偷拿機密文件，影印之後交給北京當局。」

「聽起來像是瑪塔．哈里的翻版（譯註：一八七六～一九一七，第一次世界大戰為德國工作的女間諜）。」

「很像，這個名字通常都用來指利用魅力引誘情報來源，獲取機密的女性間諜。他是用蜂蜜罐來稱呼她的。」

「嗯，我祖父就是這樣叫我祖母。雖然他唯一的秘密只是把威士忌偷藏在穀倉裡，不過，我很確定我的祖母從來沒能成功地引誘他交出那些威士忌。」

「這個嘛，嗯，你的祖母可能沒有那個中國間諜那麼精明，她可是把史杰斯耍得團團轉。我們費了好大的工夫，才讓這個非法進行間諜活動的案子成立，我們最後用來起訴他的罪名是郵電詐欺。」

「請問這是什麼意思？」

他笑了出來。「郵電詐欺條款是指當人們利用美國的廣播、郵件、電話或其他通訊工具，做出詐欺行爲時，就構成了犯罪。詐欺的定義很廣泛，廣泛到一個人若未行使『誠實服務的無形權利』，也是犯罪。在史杰斯這個案例中，利用爲調查局工作之便，花用納稅人的錢，與中國間諜打得火熱，發生性關係，這實在稱不上『誠實服務』。這項指控看起來很微不足道，最後還是成功了。」

「有點像艾爾．卡彭（譯註：一八九九～一九四七，芝加哥著名的黑幫教父）最後服刑入獄，不是因爲謀殺、販賣私酒，而是因爲逃稅？」

「沒錯，如果這個A計畫沒成功，我們就用B計畫。」

「這個做法跟奇金斯警長有什麼關係？我們要讓普萊斯穿著『維多利亞的秘密』（譯註：美國著名的女性內衣品牌）去誘惑他嗎？」

「哇，如果讓她知道你竟然說過這樣的話，你就需要趕緊加入證人保護計畫，好避開一劫了。」

「抱歉。『未行使誠實服務』的指控，聽起來還是有點模糊。」

「是的，」他承認，「所以我希望這只是B計畫。」

「你是說你還有A計畫？」

「試看看吧，」他說，「我現在正看著庫克郡的地圖，你能告訴我怎麼到你發現女性屍體的那個洞穴嗎？」

我告訴他，從諾克斯維爾走四十號州際公路往東，在詹斯伯的出口下交流道後，轉入一條蜿蜒的河濱道路。「往上游走了大約六到八哩路之後，會看見一條向右轉的小路，從那裡直接上山即可。」我說。

他停了好一會沒說話。「好了，我找到了，接下來呢？」

「大約走了三四哩之後，再往左轉一哩左右，就可以看到穴泉教堂了。」

「等一下，我要確定有沒有走對，好的，我看到了，」我可以聽得出來他的聲音十分興奮。

「賓果。」他說。

「怎麼了?」

「法律能給你的，法律也能拿走。如果有人在聯邦土地上犯了法，不必觸犯聯邦罪行，也可以在聯邦法院加以起訴。你那件庫克郡謀殺案屬於州刑法管轄，一直都是如此，但是如果這個案件發生在聯邦土地上，我們就可以讓它以聯邦案件成立。」

我心裡清楚是有這種狀況。好多年前，我們系裡有四個學生在大煙山國家公園亞伯拉罕瀑布旁邊的野餐區，開了一瓶紅酒分著喝，因此被捕。當時，人類學系全體出動，到聯邦法庭給他們精神上的支持。我對魏爾敦提出的法律架構沒什麼概念，所以很不想粉碎他的美夢。「聽著，我不確定我描述的方向對不對，」我說，希望能讓他不要抱有太高的期望。「屍體大約是在四十號州際公路北邊約八到十哩左右的地方被發現的。國家公園則是在比較南邊的地方。我必須得說，看起來，A計畫還是卡住了。」

「布洛克頓博士，你給的方向沒問題，」他興高采烈地回答，「我在地圖上看到穴泉教堂了，剛好就在美麗的聯邦地帶邊緣內。」

「但是國家公園——」

「我不是在說國家公園，布洛克頓博士，你那位受害者的屍體是在靠近查洛基國家森林邊界一哩內被發現的。」

「你確定?」

「我敢拿我的童子軍方位獎章跟你打賭。」

「有種。」我說。我好像已經聽見聯邦鐵騎達達的馬蹄聲。「哈囉，A計畫。」

「哈囉，A計畫。」他也回應著我，「不過，布洛克頓博士，你還是要注意一件事。」

「哪一件事？」

「A計畫：不是馬上就能見效的。」

「喔，這我了解。這些事情可能會持續好幾個禮拜，甚至好幾個月，對不對？」

有好長一段時間，他都沒有說話。「布洛克頓博士，你不會想知道，牽涉到不同單位派駐臥底探員的調查時間，從開始到結束，通常大約是兩年。」

「兩年？」

「兩年。」

我謝謝魏爾頓帶來的消息，祝福他打獵愉快，然後就放下電話，還有我對A計畫的期待。

當電話再度響起時，我的手幾乎沒有離開過話筒。打電話來的人是人類學系的秘書佩姬，她聽起來心情很不好。「你又把我的備份鑰匙拿走了嗎？」

「沒有啊，怎麼了？」

「我在抽屜裡找不到。」

「它們會再出現的。」我說。

「你是唯一會拿鑰匙的人。」

「你什麼時候發現鑰匙不見的?」

「上禮拜,」她說,「就是有人闖進你辦公室的同一天,你不覺得……」

我的確這麼覺得,我有種非常不祥的預感。

我掛上電話,打開通往骨頭收集室的門。這裡集合了我們全部的鑑識證據,要到這裡,必須通過我的辦公室。裡面有一排又一排的金屬架子,上面堆滿著硬紙箱,跟我桌上被偷走的那個一模一樣。打開日光燈,我開始檢查每一層架子。架子上的箱子像圖書館裡的書一樣排列整齊。這裡其實也可說是間充滿了謀殺秘密的圖書館,只不過紀錄的方式是用骨頭雕刻而成的。

無論是誰偷偷闖進我的辦公室,他進入骨頭收集室的方式絕不是破門而入的。這一點我很確定,因為田納西調查局的技術人員、學校的警衛,還有我自己,都檢查過那扇門是毫髮無傷、牢牢地鎖著的。不過現在我知道了,那是有人重新將門鎖上了。

當我走進放著近幾年案件的架子,發現有個缺口,不用查看,我也知道這裡原本放著的是哪一個箱子。

比利雷・賴貝特的骨頭不見了。

心情頓時沉重起來,我打史提夫・摩根的傳呼機,告訴他又添一樁竊案。「這讓案情更加複雜,」他剛好說出了我的心聲。這意味著莉娜的骨頭很可能只是故意製造的煙霧彈,遭到破壞的辦公室大門也只是為了掩人耳目。甚至，這也可能意味著葛藍．漢彌頓，這位自尊受損、異常憤怒的醫事檢察官在法院大樓外對我發出的恐嚇，很可能是來眞的。

「你最近是做了什麼壞事？偷盲人的枴杖？」摩根問，「搶教堂的奉獻金？從小寶寶手中把糖果奪走？還是踢了修女一腳？我得這麼說，自從伯尼．克里克因為半打醜聞而讓快到手的國家安全部部長職位飛了之後，我就沒看過有哪個地方運氣這麼衰。」

「眞的是屋漏偏逢連夜雨，」我很悲慘地說，「我怎麼會遇到這麼多麻煩事，簡直就像衣服上就有個箭靶子一樣。」

「亂說，」他說。他答應會派鑑識偵查員重新勘查骨頭收集室，儘管我們都知道他們將會空手而返。

34

這條葛藤隧道通往吉姆．歐康納的藏身之所，我來來往往，快要熟到就像自己家的車道一樣。一個小時前，我打電話給他，告知又發現有骨頭被竊了，而且想要尋獲莉娜屍骨的可能性似乎又更小了。「我很確定她就在庫克郡的某個地方，在某個佩帶徽章的人手上。」我說，「只是現在我不知道是誰拿走她的屍骨，藏在哪裡，有沒有可能把她找回來。」

他聽到這消息的反應，比我預期的更為冷靜，甚至還試圖安慰我的損失。「嗯，我希望你能找回那些骨頭，也希望你能抓到偷竊的人。但是，請記得那些骨頭並非莉娜，那只是她遺留下來的殘骸，她早已不在人世。」這些話出自於跟我交談的人，我曾帶給他那樣震撼的消息，而且不只一次，第一次是莉娜屍體重見天日的消息，第二次則是一屍二命的震撼彈，他眞是具有無比強大能量的人。「聽著，如果你有空，不妨過來我這裡。」他接著又說，「有些東西我想讓你看看。你是個人類學家，可能會有興趣，讓你心情好一點。」在電話裡，他就只透露了這些。

開車過去的一路上，我的心裡不斷浮現各種可能性。他是不是看到解開莉娜死因的一線曙光，能找出到底是誰殺了她？他的用詞遣句讓我深感迷惑，他說「你是個人類學家，可能會有興趣」，是什麼意思？他是不是挖掘出跟三十年前有關的某些線索或證據？還是找到某一篇跟洞穴墓葬有關的開創性文章？為什麼這會讓一位身為科學家的我感興趣，這跟我的身分有什麼關係呢？

當我將車停在布滿藤蔓的農舍前，我發現這些葛藤似乎又多長了一兩呎，快吞噬了房子四周，但是歐康納似乎毫不在意。他還是坐在我第一次看到他的那張搖椅上，舉起一隻手表示歡迎，然後又繼續搖，搖出又大又自在的弧度。

當我走在通往陽台的凹陷台階上，歐康納伸出手壓了壓他身旁的另一張搖椅，讓它也搖動起來。我算好時間，輕鬆地坐了上去，我發現我的節奏剛好跟他一致。

「嘿，」我說，「爲什麼你沒被抓進牢裡，警長好些日子前就說要逮捕你了。」

他咯咯笑了起來。「他們只監視我在鎮上的房子，還不知道這個地方。」

一分鐘後，他伸手到襯衫口袋，拿出一張照片遞給我。這張照片因爲年代久遠，不僅泛黃，四邊都已經起毛。但是，毫無疑問的，照片裡微笑的金髮女孩正是莉娜。

「我在國外時，她寄來這張照片。這是我從她那裡收到的最後一封信。」我仔細觀看她的臉，跟我想像的幾乎一模一樣，只不過，她的臉上帶著某種哀傷或恐懼，這是我沒想到的。也許這時她已經陷入某種情況中，或者，這只是我事後附加的想像而已。

「你介意我借走照片拿去複製嗎？我會好好保管的。」

「當然不介意，只要能對案情有所幫助。這個案子有什麼進展嗎？」

「不算有，除非你認爲有人闖空門或者洞穴坍塌算是進展。也許有些不太高興的學生認爲我走這一步的方向是對的，但對謀殺案的調查還是無濟於事。」

「也許不是立即可見的進展，但也許有人開始緊張起來，害怕你就要發現什麼線索，或是想出案情關鍵。」

「那我可眞希望我像他以爲的那樣聰明。」

「答案不會立刻蹦出來，你得讓它悶一段時間。」他站起身。「講到這裡，你要不要來杯茶？」

「好啊，如果你有茶的話。」

歐康納消失在紗門後，一分鐘後他拿著兩個陶杯回來，並且遞給我一杯，這個自製的手工陶杯上印著蕨類植物的葉子圖案。「好杯子，」我說，心裡回憶起凱瑟琳教過我如何欣賞陶杯的形狀跟釉色。「這是本地陶藝家的作品？」

他露出微笑。「再純正不過的本地人，正是在下我。在這塊土地上，你手裡拿的那隻杯子裡，所有的東西都是出自我的手——陶土、蕨類植物、泉水、蜂蜜，甚至茶。」

「你這裡真可說是自給自足的生物鏈。」

「我喜歡盡可能過得自給自足。能夠提供自己在食物跟用具上的需要，對我來說，還能在更深刻的層面讓我得到滿足。至少，能讓我做個正直的人。」

儘管人們傳言他是不法之徒，但歐康納其實很像文藝復興時代的人，他同時具有哲學家、陶藝家、養蜂人跟茶農的多重身分。我喝了一口還冒著蒸氣的茶，含在嘴裡品嚐了一下，這味道令人吃驚，我從來沒喝過，在蜂蜜的甜味之下，還隱約有種苦味，像是融合了山脈、葉子、樹根跟泉水的味道。「很有意思，我想我可能會喜歡這種茶，但還不是很確定。這是什麼茶？」

他微微鞠躬，接受我話中夾帶的一絲讚美。「這是人參，可以讓你更加聰明健康，精力充沛，性功能強健，五千年來，中國人跟美洲原住民都這樣相信。博士，田納西大學那些妹妹，明天可得小心你了。」我的心裡閃過莎拉及米蘭達的影像，我發現自己臉紅了。「你瞧，」歐康納說，「已經發揮功效了。」

儘管頗爲尷尬，我還是笑了出來。「嗯，我還沒感覺自己有更加聰明啊。」

「沒喝個三、四杯以上，不會感覺到效果的，博士，這只是茶，不是什麼神奇藥物。」

我們又繼續搖著椅子，喝更多人參茶。山谷裡，一團濃霧爬上山丘，早晨的太陽從我們身後的山脈斜斜投射下來，濃霧一碰到陽光，就從邊緣開始逐漸散去，慢慢化爲無形。「博士，你覺不覺得人類不過就像這團轉眼即逝的霧氣？」

他想要跟我聊有關死亡的話題嗎？「吉姆，這就要看你怎麼想了。」我指著遠處的山谷。「在那團霧氣蒸發之前，它飄過山上的鐵杉林，我認爲那些樹會因爲那團霧氣而長得更好，也許樹下的蕨類植物也會受益。最近的天氣這麼乾燥，早上這團濃霧很可能會讓這些蕨類得以存活。下一次，如果有哪個陶藝家需要在陶杯印上蕨類葉子，」——我舉起手中的杯子加以強調——「它們就會在那裡等著他的青睞。」

我又啜了一口茶，感覺整個味道在口中擴散開來。「我的學生畢業之後，有的當了醫事檢察官、有的到警察局上班，有的去博物館工作，多年之後，他們告訴我，我對他們選擇的生涯影響頗大。我想每個人都對這個世界、還有在人生旅途上遇到的其他人有所影響，有時候甚至連我們自己都不知道自己的影響何在，」我看著杯子上的蕨類圖樣。「我知道我太太對我影響很大。在她死後，我覺得好像有棵樹從我心中被連根拔起。直到現在，有時候我都還有這種感覺。」

他別開臉去，我想他聯想起莉娜。「吉姆，身爲一位人類學家，我很好奇，你要給我看什麼，我想應該不會只有陶杯而已吧。」

「不只是陶杯，但也不是全然無關。博士，你曾經研究過人們會爲了神奇靈藥付出多少代價嗎？這類神奇靈藥或許可稱爲生化燃料添加劑，幫我們改造不完美的地方？還是像酒精跟大麻，麻痺我們的心智？或者像古柯鹼、安非他命及迷幻藥，讓我們神經興奮？」

我點點頭。「很有趣。不止人類如此，連動物也是這樣。大象會大口吞下已經發酵的水果，只求一醉。猩猩跟黑猩猩也會。如果在加州某些地區發現黑猩猩嗑藥，那也不足爲奇。雖然我自己是沒有做過什麼研究。」

「我算是有。」他說，「但不是爲了科學，而是爲了錢。人們爲了感覺更好、看起來更美麗，或是在臭皮囊裡待得更久，會願意投資大筆大筆的鈔票。就像我爹曾經說過的，在庫克郡，有人窮得連個便壺都買不起，但這些人裡卻還有人願意拿食物券去換大麻或安非他命。（譯註：作者又用了雙關語，在英文中，便壺跟大麻皆是「pot」。另外，食物券則是美國聯邦政府提供給低收入家庭的一種救助方式）只要能滿足人們在這方面的需求，肯定可以大撈一票。」

我想起聯邦調查局跟緝毒署探員都曾經調查過歐康納。「有些人覺得你可能在提供這類需求，」我說，「這裡的碎石路舖得這麼好又這麼隱密，很難不讓人有這樣的聯想。」

他的眼睛頓時冷淡起來，我想自己是不是踩到地雷了。「你說的沒錯。在這兒的山嶺裡，從事這類神奇物質的非法交易是司空見慣的事，甚至可說是與生俱有的權利。我爸爸有二十年的時間都在管理一間威士忌蒸餾廠。小時候，我在家裡的例行工作之一就是劈開他燒焦的橡木，用來煮馬鈴薯泥。」他搖了搖頭。「結果酒害死了他，或者說酒是他致死的原因。不管怎樣，他都沒有好下場。」他看看手中的杯子，搖了搖裡面的液體。「在越南的時候，我吸毒成癮，很多人會供應藥效很強的藥。當我們沒去巡查的時候，去他的，有時候連巡查的時候也一樣，我們都嗑藥嗑得暈陶陶的。這幫助了我們在那樣的環境裡存活下去，雖然，我發誓，當時沒人認爲自己能活著離開那裡。」他深深地吸了一口氣。「當我回到故鄉後，我開始種大麻，賣大麻。」

他陷入一片沉默。我發現自己對他的評價開始往下掉。「博士，有趣的是，沒過多久，我就決定自己不想過這樣的生活，我不喜歡自己成爲那樣的人。」我的評價不再下跌，停在半空中不動。「博士，庫克郡是個生活艱苦的地方，人們即使做牛做馬，胼手胝足，也混不了一口飯吃。這讓人們得不斷麻痺自己，而且你也可以確定他們的生活根本沒有什麼意義，沒啥好事可做。」

我露出微笑。「我同意，但也不是每個人都這樣。」

「不是每個人都做得到。有些人沒有謀生技能或機會，就只能繼續種大麻或仰賴社會安全制度過活。我管不到別人的生活，只能把自己的日子過好。我考慮的不是合不合法的問題，我就是不想靠大麻賺錢。」

「那你還能做什麼？毫無目標的叛軍？不種賺錢作物的非法農民？」

跟著，他的臉上露出了陽光般的燦爛笑容。「就像我說的，我想你應該會覺得有趣。」他拉著我的手，帶我走進屋裡，前面的房間幾乎沒有什麼裝潢，走到廚房時，卻出人意外地非常摩登，我們繼續走到屋子的後廊。後廊爲葛藤所覆蓋，我看到從房子外面完全看不到的東西：後廊其實是另一條葛藤隧道的入口，就像僞裝車道的住宅版。

「這是什麼？你的逃生通道？」他沒有回答，繼續拉著我走下後廊，穿過爬滿藤蔓的棚架，走了大約五十碼後，整個空間開闊起來。我發現自己置身在一個約有好幾個足球場大的曠野裡，整片土地上，電話線桿猶如星羅棋布。連結電話線桿之間的纜線上垂滿了許多許多的葛藤，連結成一片遮蔽了天空的頂蓬。我們彷彿處於一片綠色海洋下方，與世隔絕。在我們的腳下，一排又一排、約膝蓋高度、排列整齊的作物延伸出去。這些作物有成鋸齒狀的橢圓形葉緣，五片小葉形成的掌狀複葉上端生長著鮮紅色的果實。

我輕輕吹了聲口哨。「這裡讓『溫室』有了不同的解釋，」我說，「看看這一片在葛藤天幕下生長的作物，一點也不像韋恩表兄的大麻田。」

「這是人參，」他說，「十畝大的人參田，如果現在收成的話，作物的市值大約是三百萬美元。如果我能多等一年，市值是四百萬美元，若是多等兩年，則是五百萬美元。」

我沒聽懂他的話。「市值？你講話的方式好像這是非法栽種的，是嗎？」

他大笑起來。「抱歉，一時改不了口，種人參是完全合法的，但是這片田跟其他地方種植的人參完全不同。」

「怎麼說？」

「人參須知第一條，」他說，「人參不是生而平等的。人參的市場多半在中國，中國人栽種人參已經有一兩千年的歷史，但是眞正的中國行家不屑這類栽培出來的人參。美國人參，請記住，是野生的美國人參，才是極品。早期的耶穌會傳教士靠著將這些野生人參輸入中國，發了一大筆財。紐約的雅斯特家族（譯註：十九世紀初紐約最成功的對華貿易商）也是，甚至連丹尼爾・布恩（譯註：一七三四～一八二〇，美國傳奇的探險家）都整船整船地將人參運往中國販售。」很顯然他是下了一番工夫。

「人參在大煙山脈生長得很好，」他繼續說，「人參喜歡面北多陰的山坡，這裡的土壤酸鹼度又剛剛好，具有適當均衡的微量礦物質。人們甚至還爲某些最爲肥沃的地方取名字，譬如『糖碗』、『金礦』等，有些精華地段即使是在國家公園裡，都被視爲是某些家族的囊中物，代代相傳。這些精華地段的位置是高度機密，如果有人擅自闖入，有些老一輩的人會毫不遲疑地舉槍射殺入侵者。幾年前，好幾個國家公園管理員在北卡羅萊納州靠近芳塔那湖的地方，在掃蕩偷獵者時，就誤中埋伏因此身亡。」

「我記得這則新聞。我從來不知道國家公園管理員是這麼危險的行業。」

「很多山林家族痛恨政府將他們的土地畫入國家公園，他們不管三七二十一，還是要繼續挖掘人參。」他搖了搖頭。「但是長期下來，總有挖完的一天。野生人參的根要長十到十五年才是最佳狀態，可是拿把棍子或是螺絲起子挖個一兩個小時，就可以挖個好幾百根。國家公園的山脈都被這些貪心的人挖得體無完膚。」

「但是，既然人參可以種得出來，」我指著眼前這一大片田地。「爲什麼他們還要這樣偷挖？」

「他們會這麼做，事實上有很多原因。首先，人參是一種很挑剔的作物，我已經嘗試種植人參超過十年以上，還獲得一些相當優秀的植物學家的協助，現在才不過摸索出一些訣竅而已。其次，人參不像大麻，無法在一個生長季節之後就帶來相當的利潤，你必須讓人參待在土裡四年以上，才能開始收成，在這段等待的時間裡，你一毛錢也拿不回來。不過，最主要的原因，是因爲價格差異。」

歐康納穿著一條灰色的休閒工作褲，他將手伸到褲子側邊的一個深口袋裡，掏出一個樹根遞給我。「我猜這就是人參？」他點點頭。這隻樹根有四根分支，恰巧與人體的四肢位置與比例十分相似，看起來就像是人的骨幹。

「現在你知道爲什麼中國人跟印度人對這種植物的稱呼中都有『人』這個字了，是不？」

「是的，唯一缺少的部分是人的頭。」

「仔細看它的質地。」我仔細研究手中的樹根，光滑肥厚，挺像胡蘿蔔或馬鈴薯。「這是威斯康辛州出產的人參，銷往中國的種植人參多半是這裡種的。」

「威斯康辛州？那個『不吃起士就會死』的州？」

他大笑起來。「這塊威斯康辛州出產的人參重約四分之一磅，價值大約五塊美金。」他又從另一個口袋掏出一根人參，這根比較細，顏色比較深，瘤狀突起也比較多，下部及四根分支都有細密的橫環紋。「這是野生人參，是韋龍挖到的，我們最好不要知道他在哪裡挖的。」

我掂一掂重量，跟另外一根似乎差不多，但好像有比較輕一點。

「這一根可以賣到兩百美金。」他說。我來回比較兩根人參的差別，想要弄清楚爲什麼價錢會差到四十倍。歐康納從我手中拿回兩根人參，「野生人參比較有效，至少對買的人來說，是有這樣的差別。」

「喔，這就是自由市場的神奇力量。」我說。

他點點頭。「不用念管理碩士，也知道只要到野外挖幾根人參，是個報酬多麼高的無本生意。當然這些濫墾亂挖的人沒有考慮到環保成本，還有可能的罰金，或是可能會因此送命。」

我指著種植人參。「你想出什麼方法，可以靠這五塊錢一根的東西致富了？」

歐康納彎下腰從自己田裡拔出一根人參，然後撥掉表面的塵土。這些塵土看起來像是黑色亞黏土、白色保麗龍微粒及某種黏性物質混合而成的。「親水性膠體，」他將雙手跟人參根在褲管上摩擦以清除髒污。「粘答答的就跟鼻涕一樣，卻省了我百分之三十的灌溉成本。」他將那根人參遞給我，上頭的橫環紋突起非常明顯。

我困惑地眨眨眼。「什麼——你移植野生種？」他大笑地搖了搖頭。「我不明白，」我說，「你在這裡種這個，」他點點頭。「但這看起來像是野生的。」

「答對了，我種的不是一磅二十塊美金的人參，博士。我種的是一磅一千美金的野生人參。如果它看起來像野生人參，功效也相近，就可以被當成野生人參來販賣。」

如果他這十英畝地的作物都像這根人參一樣，那他的計畫大膽聰明的程度，就真是令人吃驚了。「你怎麼種得出這種人參，可是威斯康辛州那些吃起士的傢伙卻種不出來？」

「博士，如果我將秘訣告訴你，你就活不了了。」他看到我的表情，笑了笑，拍拍我的背表示沒事。「就像我說的，有幾個很優秀的植物學家在幫我。我們發現一種方法，在人參的成長季節，每隔一段時間就利用化學物質跟溫度的變化，讓它們受到驚嚇，這種刺激不至於讓它們受到傷害，卻足以讓它們長出這些環狀皺摺。然後再等一年讓人參長出成熟的人形根。這一年，會讓我們的投資多十倍回收。」

「你已經問過買方了？」

他咧嘴笑笑。「我上禮拜就是去辦這件事。產品測試。我不只詢問買主，還帶給化學家檢驗。那些化學家都說這些人參跟野生人參的成分一模一樣。出口商則說不管我能給他們多少貨，他們全都會買下來。」

突然間所有的秘密都顯得如此清楚分明。「因爲這樣，才需要葛藤隧道，把路弄得那麼隱密——你不想讓別人知道這些是種植出來的？」

他點點頭。「而且那些葛藤隧道還創造出人參需要的陰涼環境。我想這些掩護幾年後還是會被拆穿，但是等到那時，我已經是個百萬富翁了。更何況，即使到時候我得降價出售，我賣得的價錢還是會比威斯康辛州那些人來得好。我的意思是，你看他們種出來的人參。」他不屑地指著我手中的平滑人參。「就像是超級市場裡賣的番茄，形狀跟顏色都對，卻只是次級品。我已經把『庫克郡人參』拿去註冊商標了，以後它將會遠近馳名，人們會願意付出比較高的價錢買它，因爲它是頂級品。如果行銷跟營運計畫都如預期中順利，將會在兩年內創造出一百個工作機會，也許還能有助於改善大煙山脈亂墾濫挖的情形。這可是件值得驕傲的事。」

「吉姆，你眞是令人刮目相看，」我說，「完全改變了人們對南方山區居民的刻板印象。」

但是歐康納沒有聽到我在說什麼，他突然走動，轉頭看向房子處，用雙手放在耳朵後面以集中更多聲音，好更清楚地判別他所聽到的聲音是什麼。「哎呀，眞該死。」他自言自語，跑向葛藤隧道。

就在他跑進房子後門消失不見之後，我聽見自己也跟著說了聲「該死」，並且也拔腿就跑。

等我跑到前廊，原先微弱的聲音已經變成直升機旋轉翼那特殊的韻律聲，聽來十分不祥，除非我猜錯，否則這一定就是歐賓．奇金斯副警長所駕駛的直升機了。

歐康納將一手放在眼睛上方，擋住光線，看著遠方的山谷凹處。從山脊處傳來的聲音聽起來，直升機飛得很低也很快。突然間，它出現在我們的視野內，從山谷低處爬升出來，幾乎像是從地表冒出來一般。黑色金邊的直升機，沒錯，那就是警長的直升機，正直直地朝我們飛過來。

歐康納再次詛咒了一聲，我正想開口說些安慰他的話，卻聽見有爆裂聲劃破天空，情況不太對勁。「我的天，有人開槍。」歐康納說，他轉頭看向聲音來源。又一聲槍響時，我看到火光從直升機機尾竄出。「在山脊上，那是性能強大的來福槍。那不是要警告別人的槍聲——有人想把他射下來。」

駕駛員好像聽見他說的話一般，停在半空中不動，跟著就整個往右大轉彎，並且歪歪斜斜地朝我們俯衝過來。我記得歐賓身上有帶槍械，希望他還記得自己受過的戰鬥訓練，知道該如何躲過那個狙擊手。

我的腦袋裡突然有很多影像開始翻騰不已，回想起跟韋龍一起去大麻田，他因歐賓射殺韋恩那條狗所產生的憤怒。「我們得找到韋龍，」我緊張萬分地說，「韋龍在哪裡？」突然間，上天垂憐，彷彿奇蹟一般，韋龍的卡車就在前廊前方停了下來。歐康納不停地向他揮手，指著山脊，就在此時，又一聲槍響爆發開來。韋龍二話不說，快速將車子開往樹林邊，然後就從卡車裡跳了出來，往山那邊衝過去。

子彈一直射中直升機，直升機搖搖擺擺地往子彈來源處飛過去，像是歐賓要跟他的對手面對面決一死戰。當子彈掃射到主要的旋轉翼時，又爆出更多火花，突然間前面的擋風玻璃裂了開來，產生如蜘蛛網狀的裂痕，直升機令人驚訝地跳了一下，跟著就往前摔下去，並向左打彎，直直地落到山谷的地面上。

當直升機落地，令人意外地，竟然那麼脆弱，整個瓦解，殘餘的樹脂玻璃碎裂開來，金屬尾翼轟隆隆地倒坍，就像紙糊的一樣脆弱。在這樣的衝擊之後，竟是一片寧靜，只有幾響吱嘎聲斷斷續續出現。不知怎地，我原本期待會有警報器跟汽笛聲大作，所以眼前這片寧靜就顯得古怪不對勁。當我跟歐康納跑向飛機殘骸時，它突然冒出大火，沒幾秒鐘，大火吞噬了駕駛座艙，讓歐賓的生還機會微乎其微，我們也只能徒呼負負。

歐康納用手遮臉，擋住火焰的熱度，他從手指縫隙往外看，「天啊，怎麼會這麼誇張，博士，到底發生什麼事了？」

「我眞希望自己知道是怎麼回事，我以爲事情已經夠亂了，沒想到還有更難以想像的發展。這些年來，我聽過很多關於庫克郡不好的傳言，現在我才發現那些傳言只是小巫見大巫。」

最近的電話亭離這裡有好幾座山那麼遠，歐康納拿出衛星電話，打給警察局的調度中心。他告訴她，警長的直升機剛剛墜毀，並陷入大火，駕駛員也已經喪生。他告訴對方墜機地點，包括對葛藤隧道的描述，調度員要求他再重複一遍。他在情急之下報出自己的姓名，但是他並沒有提到直升機是被槍射下來的，而且當調度員要求他不要掛斷時，他也沒有照作。「他們抵達這裡時，再告訴他們有關槍擊的經過，我想我留在這裡是不明智的，尤其是當湯姆．奇金斯發現他的弟弟就死在我的前院時。」他轉身小跑步跑入屋內。

我本想跟在他後面，但韋龍跌跌撞撞地走出林子，穿過空地朝我而來。「跑掉了，」他上氣不接下氣地說，「有些靴子痕跡往山脊後方去了，那是過去伐木工人走的路，等我跑到上面，只聽到四輪傳動摩托車的聲音，抱歉。」他彎下身子，頭垂到膝蓋間，讓呼吸緩下來。「不過，我找到這些。」他從口袋裡掏出一條打了結的印花手帕，打開之後，看到五顆大約兩英吋長的黃銅彈殼，形狀有點像小型砲彈。「溫徹斯特30-30口徑來福槍，」他說，「彈頭重量一百五十喱，出槍口速度每秒兩千四百英呎，在這個郡裡，有半數以上的獵鹿人都是用這種子彈。」

「韋龍，你有碰過這些嗎？」

「沒有，我用手帕撿起來的。」

「彈頭上面也許還有指紋，好好拿著，等警長跟他的屬下來之後交給他們，可是得確定要他們開張收據給你。」

打從我第一次跟他見面至今，我頭一遭看到他看來如此緊張。「博士，也許警長從你那裡拿到這些證據，會比從我這裡拿到好，」他說。我皺著眉頭，感到疑惑。「他一定會氣炸了，如果是我拿這些東西給他，可能會對我很不利。我可以轉交給你，讓你交給他嗎？」

「當然，」我從他手中拿過那包東西之後綁好後，從褲子後方口袋拿出一本小筆記本，草草寫了兩張收據，簽名之後，將其中一張交給韋龍，另一張收起來，等一下看我將子彈交給誰，再讓他簽名爲證。「把收據收在安全的地方。」我說，他點點頭。

我環顧四下想找歐康納，但是視野內看不到他的蹤影。「聽起來吉姆想要躲起來一陣子。」我說。

「這是個好主意。奇金斯兄弟很不喜歡我，可是他們對吉姆更不客氣。」

「你想他們找得到他嗎？」

「如果他不想被人找到，他們就找不到他。他曾經是突擊兵，而且從小就在這個山裡長大。只要他想，就可以下半輩子都躲得不見人影，還活得下去。」

他說得很可能沒錯。「嘿，韋龍？」

「什麼事，博士？」

「我很欣慰不是你開的槍。」

他的臉上在很短的時間內閃過了無數表情。「博士，我也這麼覺得。但不管怎樣，我不會對他開槍的，你知道我的意思？」

我知道他的意思。

35

在我打過報案電話沒幾分鐘之後，威廉就趕到了，閃光警示燈在他那台黑白相間的查洛基休旅車上方閃個不停。威廉在前廊前方減速煞車，跟著他看到了遠處還在悶燒的直升機，搖搖晃晃地又把車開到我跟韋龍面前。他跳下車，瞪著那堆飛機殘骸好一會，突然轉身面對我們。「這裡發生什麼事了？」他盤問我們，沒等我們回答，就拿出左輪手槍指著韋龍。「把手舉起來，走到車子那邊。」韋龍一臉驚訝，卻也只好慢慢舉起雙手。

「他跟這件事情沒有關係，」我說，「槍戰開始時，他剛好停下卡車，直升機被射下來時，他正跑向山脊槍手所在的地方。」

威廉轉身向我。「那你又在這裡幹啥？歐康納在這裡搞什麼鬼？他媽的，他又跑到哪裡去？」

「我很樂意將詳情一五一十告訴你。」我說，「可以請你把槍放下來嗎？這讓我很難專心，怕你可能會不小心開槍打到一個剛好目擊事發經過的無辜路人。」

威廉怒目相視。「我不確定他是個目擊證人，更加不相信他只是路過。而且，我他媽的相信他一點也不無辜。」無論如何，他還是將槍放回皮套，當韋龍講述他到達山脊頂端時所看到的經過時，他也讓韋龍將雙手放了下來。韋龍說到他撿到幾顆彈殼時，他伸出手，「拿來，給我。」

「已經不在我身上，我已經交給博士了。」

威廉轉身向我，手還是伸得直直的。「我會給你的，」我說，「你爲什麼不先聽韋龍說完，等會我們再私下討論。」

副警長又問了韋龍幾個問題之後，就放過韋龍。「你千萬別想離開這個鎭上，」韋龍爬上卡車時，他向韋龍發出警告。當韋龍開車離開時，我不禁鬆了一口氣。

我將全部的經過講給威廉聽，從我去看歐康納僞裝起來的人參田，到直升機遭槍擊墜落爲止。「韋龍已經盡力追捕凶手了，」我說，「他找到的彈殼可能是關鍵證物，如果還可以拍到些照片，或者採集腳印，可能會有些幫助。」威廉看起來若有所思。「那些彈殼就在這裡，」我從襯衫口袋拿出打了結的手帕，他伸手要拿，我往後一抽。「副警長，可以請你簽張收據嗎？」我拿出剛才寫好的收據。「從布洛克頓博士那裡收到五枚黃銅彈殼，此爲歐賓・奇金斯謀殺案現場山脊處撿獲之證物，包在紅色手帕裡。」

威廉的反應，好像我在他臉上啐了一口痰。「你想我會忘記這些子彈是來自於殺害歐賓・奇金斯的槍枝嗎？你認爲我會將這條爛手帕丟到洗衣機或垃圾桶裡嗎？」

「不，你不會，」我說，「但是當一位警官遭人殺害，而且又是警長的弟弟時，情勢就會變得很緊張。如果我們在證據管理程序上有任何一環沒有處理妥當，一個攻勢凌厲的辯護律師就可以完全摧毀這些彈殼的價值。我可不想因爲我們沒有保留適當的紀錄，而讓殺害歐賓的凶手逍遙法外。」

威廉隨便點了點頭，從口袋裡抓出一隻筆在收據上簽名後，我將那一小包東西交給他。「田納西調查局的犯罪實驗室可能會從上面採集到一些指紋，」我說，「也許開槍的那個傢伙在裝子彈時忘了擦掉指紋。」

他看起來深感驚訝。「謝了，博士，我想我可能沒想到這點，多謝你的幫忙。」他將那個小包裹放進制服的襯衫口袋後，又將鈕扣扣好。當他將視線由胸口往上抬起來時，我注意到他一直盯著山谷遠方。一輛黑色的福特多功能休旅車在砂石路上飛奔過來，車子在空地上轉了個大彎，搖搖晃晃地停在我們旁邊，湯姆．奇金斯從車上跳了出來。

我還沒來得及阻止他，他已經奔向燒成一片漆黑的駕駛員座艙，親眼目睹他弟弟燒焦的屍體。湯姆．奇金斯一聲聲哭喊起來，跟著他就抓住胸口，雙膝著地，倒在地上，失去意識。

我不是個醫學專家，我面對的都是已經失去生命的人體，但是我很肯定警長剛剛發生了急性心肌梗塞，這意味著時間很重要，我們只有六十分鐘，也就是所謂的「黃金時間」，來避免心臟受到更嚴重的損害。我知道超過六十分鐘之後，心臟肌肉就會因爲缺血而開始壞死。「我們得立刻將他送醫。」我說。

「我會叫輛救護車，」威廉伸手要拿無線電。

「太慢了，」我說，「這裡距離鎮上約有半個小時的路程，等他們抵達這裡，再將他送到醫院，他就沒救了。我們得在一個小時內幫他找到心臟科醫生。」

「他媽的，博士，」他大吼大叫，「我們這裡根本沒有心臟科醫生。」

「這裡是沒有，但我們還是得盡快將他送到鎮上，呼叫你的調度員，要他們幫我們聯絡上『生命之星』。」

「生命之星」是田納西醫學中心的空中救護服務，擁有兩輛直升機，就停在醫院的屋頂，距離人體農場才幾呎之遙。調度員不到一分鐘，就將威廉轉接給生命之星的飛航協調員。副警長向他描述警長的症狀，並且請求他們出動一架直升機。「你的方位在哪裡？」

「我們就在離詹斯伯六到八哩遠的一個小山谷，」威廉說，「布洛許溪山在我們的正西方，還有——」

「等等，等等，」飛航協調員說，「有人有全球衛星定位系統的設備嗎？」

「喔，有，當然有。」威廉說，他從腰帶上的小袋子裡抽出全球衛星定位系統手持接收機，打開電源，螢幕畫面上顯示出來自四個衛星的訊號。「請準備接收座標，」威廉說，當他開始讀出座標時，我站在他背後越過他的肩膀看著顯示螢幕。「北緯三十五度九十五分三十五秒，西經八十二度七十九分六十八秒。」

當調度員重複一次座標確認正確與否時，我發現數字有誤，我拍拍他的肩膀，想跟他說話，但他卻不理會我，我又再拍他一次，而且更加用力。「生命之星，請準備。」他厲聲說道，然後突然轉身正視我。「媽的，什麼事？」

「你唸錯了經度的兩個數字。」我指著螢幕急迫地說，「你說七十九分，可是螢幕上是九十七分，」我在腦袋裡很快地計算了一下，「那幾乎相差十分之二度，這樣他們會降落在離這裡十到十二哩遠以外的地方，那已經是在北卡羅萊納州了。」

威廉看起來快要氣炸了，他再度呼叫飛航協調員更正經度，協調員重複更改後的經度數字。「重複的數字正確，」威廉說，我伸手要拿他的無線電，他滿臉不耐煩地放手給我。

「他們多快能升空？」我問。

「大約三十秒前已經升空，」協調員說，「應該在十二分鐘後就會降落。」

「哇，這眞是太好了，在這段時間裡，我們可以幫病人做什麼？」

「請等一下，」無線電安靜了快一分鐘後，「生命之星」的協調員又說話了，「航空護士說讓他保持安靜，並且將腳抬高，如果他還有意識，你又找得到阿斯匹靈的話，就給他一顆，讓他嚼碎後吞下去。這會使他的血液變稀一點，讓多一點血液流向冠狀動脈。」

「我會的，」我說，「通話結束。多謝你們協助。」

「這是我們的工作。」

我將無線電交還給威廉後，立刻衝向我的卡車後車廂，我總是將急救箱放在那裡。在繃帶、溼紙巾、軟膏跟手術用手套之間，我知道一定有一包阿斯匹靈。這些小盒子多到令人發瘋，終於讓我找到了，有一小包兩片裝的阿斯匹靈。我用抖個不停的手指拆開外面包著的箔紙，兩片藥跳了出來，飛越卡車車床，滾向後擋板的空隙，當第一顆藥丸嘎嘎滾向汽車保險桿凹陷處時，我絕望地撲了過去，在另一顆藥丸快要掉下去之前及時抓住。我的心跳得真是厲害。

奇金斯已經悠悠醒轉過來，威廉跟我將他撐起來靠坐在吉普車的輪子上。當他咀嚼阿斯匹靈時，不知是藥的酸味還是胸口的痛，讓他齜牙咧嘴的，我趁此時，將槍擊經過、飛機墜落、還有韋龍尋找槍手的事情都告訴他。他進一步詢問我有關彈殼的事——找到幾顆？「五顆？」什麼口徑的？「韋龍說30-30。很長，像是獵槍用的子彈。你的副警長已經收到口袋裡了。」奇金斯看著威廉，並且伸出手來。

威廉掏出手帕，打開上頭的結，再將那包子彈放到警長的手掌中。「小心，上頭可能有指紋。」我提醒道。警長用手帕一角小心地拿起一顆子彈，仔細地觀看底部。他那張充滿了痛苦與焦慮神情的臉沒有任何改變。「沒錯，溫徹斯特30-30，」他嘀咕著說，「里昂，這對你來說，有什麼意義嗎？」

「天啊，警長，光是在庫克郡，這種獵鹿用的來福槍就超過一百枝以上，吐口痰就涵蓋的距離裡，還有好幾百枝。」奇金斯嚴肅地點點頭，將手帕重新包好，並摸索著襯衫口袋的鈕扣。

「警長，我會將它們帶回辦公室，交給田納西調查局的犯罪實驗室。就像博士說的，那上面可能會有指紋。而且也許還可以從田納西調查局的彈道資料庫裡比對出射擊痕跡。」警長將手帕放入口袋中，「警長，等會你就會去醫院，我不認爲你把證據帶在身上是個好主意，這會破壞證據管理程序。老天，它們還有可能會遺失。」威廉伸手往警長的口袋摸去，但是奇金斯撥開他的手。

「去你媽的，威廉，我還沒死。」他咆哮起來，聲音之大令人意外。「我還是庫克郡的警長，這些他媽的子彈還是由我保管。」威廉本來還打算開口繼續吵下去，但是橘白相間的直升機已經掠過山脊，降落到山谷的地面上。飛機輪子一觸地，航空護士跟醫務人員立刻抬著擔架跳出機門，完全沒理會我跟副警長。他們將擔架放在地上後，讓警長躺上去，再在警長的臀部繫上一條安全帶，另一條安全帶則是鬆鬆地繫在警長的胸前。然後，他們向我們要求協助。我們四個人將分量頗重的警長抬上直升機，在直升機的門還沒砰地關上之前，兩具渦輪引擎就已經開始轉動。

我透過窗戶瞥見護士正開始裝上氧氣袋，但這只是匆匆一瞥。直升機升空，以戰鬥機的速度朝西飛去。當它消失在山脊頂端時，我看了一下錶。從警長倒地之後，已經過了二十三分鐘。如果第一個小時是黃金時間，我希望這麼作已經讓前半個小時成爲白金時間。假如盡快診斷跟治療有像心臟科醫生講的那樣重要，奇金斯應該可以在幾天之後就返回工作崗位。

但是，我不知道這是好是壞，也不確定還看不看得到那些子彈。我轉向威廉，「副警長，等警長的情況穩定下來，回去上班之後，你應該要他寫張收據給你。」

「沒錯，博士。」他只說了這幾個字，但是他臉上的表情，混揉著氣憤、挫折跟恐懼，卻道出他內心更多的思緒。問題是，我沒讀出這些表情背後的意義。

36

有輛車子顛簸地從遠方往飛機殘骸處駛過來，頭燈的光線照在損害嚴重的直升機上下舞動，我在想是哪一隊人馬先到：田納西調查局探員，還是我的鑑識助理。

吉姆．歐康納臨走前將衛星電話留給我，我透過這支電話聯絡上米蘭達，今天這個時間要組成一隻鑑識團隊還眞不容易。不只因爲今天是星期六，也因爲這個星期六恰巧落在田納西大學連放四天的秋天假期中間。通常，即使是週末，位於體育館下方的走廊跟辦公室裡，還是有絡繹不絕的人類系學生。但是今天，卻只有小貓兩三隻。半個小時之後米蘭達回電說，她用盡各種辦法，卻還是無法多找到幾個研究生。「打給亞特．波哈南，」我告訴她，「他不了解骨頭，但是他很擅長將證據裝袋，幫犯罪現場照相。還有聯絡莎拉．卡米柯看看。」

「她是誰？沒聽過她。」

這個問題讓我侷促不安。「她是我課堂上的一個學生，學校總機應該有她的聯絡方式。」

「莎拉・卡米柯。她是碩士班還是博士班的學生？」

「她……事實上，是大學部學生。」

她停了好一陣子沒回話。「她修過骨學嗎？」

「不算有。沒有。但她可以說已經將那方面的書背得滾瓜爛熟了。」

又是更長的停頓。「她是我心裡想著的那位嗎？」

「很可能。是的。聽著，她就是我跟她接吻時被你撞見的那位，可以嗎？我很抱歉，我知道這很尷尬，我也不想把她扯進來，可是妳又找不到其他人。她也許是我們能找到的最佳人選。她很聰明，該知道的基本知識她都具備，而且很會記錄資料，也知道該怎麼塡骨頭架構清單。」骨頭架構清單其實只是畫出人體的骨骼輪廓，在類似這樣的田野工作中，我總是會指派一個學生用鉛筆或原子筆畫出每一塊找到的骨頭輪廓。基本上，那很像萬聖節的著色本，只不過整本都是手、腳和頭顱骨頭的輪廓線。這種圖解的方式要比寫下骨頭名稱，讓我能更快也更容易一眼就辨識出我們找到了哪些骨頭，又有哪些還沒找到。我有自信，莎拉毫無疑問地絕對能夠準確地畫出這些輪廓圖。

「我們不需要她的幫忙，」米蘭達說，「我們沒有她也做得來。」

「不，我們不行，米蘭達，妳的右手還打著石膏，記得嗎？妳沒辦法用受傷的手臂畫骨頭、寫字、將證據裝袋，打電話給莎拉。」

即使這通電話透過衛星連結，訊號往返超過好幾千公里，我還是聽得見米蘭達生氣的喘息聲，在我心裡，甚至可以看得到她的鼻孔正在掀動著。「討厭！」她終於說話了，「你的要求很過分，你知道嗎？」

「我眞的知道，我也很抱歉。可是我不是爲了自己，而是要幫直升機裡的死者，還有他的警長哥哥，他剛剛才被空中救護隊帶走，還有死者的雙親，他們甚至還不知道自己的兒子剛剛已遭人殺害。米蘭達，這是一個很麻煩的死亡現場，我需要幫忙，尤其是你，拜託。」

講完這通怒氣沖沖的電話，兩個小時後，系上的小卡車從山谷那邊上下彈跳地開了過來，米蘭達開車，亞特坐在一旁，莎拉則擠在她們後面的摺疊座椅上。我指揮她們將車轉向直升機前方，好讓車子頭燈照進破碎的機艙內部。「哇，」米蘭達從車上跳下來，她的橘色石膏在黑暗中發著亮光。「那條葛藤隧道眞是不可思議，眞像是在托斯卡尼（譯註：義大利著名的度假勝地）鄉間那種葡萄園風光，再融入田納西的風格。」她看起來很自在快樂，是因爲下田野工作讓她這麼興奮，還是一路開車過來，已經讓她對莎拉放下心結？不管怎樣，我總算是鬆了一口氣。「三年來看過五十個現場，這回最酷。」她打開卡車車床尾門，開始單手卸下放在車上的工具設備。

亞特揮手跟我打了聲招呼，還用力眨眼向我示意，這表示一定發生了什麼事，但我沒時間也沒辦法私下問他。跟著莎拉也從那個狹窄的摺疊座椅起身下車，她露出的微笑還帶著一絲尷尬，但微笑中的難堪神情卻掩不住她眼裡的興奮。也許我不是總將事情搞砸。

她們花了兩個小時才抵達現場，這段時間像是有永恆那麼長。然而事實是即使她們再早一點到達，我們也無法挖掘殘骸，因爲燃燒的溫度太高，要等到溫度降下來之後才好動手。

我向威廉一一介紹我的助手，我很驚訝亞特跟我到庫克郡這幾次，竟然還沒跟威廉正式見過面。才剛介紹完，亞特就指著山谷口問：「比爾，你有叫披薩嗎？」

一輛福特維多利亞皇冠（譯註：美國警用配車常用車種）一派輕鬆地駛入山谷，悠哉地開到我們面前。我知道我沒叫披薩，除非達美樂披薩已經改從田納西調查局現役探員中招募駕駛了。

爲了要不要通知田納西調查局，我跟威廉兩個人差點打起來。當「生命之星」安穩地起飛之後，我就拿出衛星電話要跟田納西調查局聯絡。當我告訴威廉我在做什麼時，他說，「混蛋，不要。這裡是我在管，我說不要打。」當警長無力行使職權，首席副警長又已經死亡時，威廉的確是現場層級最高的執法人員，事實上，也是全郡最高。但是他是一個沒有下屬的長官，而且他似乎也不知道該如何處理現場。當他阻止我跟田納西調查局聯絡後，我建議打給田納西公路巡邏隊，但他也說不要。「這個嘛，總得要有人出來管，」我斷然地說，「我們不是在聯邦土地上，所以不能找聯邦探員，看來我們最好的聯絡對象就是你在田納西調查局的新朋友。」

我講出這話純屬無心，就是突然脫口而出。威廉的臉色先是一陣蒼白，跟著氣到發紅，我試圖向他解釋：有一回我到鎮上圖書館還書，剛好看到他跟史提夫．摩根站在聯邦大樓的台階上講話。這個解釋聽起來真是沒有說服力。「聽著，」最後我只好這麼說，「現在有人殺死了警長的弟弟，你又沒有資源可以進行大規模的調查工作，你得找人幫忙。他們是你捉到凶手的最佳希望。」他看起來還是悶悶不樂，但至少沒再阻止我打電話。

維多利亞皇冠前座的兩扇門動作一致，同時打開，一臉嚴肅的史提夫·摩根走出駕駛座，布萊恩·藍金則從另一邊的乘客座位下車。藍金將臥底裝扮全部改頭換面，不再戴著運動帽，穿工作褲，而換上了運動外套加絲質領帶。

威廉跟摩根兩人尷尬地互相點頭，就像兩名牧師在上空酒吧相遇，兩人明明相識，卻不想相認那般。藍金則是向威廉自我介紹，我由此判斷威廉沒在聯邦大樓見過藍金。這倒說得過去，畢竟藍金之前是臥底的身分。威廉的臉上神情顯露出強烈的困惑、驚嚇跟恐懼，他的神情讓我覺得藍金在當臥底時，一定在某些不名譽或非法的場合遇過威廉。

這兩位探員先跟我們做了短暫交談，他們先是從我這裡聽取有關事情發生經過的簡述，然後又問了威廉幾個問題，他在何時何地知道槍擊事件發生，又在何時抵達這裡等等。談過之後，他們向我們告退一會，回到車內低聲交談，樣子十分嚴肅。等他們再出來加入我們時，摩根似乎主導全局。「我們建議接下來的處理方式是，」他說話的語調一點也沒有邀請我們給予回饋或向我們提問的意味。「我留下來陪布洛克頓博士跟他的團隊挖掘直升機殘骸。藍金探員會跟威廉副警探開車回法院，蒐集更多背景資料，重看調度中心日誌，翻閱任何可能的相關檔案。」

「我不走，」威廉說，「這是庫克郡的刑事現場，我是第一個抵達現場的警員，也是這裡的事件指揮官。」

田納西調查局的兩個探員互看一眼，跟著藍金對威廉點頭示意。「里昂，老兄，要不要跟你的老朋友公雞敘敘舊？」他用手指指里昂的吉普車，接著他們就上了車，這一回，他們講話的聲音不小，至少里昂的聲音就挺大的。然後出乎我意料之外，里昂的車子引擎發動起來，如魚擺尾地橫過空地，載著副警長跟臥底探員離開山谷。

摩根對我露出陽光般燦爛笑容。「跨單位合作，」他說，「眞是愉快。」我等著他繼續說下去，希望他可能會透露內情，讓我知道藍金對威廉耍了什麼手段，但是他沒有。「別讓我耽誤你們工作，」他看著直升機如是說。

我們開始繪製墜機現場的地圖。當亞特跟米蘭達忙著標出關鍵地點的座標時，我請莎拉將現場的地景大致描繪出來。有了全球衛星定位系統手持接收機，眞是簡化了繪製現場的工作，現在只要按一個鍵，就可以測得屍體所在的經度跟緯度，甚至還可以將屍體位置疊在螢幕的地圖上。但是，我沒打算就此放棄老式的地圖跟繪製方式，以防各種意外發生，譬如電池用完、螢幕燒掉、電路板故障，甚至連衛星都可能出狀況。再者，多半的全球衛星定位系統還是有一到三公尺左右的誤差，這意味著在最糟的情況下，六個月後當我根據這個小玩意兒的指示重返命案現場時，我所站或所挖掘的位置可能與眞正的地點相差十公尺。如果你要找的是一根當時遺漏的舌骨，這樣的誤差範圍可眞是有如十萬八千里遠。

這裡可用來繪製座標的地標物，最清楚明顯的就是那幢房屋，尤其是前廊的西南角，最靠近直升機殘骸。亞特拿著羅盤測量從房子中央到直升機的度數，他喊出「二百五十五度」，莎拉在她的地圖上畫上箭頭，並標上方位。接下來，亞特拉開一捲皮尺測量從屋角到直升機的距離，莎拉又在羅盤讀値下面加上「八十七點五英呎」。第二個地標物，他們選擇了一棵高大的鐵杉木，山谷裡有條小溪穿過，流入葛藤隧道，鐵杉木就獨立在這條小溪旁。從鐵杉木底部到直升機有七十四英呎，羅盤讀値一百二十八度。這麼一來，即使我們在好幾年後才重返這裡，除非房子全毀，鐵杉木被砍倒，否則我們還是能夠準確地知道墜機地點。全球衛星定位系統就難說了。

這個墜機現場還有個優點，請恕我這麼說，就是機骸和裡面的東西都大致保持完整。我在諾克斯維爾工作的這些年，曾經在大煙山脈參與過幾次墜機現場的挖掘工作，有好幾次是螺旋槳飛機，有一回是軍方的空中加油坦克機。它們墜機之前，都是以水平的速度高速前進中，因此機骸跟屍體往往四下散落到好幾千碼的山嶺中。歐賓的直升機則幾乎是垂直墜落的，雖然他的屍體受到相當大的撞擊，跟著又被大火燒焦，但至少還保持完整。

直升機墜地時是斜到一旁，讓挖掘工作比較容易進行，若是正面朝上，引擎跟旋轉翼會壓垮駕駛員座艙，這會迫使我們得切開機艙才進得去。像現在這樣，我就可以直接從擋風玻璃的破洞，屈身進入大致完整的駕駛員座艙。

當我一踏進破洞裡，屍體燒焦的氣味立刻讓我感到窒息。我知道等結束之後，我的衣服，甚至我的頭髮跟皮膚都會留下這股難忘的味道：乾焦腐敗，卻又潛伏著一種令人困擾噁心的甜味。無論如何，最好還是趕快動手。我傾身向前，就發現自己正與歐賓・奇金斯破裂的頭顱面對面。

他的頭顱靠在座位邊緣跟門框上，座椅的襯墊已經不見蹤影，左邊燒焦的椅框跟彈簧被撞擊的力道壓得扁扁的。歐賓的眼睛，或者說以前是眼睛的部分，如今只是眼窩裡一團黑黝黝的灰渣，看起來比較像木炭，而不再是靈魂之窗了。不過，從我看到歐賓的幾次表現中，他的靈魂早就很黑暗了。

頭顱的軟組織已經燒得精光，但下顎骨還藕斷絲連著，讓嘴巴看起來像是鬼魂在發出尖叫聲一般詭異。歐賓的樣子讓我有點聯想到莉娜，接著我就明白了，這樣的聯想並非憑空而生，歐賓・奇金斯跟莉娜一樣沒有上排的側門牙。就在我研究歐賓的牙齒時，突然有個影像閃入我腦海，我想起湯姆・奇金斯在擠入洞穴窄端時，緊緊咬住牙齒，造成臉部扭曲的樣子。「哎呀呀，眞是沒想到。」我吐了一口氣說道，庫克郡的基因庫眞小，彼此之間的關聯這麼深。

歐賓死時，被安全帶緊緊地綁在座位上，安全帶的尼龍帶已經被大火燒毀，但是歐賓，或者該說歐賓的屍骸卻還穩穩坐在飛機的駕駛座上，看起來就像是遭到詛咒的駕駛員。我有幾個學生研究過大火對人類的肉體及骨骼的影響，有一回我看著其中一個學生在烤肉架上燃燒一個人頭，才放在燃燒的煤炭上烤沒幾分鐘，前額的皮膚就裂了開來，往後捲起。從歐賓頭顱燃燒後的顏色及變化階段來看，額骨已經燒成灰白色，後腦的枕骨則是有如焦糖般的深咖啡色。副警長的頭皮是逐漸從頭骨剝離開來的，某個有虐待狂的火神以慢動作剝下了他的頭皮。

我們可以將他的屍體整塊從飛機殘骸中搬下來，這樣可以加快並簡化挖掘工作的進行。但是，我不想讓他的頭顱受到任何損害，所以我伸手到工具箱裡取出解剖刀。一隻手輕輕將頭顱往後抬高，另外一隻手拿著解剖刀來回割斷剩下的韌帶組織及脊椎神經。當我取下頭顱之後，我退出飛機殘骸，轉身將頭顱展示給同伴們看。

亞特一看到前額中央的洞，就吹了聲口哨。這個洞的直徑大約有一英吋，邊緣成鋸齒狀，向四周放射出去的裂縫，像嚴重受損的輪子裡遭到扭曲的鋼圈。「這個射入傷口挺大的，」他說，「子彈一定是源源不絕地打到擋風玻璃上。不過，這槍射得還眞是他媽的準。」他又加了一句，「或者說超級幸運。我猜當槍手扣下扳機時，應該是與歐賓正眼相對，可以說是看著他斷氣的。」

「如果他是電影《駭客任務》裡的基努．李維，」米蘭達說，「就躲得過子彈了。」

「如果他是《超人》電影裡的克里斯多福．李維，就會彈開來。」我說。

「如果他是超人，就不用開直升機了。」莎拉指出。

「沒錯，」亞特附和，「他會用望遠視力盯住那個傢伙，再發射熱能光線燒死他。」

「好了，夠了，」我說，「這些複雜的鑑識假設讓我頭暈了。」

我將頭顱遞給米蘭達之後，又回機艙裡查看屍骸有多少地方未受損傷。雙手跟雙腳的下半部毫無意外地已被燒毀，這些部位又細又圓，四周環繞著氧氣，在熾熱的大火中，它們總是最先燒毀。這些骨頭有些躺在駕駛艙門扭曲變形的金屬片上，有些則與破裂融化的樹脂玻璃結合在一起，冷卻變硬之後，形成凹凸不平、形狀怪異的黑色塊狀物。

除了與脊椎骨連結的背部部分之外，他的肋骨幾乎全都暴露出來。在大火開始燃燒的前幾分鐘，椅墊的填塞物及皮革保護了肋骨與脊椎骨的連結處、臀部跟大腿後方，使它們不受火焰襲擊。要將他的殘軀從擋風玻璃的缺口搬出去，還眞不容易，需要兩個人同心協力。「米蘭達，你們各拿一個屍袋鋪在這邊的地上，」我叫道，「亞特，你有戴手套嗎？」

「有，」他動動帶著紫色手套的手指。「我戴好手套了，可是找不到可以搭配的手提包。你要我幫什麼忙？」

「幫我把他搬出去，可以嗎？」

「樂意之至。」

在米蘭達跟莎拉拉開白色屍袋拉鍊、鋪在地上後，我從駕駛員座艙左邊將手放在殘軀左邊的臀部及肋骨下方；亞特則由右邊的缺口進入，將手放在右邊的肩膀跟臀部下方。「數到三，」我說，「一、二、三！」我們同時大喊一聲，用力將燒焦的殘軀抬離座椅及門框，歪歪曲曲地移向擋風玻璃處。

「等會，我得換個位置。」亞特說，這麼一來，我發現整個重量全都移到我這邊來，我得招認，雖然這副軀幹的重量已經比之前減輕很多，但是對一個因爲角度關係得彎腰駝背的中年學究來說，還是挺重的負擔。

「快點，我撐不了多久。」我上氣不接下氣地說。

「好了，可以了，走。」亞特說，我頓時感到負擔減輕。

當我們把這副軀幹東調西移，從缺口處搬出時，一隻股骨卡在擋風玻璃中間的杆子上，讓我一時失去平衡，踉踉蹌蹌跌了下去，米蘭達適時扶住我，但那副軀幹隨後跟著落下，正好壓到我腳上。「媽呀。」我說。

「還好我們不是救護技術員，」亞特說，「如果他不是已經死了，這樣跌下去大概也沒命了。要不然，他也會撥電話把律師找來。」

我將袋子用力拉到軀幹那邊，包好之後拉上拉鍊，「我們一人拉一角吧，」我說，「一起往前走，把它弄上卡車。」四個人一起搬，重量減輕好多，一個人大約頂多負擔二十磅。

米蘭達跟莎拉抬的那一端先抵達卡車。「我們先把它放在車尾的門上，再爬到車裡把它拉進去。」米蘭達說，她們一躍而上，爬進車床內部，動作遠比我優雅多了。「喔，眞是年輕又敏捷。」我說，同時把我這一端抬上車，並往她們的方向推去。

「喔，既有終身職，又有助理服侍。」米蘭達大聲回嘴，在卡車裡看不到的角落，莎拉笑得咳出來。

「才不是這樣，」我說，「如果你惹火了系主任，他就會讓你吃不了兜著走。」

「他才不敢，這兩年來我幫他那麼多忙，他沒有我做不了事的。」

「這倒是眞的，」我說，「但是現在，我就要叫他換人。」

「料你也沒人可換，」莎拉說，「薪水那麼少，工作時候的味道又那麼臭。」她們從卡車裡現身，並跳下卡車。

「喔，又多一個人回嘴了，」我說，「我們先工作吧，給我一點時間想一想怎麼回話比較好。」我走回直升機那裡，挖掘跟軀幹分離的其他骨頭。我拉出的第一根骨頭是肱骨，「看來衝擊的力道撞斷了他的左手臂，」我對米蘭達說，「你知道我怎麼看出來的嗎？」

米蘭達研究著骨頭，莎拉則在骨頭架構清單上畫出骨頭的輪廓。「嗯，這一端全部都是黑的，另一邊則是灰色的。」米蘭達說，「我猜這就是個線索？」

「這就是你說的『燃燒差異』？」莎拉靠過來問。

「沒錯——非常好。」米蘭達挑高眉毛，隨即又忌妒又佩服地笑了笑。「你們看這隻肱骨的前端，」我繼續說下去，「也就是手臂跟肩膀連結的地方？已經燒得完全灰白，這樣的顏色意味著有機物質已經燃燒殆盡，剩下的都是無機物，你們看這骨頭有多脆弱，」她們兩個都很認眞地看著，「小心，這骨頭脆弱地就像被火化了。靠近手肘這一端，比較像焦糖的顏色，表示這裡沒有燒得很嚴重，因爲……？」

「因爲那附近還有一些軟組織讓火沒延燒得那麼快？」米蘭達很快地接腔，她將肱骨遞給莎拉，莎拉將骨頭放入裝證據用的棕色紙袋，然後貼上標籤，並編上號碼。

「正是，」我又進入直升機裡，拉出一對尾端仍然相連的骨頭。「看來左邊的脛骨跟腓骨都具有同樣的『燃燒差異』模式，所以衝擊的力道很可能也扯下了他的小腿。」我將骨頭遞出去給她們做骨頭架構清單，檢查一遍之後裝袋。「看來左側股骨中段也有燒得完全灰白的現象，這意味著撞擊的力量曾把肌肉撞裂開來。」當我把股骨遞出去時，亞特靠過來幫骨頭的燃燒形態拍了一張特寫，那閃光弄痛的我的眼睛。「亞特，這樣就好了，」我說，「我不是眞的那麼需要特寫照片。」

「抱歉，」他說，「我聽說你眼睛閉著也能辨認骨頭，所以我以爲你沒有在看。你剛剛說的『燃燒差異』在鑑識上很重要嗎？」

「在這個案子裡沒那麼重要，因爲我已經親眼看到他是怎麼死的。還有其他兩個，事實上，加上槍手，還有另外三個人都看到了。但是假如我們是在一間被火燒過的房子裡找到這些骨頭，在這種情形下，『燃燒差異』就很重要，可以告訴我們骨頭是否在燃燒之前受到損傷或切割。如果大火不是因意外而起，就很可能是故意縱火，以掩蓋謀殺痕跡。」

在解說前幾隻骨頭之後，我們進入一種有效率的安靜節奏中，不用交談，不用轉頭，甚至也不用交換眼神，我將骨頭拿給米蘭達，她說出骨頭名稱，莎拉則忙著畫下骨頭形狀，亞特則接過骨頭裝袋貼上標籤。很快的，整片地上就布滿了棕色紙袋，活像食人魔舉辦了一場陰森可怕的野餐。

我的工作範圍慢慢朝向駕駛座附近的地板上。「嘿，亞特，」我正在挖掘一些已燒得灰白的腳骨頭。「我知道飛機上的踏板是跟方向舵有關，可是直升機沒有方向舵，爲什麼也有踏板？它們該不會是在控制節流閥，是嗎？」

「不，」亞特走過來，指著駕駛艙地板中央一個扭曲的金屬管子。「節流閥是連結到這根桿子上，在直升機上，這叫做集合操縱桿，踏板是用來控制尾旋翼的，它的功用跟方向舵一樣，但是卻複雜得嚇人。駕駛員如果要往左，就踩下左踏板，但事實上，這會讓尾旋翼將尾桁推向右方。我曾嘗試飛過這奇妙的玩意兒。」

「然後呢？」

「然後，就像萊爾・拉維特（譯註：美國當代鄉村音樂奇才，女星茱莉亞・羅勃茲的前夫）的歌裡說的，『一次就夠了』。眼睛跟手，機器跟身體之間所需要的協調度，是我試過最複雜的一種。我表現得已經很棒了，可是在過程中，我有兩三次做錯了，就讓飛機倒栽蔥或是一直偏到另一邊。當我們活著降落到地面上時，飛行教練還激動到親吻大地。」

有樣東西突然吸引了亞特的注意力，他又看了一眼駕駛艙內部，指著一個四方形的東西。

「比爾，我可以進去拿那樣東西嗎？」我點點頭，暫時先出去，亞特探進身子，用力拔出一個燒黑的長方形盒子，大小約如香菸盒，他將盒子放到腳邊的地板上後，又進去東看西瞧，等他出來時，手上又拿著一個更大的金屬盒子。他把那兩樣東西拿給莎拉看，還拿著小的那個比了比證據袋，莎拉打開袋子，讓他將盒子放進去。

「你要我在標籤上寫什麼呢？」莎拉問。

「就寫『射頻單元』，後面再加個問號。」他說。

他看起來若有所思，一會兒之後，他走到我的卡車後方，伸手到車後的保險桿下面到處摸索。「找到了，」他說，使勁一拉，拔下某樣東西，那也是個金屬盒子，上面還有根天線。

我瞪著那個盒子，認不出那是什麼。我常常伸手到保險桿下方找備用鑰匙，我都將鑰匙放在一個磁鐵盒子裡再吸在車後的保險桿下，但我卻從來沒看過這樣東西。「那是什麼？」

「一個信標。」

「什麼樣的信標。」

「射頻信標。有人把無線電頻率發射器放在你的卡車上。」我還是有點聽不懂。「就像生物學家在黃石公園的狼身上裝的無線電頸圈。」亞特指向直升機殘骸。「看到駕駛艙頂端那些突出的金屬尖端沒？那就是指向性陣列天線，用來接收發射器發出的訊號。我在駕駛艙裡找到的就是接收器跟控制單元，它們會接收信標的訊號，然後計算出你的方位跟距離。比爾，歐賓在跟蹤你。」

「爲什麼歐賓要跟蹤我？」

「這個嘛，也許警長跟他的屬下猜想你可能會帶著他們找到歐康納，或者那是歐賓自己的主意。也許哪天當我們抓到他跟他哥哥的把柄時，他就可以先發制人。從你告訴我他在韋恩身上做的事看來，他不是那種會不計前嫌的人。」

「一想到歐賓拿我像動物一樣跟蹤，就讓我渾身發抖。」我說。

「是啊，我也是。」他說，「我只能說，還好你的下場還不錯。現在我們知道爲什麼你來這裡之後沒多久，歐賓就出現了。」

史提夫·摩根一言不發。但是我跟亞特兩人說的話，這位田納西調查局探員可是一字一句都沒聽漏。

37

我將車子停在老地方，地方法醫中心後面的街燈下，信步走到後門，這裡有需要按下密碼的號碼鎖。現在已經接近午夜，我的頸子跟後背都因爲彎身在直升機的駕駛員座艙裡工作整整三個小時而痠痛不已。停屍間看起來像是荒蕪之地，但事實上，這裡一直有人管理。如果我去按卸貨區的電鈴，沒多久，攝影機就會往我的方向照過來，接著，停屍間那位累得沒力的助理就會按下開關放我進去。值班的這位助理很可能是病理科的實習醫生，因此他總是迫切需要好好睡上一覺，爲了不吵醒他，我還是自己開門進去，盡可能躡手躡腳穿過走廊，以免擾人清夢。

一進入醫院的地下室，我就找了部電梯直達七樓心臟科。在護士站值班的夜班護士看到我就笑了開來。「嗨，布洛克頓博士，眞高興看到你。」她眉開眼笑地說，「這麼晚了，什麼風把你吹過來的？你一定是來找器官捐贈者喔。」這個笑話讓我們倆都笑了出來，幾乎每一回，我從滿是屍體的地下墓穴進入治療患者的病房時，都會聽到類似的笑話。

「今天晚上就免了。」我說，「不過，如果你有熱門人選，歡迎打電話給我。其實，我今天是來探望你的新病患，湯姆．奇金斯警長，『生命之星』在幾個小時前，才把他送過來。」

「他人緣眞好。」她說。

「怎麼說？」

「不久前，才有一個先生來看過他，就在我來接班之前。他的副手也才剛走。我很意外你剛才沒在電梯遇見他。」

威廉？一定是威廉，因爲另一位副手歐賓已經跟米蘭達到骨學實驗室，在鍋裡燉著，等著被刷洗乾淨。各種影像在我的心裡快速跑過，副警長來這裡眞的是關心他的上司嗎？他知道我們已經在我的卡車上找到信號發射器——他早就知道信號發射器的存在嗎？還是他是來拿回彈殼的，如果是這樣，又爲什麼會這麼急？

「要是他遇到我，那他一定迷路了。」我說，「我是搭停屍間那邊的載貨電梯上來的。不過，我很驚訝他來過。我剛從庫克郡回來，等會就要回家，這趟路還眞遠。」

「你白跑一趟了，」她說，「警長睡著了。十一點鐘我去換點滴時，給他服過安眠藥。副警長說他只是來了解警長的最新狀況，所以我陪他進去看了一下。然後他就問我是不是可以坐一會兒，陪陪警長。我說可以，只要他不吵醒警長。」

我已經累到精疲力盡，又很敏感，一聽到她這麼說，感覺一陣恐慌，好像有什麼事不對勁。

「副警長離開之後，你有再進去警長的病房嗎？」

「沒有，他才走五分鐘而已，怎麼了？」

「我不知道，可能是我比較神經質，我們可以去看一下他嗎？」

她看起來有點不悅，但還是離開護士站，跟我悄悄走過走廊，小心地進入病房。奇金斯半坐著睡在搖起來的醫院病床上，還打著呼嚕，左手臂上有許多心臟電擊器的導線從他身上穿著的醫院袍子上方繞出去。監視器螢幕顯示他的心跳很穩定，一分鐘七十二下，他的胸膛起伏也很平穩。那位護士舉起她的大拇指，「他的狀況很好，」她輕聲細語地說，「他的血凝塊很小，很可能是因爲壓力而崩潰，不是血凝塊造成的，而且他在很短的時間內就抵達心臟科，只要把動脈清一清，又是好漢一條。很可能明天就可以出院了。」我對他的病情這麼樂觀感到驚訝，當他雙膝跪地時，我差點以爲他就要死了。護士轉身離去，站在門邊等我，但是我又想到一件事。我拍拍手銬，舉起五根手指頭，向她示意可以再給我五分鐘嗎，她聳聳肩膀，舉起食指放在雙唇上，然後就留下我跟打呼的警長共處一室。

門一關上，我就踮起腳尖走向衣櫃，我想他的衣物應該都放在那裡。沒錯，他的制服又髒又皺，就掛在櫃子裡，已經清空子彈的槍插在槍帶上，就吊掛在後面的掛鉤上。我摸了摸左邊的襯衫口袋，再摸摸右邊，兩邊都是空的。然後我注意到衣櫥木板上有一小包塑膠袋，袋子很重，我拿起來時還發出噹啷聲。我把袋子拿到窗戶旁邊的推車上，藉著心臟電擊器的螢幕光線，還有大樓外部的散光燈，在黑暗中摸索著袋子裡的東西。我看到了警徽、鑰匙、皮夾、零錢、無糖口香糖，還有槍裡的子彈。但是我來回看了三遍，就是沒看到韋龍的那條手帕，裡面包著的彈殼，很可能會帶領我們找到殺害歐賓的凶手。

38

從警長的病房回到家才沒幾個小時，早報就砰地一聲落在我家門前的台階上，頭條新聞的大標題是「小史黛西的屍體已被尋獲」，副標則是「性罪犯被控謀殺」，這個小女孩在失蹤快一個月後，被尋屍犬在一間廢棄紡織廠的排水溝裡找到，這地方就離嫌犯下流污穢的家幾條街口而已。小女孩的屍體藏在舊輪胎、破毯子，還有其他垃圾下方，早已腐爛到面目全非，無法辨認。但由於史黛西．畢曼是當時唯一失蹤的八歲女童，助理醫事檢察官沒花多久時間就從手上既有的牙齒X光檔案比對出她的身分，宣布這個殘忍的消息。

就在我快看完有關這個案件的報導時，電話響了。「嘿，」我認得這個悶悶不樂的聲音，當我伸手去拿話筒時，就知道會是亞特打來的。嫌犯在十二個小時前被捕，當時亞特正在庫克郡忙著幫我將骨頭裝袋。

「嘿，你，」我說，「你還好嗎？」

「有點好，有點不好。」

「眞高興他們找到她了，眞高興他們抓到他了。很難過結果是這樣。」

「是啊。」

「那個案子成立的可能性多高？」

「比我們預期得好。鑑識偵查員在屍體上找到一些毛髮跟纖維，我想這些證據應該可以連結上他，我們還希望可以找到精液的痕跡——神啊，你有在聽我說話嗎，『我們還希望可以找到精液的痕跡。』而且，我們還有好幾個小孩的媽媽能當證人，她們站到證人席上指證時，不僅可信度很高，也會引發陪審團的同情心。她們都能作證，小女孩失蹤那天，他就在學校附近。只要你那位好……」他切斷話尾，重新來過。「只要迪維斯不搞手段，將那傢伙的前科排除在外，我看不出來這地球上有哪個法官會不將他定罪。話說回來，我也看不出來這地球上有哪個律師會這麼積極地爲這個傢伙辯護。很顯然，那遠遠超出我膚淺的理解能力之外。」

「我也是，」我說，希望能平緩他對迪維斯的怒氣。「我很佩服你們這麼努力找到她，讓案子成立。我相信她的家人會很感激你們的，只要他們有機會，他們一定會這麼說的。」

「是啊，至少能讓他們晚上睡得安穩些，」他嘆了一口氣，「比爾，你知道，有時候我很鄙視這個世界，還有那些寄生蟲。」

「我知道，這世界有它邪惡的一面，這是一定的，你看到的，遠比你能改善的多更多。但是，世界也有良善的一面，請不要忘了這一面。」

「有時候，好人就是只能屈居下風。我媽媽一直要我當個牙醫，她說，『當醫生比較有名望，賺的錢也比較多。』也許媽媽說的對。」

「你在說笑話嗎？你喜歡整天站著摸別人的口水嗎？而且，比起牙醫，人們肯定更喜歡看到警察的。」

他笑了出來，不是很開懷，但至少他笑了。「你說得對，想到口水，就令人倒退三步。而且與其成天對別人說『漱漱口，再吐出來』，還不如說『渾蛋，站住別動！』，這樣比較神氣。挖掘腫脹的屍體、燒焦的骨頭也比較有趣。說到這裡，過去這八個小時來，有什麼最新進展嗎？」

我告訴他昨天晚上有誰探視過警長，還有彈殼下落不明的情況。「我本來希望田納西調查局能比對那些彈殼，現在彈殼失蹤了，我們就只剩下韋龍發現的越野車痕跡。我對歐賓雖然所知不多，但從我這幾次的親身體驗，想要他死的人可眞不少。」

米蘭達已經熬夜將歐賓剩下的那些焦黑脆弱的骨頭清理乾淨了，中午，我要將這些屍骨拿到位於詹斯伯的殯儀館。既然史黛西・畢曼案的嫌犯已經被捕，我便問亞特有沒有時間跟興趣與我同往？

「當然有，」他說，「我們每次出去都有很愉快的經驗。誰也沒法阻攔我，況且，我還有一年的補休還沒消化掉。你可以順道到諾克斯維爾警局實驗室來接我嗎？」

三個小時後，我將車停在諾克斯維爾警局前，亞特跳下台階，又跳到我的卡車上。跟剛才與我通電話的那個悶悶不樂的人，似乎有點判若兩人，我從來沒看過他臉上的神情如此複雜，既興奮又害怕，既有趣又作嘔。

「你心裡有事藏著，」我說，「快說，到底是什麼事？」

「我剛剛接到鮑伯・崗沙里的電話，」亞特說，「他打到你家跟田納西大學，都找不到你，所以改打給我。」鮑伯・崗沙里十年前從我手中拿到博士學位，不，應該是十五年前，現在他在國防病理研究中心工作，那裡號稱擁有世界上最大最好的DNA實驗室之一。亞特跟我兩人當時漏夜將從湯姆・奇金斯身上「蒐集」來的毛髮跟毛囊樣本、莉娜・邦茲跟她未出世寶寶的股骨截面，以及吉姆．歐康納的口腔刷棒採樣送給崗沙里鑑定。

「他已經鑑定好了？這麼快，ＤＮＡ鑑定的結果通常都要好幾個禮拜才出得來。」

「我猜他還想讓你給他加分，一日是布洛克頓的學生，就終生是布洛克頓的學生。」

這話聽起來很舒服。「有什麼有趣的結果嗎？」

「喔，也許有些結果還滿有趣的，」他停頓了一下，顯然在故弄玄虛。「第一點，你的好兄弟歐康納排除嫌疑，至少證明他不是腹中寶寶的父親，寶寶跟他有關聯的機率是天文數字。」

「這一點也不讓人驚訝，不過，還是很高興知道他是清白的。還有其他結果呢？」

亞特正在思考中，這通常都不是好現象。「你看過傑克．尼克遜跟費．唐娜薇演的《唐人街》嗎？」

「那是很老的片子了，我只記得費．唐娜薇沒穿衣服的樣子有多誘人，還有，要是羅曼．波蘭斯基（譯註：《唐人街》這部片的導演，在片中客串一個持刀恐嚇他人的小角色）拿刀割開你的鼻子會有多痛。」

「讓你難忘的片段是這兩段，」亞特說，「可是，我記得的卻是尼克遜逼問費．唐娜薇，要她說實話的片段。他一直賞她耳光，要她說出那個神秘女孩到底是誰。」他開始模仿電影裡的場景，把頭左搖右晃，還假裝成我猜應該是費．唐娜薇的聲音。「『她是我妹妹。她是我女兒。她是我妹妹。她是我女兒。她是我妹妹，也是我女兒。』」

我的腦袋還在想著費・唐娜薇曲線玲瓏的身材。「你提到這部片是因爲……？」

「那個腹中寶寶，對了，那是個男孩，他是警長的外甥。我想，至少你可以說那是他媽媽的妹妹的女兒的小孩。他們的基因圖譜跟你之前想的大致差不多，警長的媽媽跟他的蘇菲阿姨是同一個爸媽，所以莉娜也有母系方面的基因，並且遺傳給肚子裡的小孩。如我所說，這部分跟你之前想的大致相同。」

「但是，有部分出乎意料之外？」

「嗯，也許我不應該意外，畢竟這裡是田納西州庫克郡，可是，我之前眞的沒想到這點。」

「該死，亞特，到底是什麼？」

「莉娜的寶寶不只是警長的外甥，還是他的親弟弟。」

突然間，我的腦袋一片空白，只想確定自己沒聽錯。「換句話說，根據基因圖譜顯示……」

「……崗沙里說基因比對結果非常肯定……」

「……那寶寶的父親是……？」

「……就是老湯姆・奇金斯。那不太可敬的牧師湯瑪斯・奇金斯（譯註：作者在這裡用not-so-Reverend，大寫當名詞用時是對牧師的尊稱，小寫當形容詞則是可尊敬的）。」

我踩下油門踏板，卡車搖搖晃晃地爬上東向的四十號州際公路。

即使窗戶已經搖起來，要在呼呼吹著的狂風中聽清楚亞特的問題，還是很困難。卡車的時速已經到達九十五英哩，有陣秋風突然從北方吹來，掃落了枝頭上金紅相間的樹葉，吹得紫色的雲朵翻騰不已，捲起千堆浪。「你確定這是個好主意？」他大喊道。

「我當然確定。」我大喊回去，我的聲音遠比心裡的感覺更有自信。

「那你可以再跟我說一遍，爲什麼我們會像是蝙蝠俠跟羅賓往庫克郡進攻一般？雖然你已經說過一遍了，但這回請說慢一點，我還沒搞懂其中的環節。」

我再解釋一遍給亞特聽。奇金斯警長住在田納西大學醫院七樓。他的首席副警長蜷曲在我卡車後面的煤灰箱子裡。另一個涉及這個案子的庫克郡警員，毫無疑問地正在跟一整間的田納西調查局及聯邦調查局探員聊天，解釋他們的調查會什麼會有這樣悲慘的轉變。

「所以你的意思是，因爲這個地方的法律跟秩序全盤崩潰了，所以我們必須自探虎口，是個好主意，這就是你覺得很有說服力的論點？」

他的話差不多總結了我的想法。「但是新的DNA證據讓這個案子有了完全不一樣的發展，」我繼續提出理由。「沒有人知道這件事，而且沒有人知道我們知道了。」

「你的推理能力眞是舉世無雙，」他搖搖頭說。

「你難道沒看出來嗎？是老奇金斯讓她懷孕的，再殺了她，把這件事掩蓋下來。也許她根本沒跟他說過她已經懷孕了，很可能她太過害怕，但是肚子藏不住了，他知道這個醜聞將會走漏出去，毀了他的一生。如果上教堂的信衆們知道這個牧師居然通姦、亂倫，甚至強暴，他的事業就不保了。」

亞特像個學生一樣舉手發問。「他肯定會是頭號嫌疑犯，這我可以保證。只不過，我不懂你下一步要做的事，我們倆怎麼會是去跟凶手對質的最好人選？」

我告訴他，在庫克郡，人們不知何時就會突然消失，然後就死了。他反駁說，正是因爲這樣，所以他不認爲我們應該這樣貿然前往，畢竟我們已經有一回死裡逃生的經驗了。「但是萬一老奇金斯，或是那裡的某個人，用其他方式打聽到DNA鑑定的結果呢？萬一他就此消失，跑掉，或是死了？我們就永遠不會知道眞相了。」

「你以爲他隱瞞這件事這麼多年之後，會因爲我們兩個這麼自以爲是，就一五一十地將實情全盤托出？」

「如果我們趁他毫無防備，突然出現，拿我們知道的事來質問他，他很可能會全盤托出，不然，至少也會漏出口風，總比我們什麼都沒做來得好。」

「什麼都沒做？沒去問他，還是沒讓他有心理準備？」

「隨便，都是啦。趁現在警長跟威廉都不在，這是最好的時機了。而且，也許當我們對牧師投下DNA鑑定結果的炸彈，他會嚇得承認某些事。」亞特轉過頭去看窗外。我知道我的說法沒什麼說服力，也知道讓我想去庫克郡走一趟的原因不是這些理性的說法。我伸手到襯衫口袋裡，拿出莉娜的照片，那是吉姆．歐康納給我的，我拿給亞特看。「她的臉讓我想起三十年前的凱瑟琳，年輕時候的凱瑟琳，不只是年輕，那時，凱瑟琳剛好懷孕，她有點變胖，她的臉圓了起來……」我沒辦法說下去，這些話聽來有點愚蠢。

「所以，這又跟凱瑟琳有關了？」

「不是。嗯，也許是。其實，跟她無關，而是跟我自己有關。是我想把跟她有關的事情弄清楚。」

「比爾，別這樣。你什麼時候才會放過自己？凱瑟琳的死，不是你的錯。」

「你可以繼續勸我，講到臉色發青，我也可以繼續堅持我的觀點，講到精疲力竭，總之，你還是改變不了我的感受。也許走這一趟，會有改變。」

「如果沒有呢？」

「我不知道，亞特，當我明白之後，我就可以解脫了。」

他嘆了口氣。「嗯，記得解脫時。」他把莉娜的照片放進自己的襯衫口袋。「好，讓我們禱告我們能說服那位好牧師：告解對靈魂是有益的。」

我幾乎在兩年前就已經停止禱告了，但是我決定，此時此刻，值得我再好好禱告一次。

39

穴泉原始浸信會教堂的石牆，還有那受到詛咒的坑道，讓我又進入那不禁令人渾身打冷顫的記憶裡。而且，我發現自己又在思考這一趟來，是否爲明智之舉。正當我想開口說話時，亞特拍拍我的肩膀，指了指教堂旁邊的房子。有個七十歲左右的老人，一動也不動地坐在底部已經磨平的搖椅上，簡直就是湯姆．奇金斯的老年版。他的頭髮已經灰白，臉部紋路很深，但是整個骨架跟眼睛所顯露的特殊氣質，就像任何DNA鑑定結果一樣確定無疑，他就是警長的父親。

我將車停到碎石鋪成的停車場，靠近門口台階前坑坑洞洞的小徑。亞特跟在我後面下了車，我們站到台階前時，一陣狂風突然襲至，高大的橡樹被吹打得像是不堪一擊，紛紛落下的樹葉橫掃過院子。

我在狂風怒吼中高聲說道，「請問是奇金斯牧師嗎？」那老人不動也不回答，「奇金斯牧師，我是比爾．布洛克頓博士。這是我的朋友亞特．波哈南，我們來自諾克斯維爾，你的兒子湯姆請我來這裡幫他調查一個案子。」

他掀了掀上唇，將一團菸草渣往院子裡吐，那陣風將它吹得遠遠的。「你查完了嗎？」

「抱歉，你說什麼？」

「我是說你查完了嗎？你幫到他忙了嗎？」

「嗯，這不是個簡單的案子，我盡力而爲。」

他又吐了一口菸草渣，這一回風剛好往我這邊吹來，口水直接打到我臉上。「先生，在你出手相助之前，我有兩個兒子，現在我只有一個了。你可以高抬貴手，別再幫下去了嗎，免得我另外一個兒子又發生什麼不幸。」

我瞧了瞧亞特，他挑高眉毛看著我，這似乎不是我此刻所需要的幫助。看來，質問別人的工作不像我想像中那麼容易。「奇金斯先生，歐賓的死，我很難過，眞的很難過。我的太太也已經過世，所以我知道你現在感受到的痛苦，但是我可以向你保證，我跟他的死一點關係也沒有。」

「鬼才知道你沒有，」他大吼道，「你來到這裡，東探西挖，盡打聽一些跟你毫無關係、也無權過問的事情，你還說你可以跟我保證？滾出我的土地，否則我可以向你保證，我會把你的屁股打到爛，管你是不是博士。」

亞特終於開口了。「牧師，關於博士來這裡打聽的事情，是不是讓你害怕他會揭開什麼瘡疤？牧師，你是不是有不可告人的秘密？也許是三十年前的骯髒事？也許，是跟你外甥女有關的下流行爲？」

奇金斯站了起來，舉起瘦骨如柴的手臂，勾著手指，顫巍巍地指著通往諾克斯維爾方向的地平線。那顫抖的手臂，是因爲憤怒，還是年紀大了？

「那女孩叫什麼名字？」亞特繼續質問下去，「吉娜？不，她叫莉娜，就是這個名字，對不對？她長得可眞是標緻啊，對不對，牧師？一頭金髮，人又高挑兒，活潑開朗，追她的人有如過江之鯽，」亞特開始走上台階。「我這裡有一張她的照片。」亞特從襯衫口袋裡拿出照片，仔細地看著。「是的，先生，她眞是個美人胚子，跟她的媽媽長得眞像，對不對，牧師？她媽媽是不是叫蘇菲？你眞正想娶的人其實是她。」

老人又伸出另外一隻手，這一次他不再比出手指，他的兩個手掌朝外，手臂伸得長長的，好像在阻擋什麼恐怖的影像或是某種幽靈向他逼近。「你不要再走過來，離我遠一點。」

亞特繼續慢慢地一步一步往上走，把照片轉過來給奇金斯看，那老人就像吸血鬼看到十字架一樣往後退。「那女孩搬進你家住時，一定讓你很難過。」亞特說，「那麼年輕，那麼漂亮，又跟你無法忘懷的女人長得那麼像，即使你已經娶了平凡的姐姐爲妻。」奇金斯慢慢地左右搖頭，但眼睛直盯著照片不放。「我猜你連晚上都夢到她，有沒有啊，牧師？白天禱告的時候想著她，晚上睡覺的時候也夢到她。」亞特就快走到最上面一階了。「可是她卻愛上了歐康納，是不是這樣把你逼上了絕路啊，牧師？你知道自己就要失去她了，你知道另外一個男人就要摘下這朵你垂涎已久、鮮豔欲滴的花朵，而且這個男人居然還來自於你所痛恨的家族。」

亞特站上前廊，手臂伸長，揮舞著照片，彷彿手中持有武器一般。我回想起他在諾克斯維爾鑑識實驗室裡，拿著那樁綁架案嫌犯著火照片的樣子，我眞驚訝他能用照片發揮出這麼大的力量。也許美洲原住民是對的：也許照相機眞的能捕捉人的靈魂。

「當你知道那女孩就要嫁給歐康納之後，你就逼迫她就範，對不對，牧師？她是個處女，這點你也知道，對不對？也因爲這樣，更令你心癢難耐，對不對？」奇金斯已被逼到房子前面的牆上，他的頭搖來晃去，動得很厲害，亞特的每一句話都彷佛一巴掌一巴掌打在他的臉上。我想起亞特模仿傑克．尼克遜逼問費．唐娜薇的那場戲——她是我姪女，她是我心愛的人，她是我的姪女，也是我心愛的人。「牧師，她有沒有哭？她有沒有求你住手，還是她的自尊心強到沒有懇求你？你是怎麼下手的？你有打她嗎？你是拿著刀子架在她喉嚨上，還是用手摀住她的嘴？」亞特毫不留情，繼續進逼，那老人慢慢從牆上滑到地面上，雙膝不聽話地跪了下來。「當你進入她的身體裡面，牧師，當你進入你外甥女的身體裡面，牧師，你有沒有求她原諒你？還是，你在向神禱告，讓你不要被抓到？」奇金斯可說已經伏倒在亞特跟前，窸窸窣窣地啜泣起來了。「四個月之後，牧師，當她懷孕的樣子開始看得出來時，你將雙手放在她的喉嚨上開始勒她，神又對你說了些什麼？」

「不，」他低聲說道，「喔，上帝，神，不。」

我屏氣凝神，不敢呼吸，前廊的兩個男人一動也不動。即使連風，都彷佛靜止了，這一刻的沉默強烈到令人毛骨悚然，好像整個宇宙都陷入一種懸疑狀態，等著看接下來會發生什麼事。就在這突如其來的安靜中，我聽到了一種嘎搭聲，毫無疑問，那是有人按下獵槍的保險鈕，然後猛然關上的聲音。

「好了，先生，現在請往後站。」這是一個帶著鼻音的平板女聲，我認得這個聲音，那是曾經跟我晤談過的奇金斯太太。當她從屋裡推開紗門走到前廊上時，生鏽的彈簧發出刺耳的聲音，然後啪地一聲關上。「把手舉起來，」她對亞特說，接著移動獵槍。「還有你。」她舉著獵槍的雙管槍口對著我說。

我無法動彈地站著，嚇得目瞪口呆。她將槍舉到齊肩處，噘著雙唇，一臉猙獰。其中一根槍管迸出火花，我感覺有陣風從我右耳削過去，接著就聽見我身後卡車擋風玻璃破裂的聲音。「我說，把你的手舉高，下一槍，我會打掉你的頭。一，二。」

我舉起雙手。

「現在，你們兩個，走到前廊那邊盡頭，快，現在就去。」

我走上台階，像是爬上絞刑台，然後走到前廊另一端，亞特在我身後跟來，站到我旁邊。

老人掙扎地站起來，軟綿綿地走近他太太，他伸出手要拿她手上的槍。「薇拉——」槍管轉過來，正好對著他的右臉顴骨，準星刮過他的臉，劃開一道深長的傷口，並且開始滲出血液。他搖搖晃晃地退到前廊的欄杆上，一隻手摀著臉頰。「薇拉——」

「你給我閉嘴，過去跟他們兩個站在一起。」

「薇拉，你聽我說。」

「不，不！這回你要聽我的，你這王八蛋，滾到那邊跟他們兩個一起站好。」奇金斯垂頭喪氣，拖著腳步走到我身邊。「湯瑪斯·奇金斯，因爲你，這三十年來，我沒過過一天好日子，我已經受夠了。我不要再繼續下去，夠了，就在此時此刻，讓一切全都結束。我再也不要這樣過下去，再也不要活在謊言中了。那件蠢事毀了我們一生，不只殺死了歐賓，還有可能會危害到湯姆。我不會讓這種情形發生，夠了，眞是他媽的夠了。」

亞特清了清喉嚨。「奇金斯太太，可以請你把獵槍放下來嗎？我想我們可以冷靜地談談這件事。」

「我不想冷靜地談這件事，」她說，「我已經冷靜太久了，我這輩子一直在冷靜，你看看我得到什麼。」她四下環顧，像是在省視生命的殘骸。接著她很猛烈地搖晃她的頭，兩隻眼睛裡燃燒著強烈的怒氣。

「奇金斯太太，我知道現在情況看起來很糟糕，但並非毫無希望，」亞特堅持往下說，「只要找到好的律師，就能幫你的丈夫爭取認罪協商的。這位布洛克頓博士認識好幾位一流的律師，只要律師能爭取到過失殺人，你丈夫兩三年之後就可能出獄的。」

她瞪著亞特看的樣子像是看到了瘋子。「認罪協商？過失殺人？聽聽你們在說什麼啊？」

「那個女孩，你的外甥女，她被人殺害，她是被勒死的。」

「湯姆沒有勒死那個女孩。」

我終於找回我的聲音了。「奇金斯太太，我們在驗屍時，發現很多事情，就像你兒子說的，你外甥女懷了孕。」

「去你的，我三十年前就知道她懷孕了，你以爲我那麼笨嗎？」

「不是的，太太，我不是說你笨，」我說，「我只是……我只是不清楚你對實情知道多少。你外甥女在大肚子快要被看出來時，遭人勒死了。」

「這件事我也知道。」

「但是你剛剛說你先生……」

「我知道我說了什麼，我知道我沒說出口的事情。我沒說那女孩不是被勒死的，我只是說他沒勒死她。」

一個令人吃驚的想法在我腦海裡逐漸成形，我不想接受，卻又揮之不去。「奇金斯太太，你怎能那麼確定他沒有勒死她？」

她瞪著我，「因爲是我勒死她的。」

「不！」老人大喊出來。

「沒錯，」她對他發出噓聲，「就是我殺了她。」

「但是，她是發燒過頭死的。」他說，「我打獵回來，她就死了。你說胎兒出了狀況，她開始發燒，結果就死了。」

「那你還不是告訴我你沒碰過她。我知道這眞是鬼話連篇，所以我也騙了你。從那個時候開始，我們就沒說過眞話，我們兩個都是，你看看這讓我們的生活過得多慘。」

亞特稍稍往她靠近了一步。「奇金斯太太，我可以問個問題嗎？」他的聲音在溫柔中帶著一絲好奇，沒等她回話，他就繼續往下說，「莉娜是個高大的女孩子，應該也很強壯，像你這樣的弱女子怎麼會有足夠的力氣壓制住她呢？」

她不耐煩地搖搖頭。「我說過，我一點也不笨。她生病了，她眞的發了高燒，所以我泡了些蜂蜜檸檬茶給她喝，還在裡面加了點威士忌，那可是很不錯的威士忌。當她開始有點醉意時，就開始哭起來了，還告訴我有關……」她似乎有些失去控制，或者說失去剛剛那種堅定，但是她咬緊牙關，再度打起精神。「她告訴我他對她做了什麼好事。我一點也不想知道，打從她搬進我們家，我就害怕會發生這種事情。所以我從來不問她任何事情，但她還是親口告訴我了。」

她的眼睛看著很遠的地方，或是正看著過去的一幕幕影像。「我自己也喝了一點威士忌，然後我又倒了一些給她，越倒越多，她開始一邊哭一邊喝的時候，我也跟著一邊哭一邊喝。想到我丈夫從來沒愛過我，從沒眞正愛過我，想到我妹妹的女兒搬進我家裡，逼我面對這個事實，我心裡想，『湯瑪斯．奇金斯去死吧。你這女孩去死吧。你肚子裡的狗雜種也去死吧。』當她不醒人事時，我就下手勒死她。」

現在，換我有疑惑了。「可是你怎麼把她搬到洞穴裡的？」

我旁邊一個悲痛的聲音說，「是我搬的，神可憐我，幫我把她搬到那裡。」

奇金斯太太苦笑起來。「我告訴他，最好埋了她。不然要是有醫生檢查過她，就會引起一堆麻煩跟倒楣的事情，他一定會失去他的教堂。該死，我根本不知道他會把她放到某個地下教堂的聖壇上，不時就去看看她。湯瑪斯，我眞恨不得把她拖出去餵狗了。」他的眼睛因爲恐懼而睜得大大的。「你這自以爲是的僞君子，每個禮拜天站在台上傳道，跟人們說什麼以血洗淨，要行光明路，可是從頭到尾，你那個死掉的外甥女跟混蛋私生子就躺在不到兩百碼以外的地方。」

她搖搖頭，啐了一口痰，她的手暫時離開扳機，伸進圍裙裡尋找另外一顆獵槍子彈，但是她的眼睛還是一直緊盯著我們不放。她又裝上一顆子彈，先前射出的那一顆射穿了我的擋風玻璃。她重新裝上子彈，沒讓我感到驚嚇，這反而是個好時機，我瞄了亞特一眼，瞥見他的肌肉緊繃起來。她有點笨手笨腳，沒裝好，舉起槍管往裡瞧，就在她的眼神離開我們的電光石火間，給了亞特一個空檔。他衝向前去，抓起槍管另一端，從她手上奪下那枝槍。她往亞特撲了過去，但是她的丈夫擋到兩人中間，伸出雙手緊緊扣抱住她。她掙扎了一會之後，就倒在他的懷裡。我站著連動也沒動，雙手一直高高舉在空中，我驚嚇過度，以至於忘了放下雙手。

「這眞是感人的一幕。」前廊遠遠那頭響起了一個聲音。「現在你們是不是是要互相親吻，來場大和解啊？」里昂．威廉出現在我們眼前，右手臂彎裡架著一枝槓桿式來福槍，槍管橫在胸前。「別來無恙啊，博士，亞特。」

我放下舉得發酸的手臂。「你要是早五分鐘出現就好了。」我說，並往他的方向走過去，亞特拉出我的手臂阻止我。威廉舉起來福槍，用拇指扳下擊錘。「把槍放下，博士，亞特，你們最好很小心地把獵槍放下，然後用你們的腳把槍推過來。」

亞特憎惡地搖搖頭，獵槍就在他左手上，可是因爲槍管還未闔上，一點用也沒有。他彎下腰把槍放在地上，踢過去給威廉。威廉用腳接住，一腳踩著。亞特的聲音出乎我意料之外地穩定，「副警長，對你來說，這會不會像是滾雪球一樣越滾越大？你打算殺掉幾個人之後才歇手？」我瞪著亞特，他則是盯著威廉的來福槍看。「里昂，你手上拿的槍跟射殺歐賓的槍是同一把，這不太明智吧？那是馬林三三六型，對吧？如果我沒記錯的話，那把槍用的正是溫徹斯特30-30型子彈。比爾昨天晚上從歐賓的頭裡挖出一顆子彈，用來比對彈道很容易。」歐賓的頭顱裡根本沒有子彈，只有直升機地板上一團融化的鉛，亞特又在亂掰了，可是威廉立刻顯得緊張起來。

「對了，」亞特說，「幾年前在掃蕩毒販時死於槍戰中的前任警長，他身上的子彈不知是哪一種？里昂，該不會也是溫徹斯特30-30型子彈吧？你覬覦警長的位置好一陣子了吧？」副警長的下巴氣得打顫。「你難道不覺得應該趁還有機會可以談條件的時候，減少損失嗎？」

威廉搖搖頭。「我從來就沒有過機會。」他說，「沒有眞的有過。待在這個郡上不會有，只要是這些人繼續管事，就不可能有。」他擺動槍管指了指奇金斯先生跟太太。「這個人的爸爸假造罪名誣陷我祖父入獄，讓他燒死在那裡。」他往那對老夫妻走近一步。「誰讓你們有權管理這個郡的？告訴我，是誰？打從有記憶以來，你們這些人從沒把我們當人看待，而且這樣的記憶眞是他媽的長久。」

自亞特質問那個老人開始，他就一副委靡不振、瀕臨崩潰的樣子，但是現在，他的背脊直了起來，雙眼炯炯有神。「你們應該記得那段時候，可是你們卻不記得。你們怎麼不記得自己在南北戰爭耀武揚威的時候，你們當家鄉防衛隊，揮舞著南軍旗幟，到處打家劫舍，欺凌弱小，趾高氣揚，還把自己當成捍衛家園的勇士。那眞是狗屁。如果後來你們被當成二等公民看待，也全都是你們應得的報應。那時候，你們就是粗鄙卑下的人，現在也是，你們就是……粗鄙卑下。」他說這些話時，透露出那麼強烈的嫌惡跟反感，讓這段話變成我所聽過最惡意的污辱。

這段話聽在威廉耳裡，一定也深受污辱，因爲我看到他咬緊牙齒，鼻孔掀動。他突然將來福槍指向牧師，我張開嘴巴想要大叫，想要提出警告，想要制止他，但我還來不及發出聲音，副警長的手指就已經扣下扳機，那把槍裡有東西呼嘯而出。奇金斯牧師倒抽一口氣之後，就倒在地上不起，他太太根本無法抓住他。每一個人都呆住了，接著我聽到奇金斯太太痛不欲生地嚎啕大哭起來。

威廉在來福槍的彈膛裡重新裝塡彈藥，亞特趁此刻往他撲了過去。威廉揮動來福槍，槍托剛好打中亞特的顴骨，亞特搖搖晃晃，雙手雙腳跌到地上。

我轉開頭去，心驚膽寒，噁心想吐。就在此時，我看到了：在南方的地平線上，有個小小的黑點。由北方吹來的風再度呼嘯起來，蓋過了南方傳來的聲音，這些天來我看到過的直升機足以讓我判斷那個黑點是另一架直升機。我不知道那是誰的直升機，為何會挑在此時往我們這邊飛過來。我只祈禱，那陣風會掩蓋住它發出的聲響，直到飛機裡有人能助我們逃過這一劫。但是，即使他們有機會，他們會幫這個忙嗎？當我明白，很可能沒有別的警察會對眼前這個穿著制服的男人，也就是副警長開槍時，我的心往下一沉。我將頭轉回前廊，看向依舊跪倒在地的亞特，我發現他的眼睛也望著遠方的地平線，抱以一線希望。原來他也看到了。

我能想到的就是盡量拖延時間，讓威廉分心，爭取分秒必爭的關鍵時刻。等直升機一落地，我們就可以大聲呼救，大聲解釋事情經過，如果我們之中有人不幸中槍了，也許還有其他人能控訴是威廉殺了歐賓跟牧師。「我想不出你要怎麼逃出法律制裁，」我大聲說道，「除非你把我們全部殺死，但這麼一來，田納西調查局的人就會覺得這情況異常的可疑。」

他輕蔑地搖搖頭，「不，他們會發現這情況眞是悲劇一場。」他說，「我有警告你，要離奇金斯夫婦遠一點。他們倆因為歐賓的死而傷心得失去理智，竟將歐賓的死怪到你頭上，奇金斯牧師拿著槍斃了你們兩個。我要是能早到三十秒就好了。」他一邊說，一邊彎下腰用左手去拿獵槍，右手還是扣著架在臂彎裡的來福槍扳機。「當牧師重新裝塡子彈，打算瞄準我的時候，我沒有其他選擇，只好開槍殺了他。」他暫停了一下，想著該如何把故事編造下去。「想想，當他倒下之後，我看到他太太抓起獵槍，心裡有多驚訝，我還能怎麼辦？」他看看來福槍，又看看獵槍，再看看來福槍，好像在盤算該先用哪枝槍比較好。他似乎已經做出決定，因爲他放下了獵槍，將來福槍舉到肩膀上對準了奇金斯太太。

令人心急的直升機已經更加靠近了，距離不到一百碼遠，我知道他隨時可能聽到直升機的聲音。他的手指拉緊扳機，「不！」我絕望地尖叫起來，「我不想死！不要殺我們！拜託，請不要殺死我們！不，不，不，不要！」他猶豫了一會，既困惑又惱怒地瞪著我，跟著就移動姿勢，將槍管朝向我。但是他拿的槍不是原先計畫中的槍，他本來打算用獵槍殺死我跟亞特的，因此他又停頓了一下。

就在此時，有著聯邦調查局標誌的直升機朝停車場飛過來。直升機都還沒停穩，機門就打了開來，一個身影跳下飛機，一路怒吼地直往房子這邊衝過來。威廉急忙轉身，非常驚訝。「槍！」亞特大喊，「在前廊這邊！他有槍！」

即使已經過了二十年，體重增加四十磅，膝蓋又受過傷，還有輕微的心臟病，湯姆．奇金斯往前衝刺的力量跟決心，還是有當年那個中衛的英姿。威廉開槍射擊，警長巧妙閃躲，就像是正在伊蘭球場上奔往達陣線一般，那是曾讓上萬名球迷爲之震驚的速度跟敏捷。威廉動作很快地發射出兩枚子彈，但是奇金斯還是繼續向前衝，拉近與我們的距離，亞特趁此時發動攻擊，將副警長擊倒在地。被壓在地面上的威廉不斷地想要掙脫亞特，但是亞特用膝蓋壓在他的太陽神經叢

（譯註：位於腹腔）上，揍得他動彈不得，然後又伸手奪走來福槍，亞特匆忙站起，用槍管抵住威廉的太陽穴。「給我一個理由，」亞特氣喘吁吁地說，「讓我可以開槍殺你，來啊，你再來啊！」威廉軟弱無力，完全被打敗了。

湯姆．奇金斯兩階當一階地跳上前廊。「嘿，警長，剛才你跑步的樣子眞棒！」我說，「看來你還是不減當年勇。」他沒理會我，跪到他死去的父親以及意識茫然的母親跟前。

「喔，媽媽，」他大哭道，「喔，媽媽，我們家發生什麼事了？媽媽，這個家到底出了什麼問題？」他嗚咽抽泣不已。

她伸出手臂抱住他。「很糟糕的事情，」她說，「這是神的審判。是我們自找的，我們都是自作自受，只有你是無辜的。」

他哽咽地說不出話。「喔，媽媽，我一直那麼努力，努力做個好人。」

「你是，你做得很好，總是讓我感到驕傲。無論如何，你都要繼續保持下去。」

「太遲了，媽媽，太遲了。」

「不，不會的。湯米，你的心地那麼善良，而且在這世界上，你是我唯一的親人了，你一定要讓我繼續感到驕傲。」

「媽媽，我沒辦法。我中槍了，我中槍了，很慘。」這時候，我才注意到他的土黃色襯衫背部滲出一大團紅色血跡。他倒向她，身體滑向地板，就這樣，他離開人間了。

還有兩個人來勢洶洶地衝到前廊階梯上，掏出武器，來者正是史提夫・摩根及布萊恩・藍金。「田納西調查局。」摩根大喊，「全部不准動！」但是，當他們看到腳下那場大屠殺的景象，他們兩個是唯二僵住不動的人。死了兩個人，有一個人面部朝下被人用來福槍指著頭，還有個心碎婦人哭倒在她丈夫跟兒子血跡斑斑的屍體旁。

亞特的眼睛跟手上的槍一直沒離開過威廉。「我是警察，」他大喊，「亞特・波哈南，諾克斯維爾警局，那是刑事人類學家比爾・布洛克頓博士。這位副警長至少犯下三樁謀殺罪。」

「亞特，狀況解除了，」藍金說，「我們是藍金探員和摩根探員，我們全都知道這個傢伙幹了哪些好事。如果你不介意的話，我要過去幫他銬上手銬。」藍金跪了下來，把威廉的手扳到背後，用力把他拉起來，拖下台階，一路推著他上了直升機。

摩根一定是看到我滿臉疑惑，不明白爲什麼他會跟湯姆・奇金斯一起出現在這裡，畢竟我曾經指控湯姆・奇金斯妨礙司法。「奇金斯警長昨天晚上從醫院病床上，打電話到田納西調查局總部，所以藍金就過去跟他談談。那時，藍金才剛跟威廉聊完，威廉說話完全不著邊際。」

「是警長自己打給你的？」

摩根點點頭。「威廉那麼快就抵達墜機現場，讓他心起疑竇，而且他知道威廉很喜歡用的一把槍所使用的子彈跟現場拾獲的彈殼一樣，所以他把殺死歐賓的彈殼交給我們。昨天晚上我在回諾克斯維爾的路上，順道到庫克郡的射擊場，蒐集副警長使用過的彈殼。在漏夜進行彈道比對之後，發現兩者完全吻合。我們一看到這樣的結果，就覺得最好盡快趕到這裡，免得又有人中槍。」

「但是爲什麼警長會跟你們一起搭直升機來？」

「他要離開醫院的時候跟我們聯絡上，所以我們便在『生命之星』的停機坪上作了短暫停留，接他過來。你們眞幸運，還好我們有去接他。他猜到你們一定會再來這邊探聽，也猜到你們一定會先來找他爸爸，還猜到威廉可能會來這裡堵你們。」

「他猜的都沒錯，」我說，「看來我對奇金斯警長的評價應該要更好一點，他眞的有腦袋，又正直。」

「他的心裡可是不好過呢，因爲他猜想殺掉那名懷孕女子的人就是他父親。」

「這點他猜錯了，但也很接近眞相。他有說一開始他是怎麼發現屍體的嗎？」

「有人寄了封匿名信，」史提夫說，「那一定是威廉寄的。我想副警長可能無意中發現老奇金斯不時會進入洞穴，有一天跟蹤他之後，發現莉娜的屍體，便想可以利用這件事打倒警長跟他的家族。」

我搖搖頭，深深吸了一口氣，再用力地吐出來。「這計謀眞是有用，」我說，「太有用了。」

我低頭看著湯姆．奇金斯，制服上滲著血，四肢展開躺平在前廊地板上。他曾經是那麼有潛力的運動員，可以擁有不凡的成就，或至少成爲一個充滿魅力的運動員，然而他的命運卻轉了個彎，把他帶回庫克郡的山嶺中。最後他的生命結局當然不是充滿魅力，也許可以說是一場美國南方特有的悲劇，但是他畢竟還是跟著自己的生命之流在走。他的死多麼可惜，也令人難過，但其中流露出一種高貴的氣息，甚至還有救贖的意味。我明白了，他將自己的生命獻給莉娜跟她未出世的寶寶，也獻給了我。那座岩石教堂突然抓住我的眼睛，「人的愛心沒有比這個大的……」我說。

「人爲朋友捨命（譯註：這兩句話出自〈約翰福音〉十五章十三節），」亞特補充說道，「他甚至都還不確定我們是不是他的朋友。」他轉身向田納西調查局的探員。「我們可以等會再錄口供嗎？」摩根點點頭。「你們可以先錄奇金斯太太的口供嗎？我想信她應該有話不吐不快。」摩根再度點點頭。「比爾，我們可以先回家嗎？」

我們從教堂沿著山脊往下開到河濱道路，慢慢地隨著蜿蜒的河流開往四十號州際公路。即使在州際公路上，我們也幾乎是以牛速前進，就像是送葬隊伍前進的速度一般，畢竟我們剛剛經歷了一場血淋淋的事件。

更何況，還得感謝奇金斯太太射破了我的擋風玻璃。

迎面而來的風拍打著我們的臉頰，吹得我們眼睛不斷流淚，亞特大聲問道，「爲什麼小狗坐車時，總愛把頭伸出窗外給風吹呢？」我聳聳肩，在狂風中瞇起眼睛。即使時速只有四十英哩，這陣風還是扯弄著我們的頭髮，讓我們的皮膚龜裂。但是少了擋風玻璃的阻隔，眼前這副滿天金紅輝映的景色卻是我從來沒見過的美景。

這麼久的時間以來，大約有兩年了，我突然領悟到，自己終於可以坦然無礙地欣賞天地的大美。

尾聲

我拖著腳走過醫院停車場的角落，朝人體農場的大門前去，枯葉在我靴子旁打轉，灰藍色的雲在遠方的山丘及光禿禿的樹枝上疾行而過，河流上游有一道道晨霧飄了下來，將主校區與人體農場分隔開來。

我打開最外面的掛鎖後，推開以鐵鍊相連的大門，再打開裡面的鎖。鐵鍊穿過木製柵欄上面的洞，噹啷作響，當裡面的門搖搖晃晃地打開時，鐵鍊應聲掉到地上。森林中央的草地上，褐色小草一撮又一撮，上頭覆滿了歸根的落葉，橘紅色的楓葉還停留在枝頭，其他樹葉則飄蕩在半空中，有的還掛在蜘蛛網上。再怎麼看，這個早上都格外灰冷荒涼，這種景象與其說是季節的前兆，不如說是剛發生的一切經歷的總結——遭人勒斃的母親和他未出生的孩子；在熊熊烈火中燒成灰燼的副警長；曾經潛力無窮的前運動員兼警長悲劇性的結局，他死了以後，也斷了一個輝煌家族的血脈，還有這個郡上衆多家族長久以來的恩恩怨怨。隨著奇金斯家族落土爲安，不管是早已沉睡或剛剛入土，還有威廉被控謀殺的罪名，我希望這一切恩怨情仇都可以盡快風平浪靜，讓這樣一場腥風血雨有些貢獻。

在森林空地遠遠的一角，有一個新來的屍體，這個白種男人原本就不小的腹部開始膨大腫脹了。在堅固的郵箱上方，有一個動作感應器以及夜視攝影機。沒有人研究過夜間活動的肉食性動物跟人類屍體之間的關係，所以我的一個研究生裝上這些監視設備觀察野生動物，作爲研究計畫。從第一天晚上我們拍到浣熊跟囓齒類動物的照片數量來看，足以製作一整季的「動物星球」紀錄片。我在那具新來的屍體旁蹲了下來，查看腳踝上掛的標籤，上面標示著「68-05」，二〇〇五年捐給人體農場的第六十八具屍體。

他臉上的皺紋已經開始浮現，眼睛旁邊明顯可見的笑紋，顯示他生前過的日子還挺快樂的，但是前額上蝕刻的皺紋透露出他內心依舊是憂慮不已。我想起紀伯倫的句子：「悲傷的創痕在你的身上刻得越深，你能容受的歡樂越多。」曾經有人深愛過他嗎？從他的笑紋來看，很有可能。他曾經歷過失去的痛苦嗎？在人世間生活超過半世紀，很難沒走過這樣的關卡。最後，他的骨頭會揭顯他的生命之密，讓我們明白他生前究竟是個勞力工作者，骨頭強健，肌肉附著處明顯可見；或者是個坐辦公室的人；這五十年裡，他有沒有逃過重大傷害的摧殘，或是曾經發生手臂、腿骨、肋骨、腳踝、鎖骨斷裂的情形。他的檔案就躺在我的辦公室裡，在河的對岸，體育館下方。這份檔案會讓我對他有些基本認識：他的死因、近親等等，然而這些資訊還是很難回答有關這個人最重要的問題：在內心深處，他究竟是個怎樣的人，又過著怎樣的生活？

當我面對這樣的問題時，實在無法確定自己有辦法回答這些問題。在內心深處，我究竟是個怎樣的人，又過著怎樣的生活？我是個老師、研究者、鑑識諮詢專家，還是個鰥夫、父親及兒子。我也是一個經常久坐的學者，在顛簸粗糙的人生道路上尚未受到任何損傷，至少就骨骼狀況來說。然而這些描述還是僅止於表面而已。

我的內心探索被車子輪胎壓在入口處的砂石上嘎吱作響的聲音給打斷。一輛上頭漆著庫克郡警長辦公室徽章的查洛基吉普車悠閒自在地停在空地上，車子前門打開後，走出兩名穿著警察制服的男子。「你的秘書告訴我你在這裡。」一個熟悉的聲音響起。「實在不能錯過來看看這個地方的機會。」

我站起身跟吉姆．歐康納握手。「嗨，警長，我聽說了那次特別舉辦的選舉結果，恭喜你。你穿這身制服眞是帥氣，你也是，韋龍。」這個魁梧高大的男子換下迷彩裝，改穿副警長的制服，這身衣服的尺寸之大前所未見。韋龍笑了起來，亮出一口被菸薰黃的牙給我看。我想，有些事情還是永遠無法改變的。

歐康納擺弄插著槍的腰帶，裝出一副凶悍的警察樣子，然後笑了出來。「還是覺得有點滑稽，我很想用假扮警察的名義逮捕自己。上一回穿上制服不知是何年何月了，可能是我當兵的時候，從我退伍之後，我就發誓絕對不再穿制服了。這讓我知道：絕不說絕不。」

「我從不說絕不。」我說，「對了，我還沒機會跟正在執勤中的你說上話呢，但是我覺得你一定是個體貼善良的警官。你們家族跟奇金斯一家結怨甚深，你居然還出錢幫他們三個辦葬禮，眞是慷慨大方。你還幫莉娜在她父母的墓旁立了塊墓碑，眞令人感動。」田納西調查局翻遍了警長辦公室以及奇金斯家族住宅的每一個角落，還是沒能找到莉娜的其他骨骼。歐康納從他的山裡親手挖土，作了一個小小的陶製骨灰甕，將我們手中僅存的莉娜的屍骨，包括頭骨、舌骨跟胸骨，全埋了進去。

「你想我們還有可能找到她的其他部分嗎？」歐康納問。

「我不知道，吉姆。起初我以爲是湯姆或歐賓把她偷走。後來，我又覺得可能是威廉故布疑陣，要讓我們懷疑警長妨礙司法。」他點點頭，這兩個推論都有可能性。「現在，我懷疑這些骨頭是被諾克斯維爾的醫事檢察官，或者說前醫事檢察官，跟其他骨頭一起偷走的。也許他順便拿走莉娜的骨頭只爲掩人耳目，或純粹只是想報復我。他說他誓不罷休，我擔心他可能眞的說到做到。無論如何，只要我們一發現莉娜屍骨的下落，你一定會第一個知道。」

「我已經在她那塊墓地另一個角落買了一小塊地，」他說，「我希望短期之內我不會用到那塊地，但是庫克郡警長好像都死得很早也很慘。」

「吉姆，我敢打賭你一定是個例外。」

「這樣想很好。聽著，我想當面親自告訴你這個消息，里昂．威廉跟他的律師，某個諾克斯維爾的滑頭叫迪維斯的，剛跟檢方達成協議。」聽到迪維斯的名字，我的臉拉了下來，可是我要是副警長，身上揹了那麼多案子，也一樣會請他幫忙辯護的。「里昂願意認罪，湯姆的死，是二級謀殺罪，歐賓的死，則是一級謀殺罪，藉此他逃過了可能的死刑判決。他同時也承認三年前他在掃毒行動中開槍射殺前任警長。很顯然，他早有預謀要鏟除奇金斯一家，並且坐上警長大位。」

「有可能假釋嗎？」

「不可能。」

「太棒了。」

「檢察官也提到奇金斯太太的認罪協議，」他補充道，「我想她最多只會被判二級謀殺或過失殺人，關個幾年就會出來。但是她似乎不在乎自己的刑期，即使她出獄了，也沒人在家等她回去了。」

我點點頭。「沒錯。我想威廉是罪有應得，但是奇金斯太太所受的苦已經是人類的極限了。」

他也同意我的看法。「我還有一件事要跟你說。謝謝你爲我們做的一切，尤其是爲我做的。」

我舉起手，「別提了，我不想看到奇金斯他們把莉娜的死栽到你頭上，也不希望威廉陷害你，爲歐賓的死背黑鍋。」

「你救了我好幾次，」他說，「但是我想感謝你的不只是你讓我免於牢獄之災，自從莉娜死後，我從不知道自己身上竟然埋著這麼多情感炸彈的碎片。現在我還是覺得很痛，該死，那就像是有人在我心上又蹦又跳，但是我想這一次，這樣的心痛遲早會好起來。」他擦了擦眼睛。「博士，我對她的愛從未停止，只要一想到她可能不愛我了，我就像快死掉一般。現在，我寧可去想她也從未停止愛我。」

「吉姆，她死的時候，脖子上還掛著你的身分識別牌。她還愛著你的，我想這就是令人信服的證據。」多奇怪啊，從自己嘴巴裡聽到迪維斯那滑頭常說的話。

他深深地吸氣，再從噘起的兩唇間逼出空氣。「有一部分的我會一直爲她的遭遇悲傷不已，因爲我無能保護她逃過一劫。但至少現在我知道眞相了。」

「這個眞相會釋放你，讓你自由。」我再加上一句，「只要你想。」

「我想我會的，」他看進我的眼睛深處。「你呢？」

我吸了一口氣。「我在努力。」

他點點頭。「很好，你也應該獲得平靜。」

「謝謝你，」我說，「現在我多半時候都很平靜，除了有個想報仇的醫事檢察官還窮追不捨之外。聽著，我希望我們能保持聯絡，也許可以互相關心彼此的近況，擬定十二步驟的計畫，戒除對悲傷上癮的癮頭（譯註：作者借用匿名戒酒協會十二步驟戒酒計畫的概念）。」

「我們可以一起試試看。」他說，「但是目前這段時間，我們可能只能透過電話溝通。我跟首席副警長韋龍得先去追蹤鬥雞場、種大麻、製造安非他命的一些壞蛋。」

韋龍皺了皺眉。「我們先別對鬥雞場打草驚蛇，田納西調查局也許還想讓臥底繼續調查下去。」歐康納哼了一聲，韋龍絲毫不膽怯。「博士，韋恩表哥說要跟你問聲好。他想要告訴你他現在在種新的東西，他現在不種大麻，改到吉姆的田地裡種人參。人參成長的速度比較慢，可是可能比較安全點。」覺得比較安全的人應該是我，畢竟韋龍不會再為人參田設陷阱了。

「韋恩也很有園藝天分，」歐康納說，「我想下一個秋天時，庫克郡的人參在中國就會一舉成名。」

韋恩穿著那身制服有點不自在。「自從你介紹韋恩帶小孩去看兒童醫院的那個醫生之後，他的健康就好了起來，」我點點頭，很高興當初我以為是血癌的症狀，其實只是沙門氏菌食物中毒，進而影響到腎臟的功能。「喔！韋恩也養了一條新的小狗，又是一條紅毛獵犬。可愛的小東西，我叫牠公爵夫人，以紀念公爵。」

我微笑起來。「請幫我向韋恩致意，」我說，「如果你不介意的話。」韋龍點點頭，拍了拍我的肩頭，這一拍幾乎快將我拍散了。「老天，我才不會介意呢。」

歐康納與韋龍的眼神相遇，往吉普車的方向點點頭。「我們最好趕快回去，」他說，「我怕離開郡上一個小時會太久，除非我能找到另一個副警長，加速工作的進行，否則這種狀況很難解除。所以如果你有一陣子見不到我，不必訝異。話又說回來，說不定沒多久就會在偏遠的林區或廢物堆積場發現一具被蟲啃得無法辨認的屍體，這樣我們就會再碰面，畢竟我的管轄區是庫克郡。」

「嗯，職責在身，一旦需要我的時候，我想我應該知道怎麼去你們那裡。」我說，「而且你也知道要到哪裡找我。我不是在體育館下方，就是在這裡跟死人相處。」

他咧嘴一笑，點點頭，我們再度互相握手，他上車之後就倒車開出大門。

我看了看錶，發現自己也該走了。幾個小時之後，我要到傑夫家吃晚飯，我可不能渾身屍臭地出現在他家。更何況，換洗之後，我還得繞到希爾頓去接潔絲．卡特，她又為了另一樁驗屍案來到鎮上。「天啊，這算是約會嗎？」當我告訴傑夫我會帶她一起去的時候，傑夫驚訝地問道。

「我不知道，」我說，「她可能還是個快樂的女同志。」

他大笑起來。「這樣情況就不同了，爸，你最好還是要找個時機探探她的意思。」

「兒子，我有這個打算。」我說，「應該會很有趣。」他與我同時說道。

當我關上大門，將鎖頭扣上鐵鍊時，瞧了瞧環繞在屋子旁邊光禿禿的樹枝，樹枝頂端有一道細細的陽光從雲層縫隙間射向人間，剛好照到紅頭美洲鷲展開的雙翼上，那隻鳥毫不費力地滑翔著，駕馭著清風、氣味，還有牠自己神秘的渴望，盤旋在人體農場上。

牠也許不全然明白自己爲何會被帶到這裡來探究死亡當中那些混亂骯髒的細節，但是牠卻探究得如此津津有味，充滿感恩之心。

對此，我不禁深表佩服。

致謝

有些小說純粹是由作者的想像創造出來的，有的則是有事實根據。本書屬於後者。雖然故事是虛構的，卻有實際的科學根據，而且書裡提到的地點跟事件也有某種程度的眞實性。這個故事發生在東田納西，過去三十五年來，我跟我的研究生在這裡經歷過許多眞實世界裡發生的鑑識案件。如果不是有這些經驗作爲參考依據，要寫出這樣的故事幾乎是不可能的（或者至少會有點荒謬）。

像這樣的故事，其實要感謝許多人的幫忙，但是不太可能將這些人名一一列出。首先也是最要感謝的是約拿·傑佛遜，沒有他，這本書無法成冊。他是一個很棒的合作對象，也是一位對刑事人類學充滿求知欲的學生。我還想感謝好幾百位跟我一起做研究的研究生；許多與我一起工作的本地或州級單位執法人員；對我們的調查工作作出精確報導的媒體朋友；還有成千上萬對我的工作跟故事感興趣的忠實讀者。我們希望這本書能帶給你閱讀上的享受，就像我們也很享受寫作本書的過程一樣。

比爾·巴斯

現在，我明白了眞相不只比虛構小說更不可思議，描寫眞相也比憑空創作容易多了。感謝許多人幫助我能優游在小說的新領域中。感謝亞特．波哈南，眞實世界中的亞特，很仁慈、又有很棒的幽默感，允許我借用他的名字、他的名聲，以及他的幾項成就來塑造書中的角色，對此他一無所求，只希望能引起社會注意，投入更多經費跟人力來研究小孩的指紋，有其急迫的需要。感謝你，亞特，我們很榮幸能幫你提出這樣的呼籲。北卡羅萊納州農業系的吉姆．柯彬博士，反對私自採挖人參不遺餘力，他很詳盡地回答我們有關人參的種種問題。爲了不致有損他的名聲，我得趕緊澄清書中有關人參種植的描述，全都是我爲了寫作的自由描述。關於直升機跟空中救護系統的了解，我要感謝大煙山直升機飛行團隊、以及田納西大學醫療中心「生命之星」空中救護計畫的協助。同時還要感謝區域鑑識中心的珊卓拉．艾爾金；艾德．伍特曼博士透過網站及電子郵件的協助；還有琳恩．佛斯特、約翰和瑞克，也請接受我的感謝之意。

感謝許多執法人員，不管層級是地方、州級或聯邦單位的探員，都很熱心地回答我無數的問題。在這些人當中，諾克斯維爾警察局的槍枝檢查員佩蒂．芮錫格；警長的副手兼K9訓練員亞特．沃夫（譯註：專門訓練警犬跟牽警犬的警員）；地方檢察官艾爾．舒穆茲；助理地方檢察官瑪莎．密契爾；助理聯邦檢察官蓋．布萊克威爾；緝毒署探員提姆．威爾森；田納西調查局探員葛瑞格．孟羅；還有聯邦調查局諾克斯維爾辦公室的幾位探員，分別是主任喬．克拉克，副主任提姆・考克斯，探員蓋瑞・基德、貝絲・歐布萊恩及羅伯特・吉普生三世；還有首席地方顧問詹姆斯・凡恩・佩特。

同時還要感謝我的繼子（也是一位槍枝顧問）亞當・羅賓森及李・羅賓森；感謝精力充沛又能幹的作家經紀人吉爾斯・安德生；還有勇敢的編輯威廉・墨洛以及莎拉・杜朗。

跟往常一樣，很高興能與比爾・巴斯博士共事，這是我無上的光榮，也是一種驚人的訓練。

約拿・傑佛遜

國家圖書館出版品預行編目資料

雕刻人骨／比爾・巴斯、約拿・傑佛遜著；廖建容、
郭貞伶譯．-- 初版．-- 臺北市：臉譜出版：
家庭傳媒城邦分公司發行，2007〔民96〕
面；　公分．--（巴斯犯罪鑑識小說系列：FR8301）
譯自：Carved in Bone
ISBN 978-986-7058-94-2（平裝）

874.57　　　　　　96011148